더없이 푸근한 토요일

더없이 푸근한 토요일

이다경 소설

문학나무

| 작가의 말 |

나만의 방식으로

어린 시절 교내백일장에 나가서 상을 받았던 적이 있는데, 아마도 그때부터 나는 어른이 되면 글을 쓰는 작가가 되어야겠다는 꿈을 가슴에 품었던 것 같다. 그 후 직장생활과 결혼 그리고 엄마로 아내로 오랜 세월을 보냈다. 그 동안에도 글을 쓰고 싶다는 꿈은 늘 가슴에 품고 있었다. 결국 나는 소설을 찾아나섰고 소설을 만나 엎치락뒤치락 힘들기도 했고 기쁘기도 했다. 너무 잘 쓴 소설을 만나면 기가 죽었고 부족한 내 소설에 실망해서 그만두어야 하는 게 아닐까 하는 생각도 했지만, 내가 하고 싶은 이야기들을 나만의 방식으로 계속 쓰기로 했다.

유명작가의 소설도 안 읽는 세태에, 가정주부에 가까운 작가가 책을 내는 것에 무슨 의미가 있을까. 하지만 자기 치유이고 위안이고 책임이라는 생각이 든다. 자식처럼 끌어안고 정신을 쏟아온 글들을 언제까지고 컴퓨터 안에 가두어 둘 수도 없는 노릇이다. 살 집을 만들어 세상으로 내보내는 것이 쓴 사람으로서 해야 할 일이라고 생각했다. 세상에 나가서 누구와 조우를 하고 어떤 길을 가든, 그것은 그들의 운명일 것이다. 사랑받는 인물이 되기를 소망할 뿐. 첫 창작집을 내는 지금, 무대 위에 처음 서는 가수처럼 떨리고 설렌다.

막상 떠나보내려고 하니 내 소설의 화자들이 떠오른다. 나는 내 소설 속 화자들을 외면할 수도 비켜 갈 수도 없었다. 한 편의 소설을 쓸 때마다 소설 속 화자의 삶을 살다 나왔고, 그때마다 긴 터널을 혼자 걸어서 나온 것 같은 기분이었다. 다시 읽고 퇴고하면서 수정하고 교정하고 또 다듬으면서, 오랜 시간 함께 했던 인물들이다. 세상에 나가서 부디 잘 견뎌주기를…….

코로나19란 긴 터널을 지나느라 우리는 가깝게 지냈던

친구나 이웃에게조차 안부를 묻지 않은 지 오래 되었다. 내 소설이 따뜻한 안부를 대신해준다면 더 이상 바랄 것이 없겠다. 사람은 언젠가는 자기가 하고 싶은 일을 하면서 산다고 한다. 나도 내가 쓰고 싶은 소설을 쓰면서 살 수 있어서 고맙고 행복하다. 소설은 나에게 친구이자 가족이고 또한 미래다. 이제부터는 주부의 역할보다는 열심히 소설을 쓰는 작가가 되겠다는 다짐을 해본다.

2021년 12월

이다경

차례

작가의 말_
나만의 방식으로 005

더없이 푸근한 토요일 011
81년생 이민영 045
낯선 여인 079
여름의 끝 107
숨어서 지는 꽃 139
목욕 가던 날 169
부서진 계절 199
그해 겨울 229
배웅 261

평설 | 구효서 소설가 간난과 자기 익명성의 발견 291

저이가 왜 저러나 싶었지만 이미 엎질러진 물이었다

더없이 푸근한 토요일

더없이
푸근한
토요일

나는 문고의 책을 정리하는 중이었다. 수상 작품집을 연도별로 정리하고, 고전과 현대소설을 구분했다. 어떤 책은 책장을 넘겨보며 하느라 시간이 걸렸다. 당장 읽어야 할 책을 책상으로 옮기는데 거실에서 전화가 울렸다.

"오빠다." 홍은동에 사는 오빠였다. 오빠의 목소리는 들떠 있었다.

"오빠, 웬일이야?" 나보다 두 살 많은 오빠와는 평소 말을 놓고 지냈다.

"숙경아, 내 말 잘 들어라. 오늘, 영양 군청에서, 전화가, 왔는데 말이다." 똑똑히 잘 들으라는 듯, 오빠는 한 어절씩 딱딱 끊어가면서 말했다.

"영양군청에서 왜?" 하던 일을 계속하면서 나는 대수롭지 않게 물었다.

"30년 전에, 아부지가 영양에다 땅을 사 놓은 게 있단다. 군청직원 말로는 오천삼백 평쯤 되는데, 이, 이번에 그 땅으로 도 도로가 난단다. 도로가 나자면 소유자의 승낙이 필요하고, 그래서 추적을 해서 나를 찾았단다. 승낙 서류를 나한테로 보내기로 했고, 서류를 준비해서 보내면 국가에서 보상금이 나온단다."

말을 하면서도 오빠는 흥분을 감추지 못했다. 너무 흥분한 나머지 말을 약간 더듬기까지 했다. 해서 우리 육남매의 인감증명과 도장이 필요하니, 모두 서류를 준비해서 토요일 저녁에 오빠네 집으로 모이라고 했다.

"뭐라고 오빠? 좀 차근차근 얘기해봐."

"영양군청에서 조금 전에 전화가 왔다니까! 옛날에 아버지가 사 놓은 땅이 있다고. 보상금이 얼마가 될지도 모른대요. 내 참 살다보니 이런 일도 다 생기고……." 오빠는 다른 동생들에게도 알려야 한다며 서둘러 전화를 끊었다.

느닷없는 오빠의 말에 알았다고 하고 전화는 끊었지만, 사실 오빠의 말을 크게 믿지는 않았다. 왜냐하면 오빠는 어릴 때도 그랬지만 나이 오십이 넘은 지금까지도 장난을 곧잘 쳤다. 가끔씩 근사한 목소리로 바꾸고는 "저 혹시 이숙경씨 되십니까? 옛날에 알고 지냈던 사람입니다." 하면서 나를 놀라게 하고, 어떤 때는 아파 누웠다고 해서 가 보면 툭툭 털고 일어나면서 "우리 모인 김에 고스톱이나 치자."고 한 적도 있었다. 이번에도 틀림없이 장난을 꾸민 거라고 결론을 내리고 하던 일을 계속했다. 그러나 한편으로는 구체적이고 상세한 내용으로 보아 꾸며낸 얘기 같지만은 않다는 생각도 들었다. 그렇다면 아버지는 왜 우리에게 그 사실을 알리지 않았을까. 하기야 아버지는 어느 날 갑작스레 돌아가시지 않았는가. 17년 전, 당시 농협조합장이던 아버지는 아침 출근길에 쓰러져 일어나지 못했고, 돌아가실 때도 한마디의 유언조차 남기지 않았다. 하지만 자라면서도 땅 오천 평에 관한 얘기는 들어본 기억이 없었다. 땅은 고사하고 아버지는 유산으로 자식들에게 빚을 남기고 간 사람이었다. 농협조합장을 몇 번씩이나 하는 바람에 선거비용으로 돈을 많이 썼고, 그 빚을 다 갚지도 못한 채 간암으로 돌아가시고 말았다. 부모의 유산을 물려받지 않으면 빚 역시 갚지 않아도 된다는 사실을 알고 있었지만, 우리 육남매는 몇 해 전까지 그 빚을 다 갚은 상태였다. 그렇게 하는 것이 돌아가신 아버지의 명예를 지켜드리는 것이고 자식 된 도리라고 의견을 모았고, 우리는 각자에게 배당된 빚을 묵묵히 갚아왔다. 덕분에 고향 동네 사람들로부터 대단한 자식들이라는 칭찬은 들었지만, 그 영향으로 인해 지금까지도 남매들은 사는 것이 넉넉지 못했다. 그때 빚 배당에서 막내 여동생네는 제외되었다. 당시 제부가 직장이 없었던 관계로 봐주기로 했던 것이다.

마지막으로 해외 소설 중 단편을 골라 책장 중간쯤에 정리하고 있는데, 다시 전화벨이 울렸다. 원주에 사는 여동생이었다.

"언니, 이게 웬일이야! 언니도 전화 받았지. 오빠가 서류 준비해서 토요일 날 올라오라는데 오빠 말이 사실이야?" 여동생도 들떠 있기는 마찬가지였다.

"그러게 말이야. 땅속에 계시는 아버지한테 전화를 해볼 수도 없고, 토요일 날 가보면 알게 되겠지."

"언니, 영화나 드라마에서만 보던 이야기가 우리한테도 일어나는 게 아닐까? 우리 남매가 워낙 우애가 좋으니까 이런 일이 생기나……."

동생 말처럼 우리 육남매는 그야말로 띠앗머리가 좋다. 부모님이 두 분 다 돌아가셨지만 살아계실 때나 마찬가지로 서로를 헤아리며 잘 지냈다. 조카가 군에 입대한다고 모이고, 올케의 생일이라고 모이고, 제사라고 모이고, 명절이라고 모였다. 올케 보기가 미안할 정도로 우리 육남매는 오빠네 집에 자주 모였다. 오빠네 집 현관이 좁아 신발이 겹치고 밖으로 흘러 넘쳤지만 뭐가 그리 좋은지 웃고 떠들며 밤을 새운 적이 한두 번이 아니었다. 모이기만 하면 온 집안에 웃음소리가 가득했고, 우리는 그런 우애를 집안의 전통처럼 여기며 자랑스러워했다. 돌아가신 아버지께서 늘 집안의 우애를 강조했던 영향이기도 했다. 사실 우리 집안의 우애는 아버지 대에서부터 이어져 내려왔다. 같은 동네에 살았던 삼촌은 해마다 큰집인 우리 농사일을 먼저 한 다음에야 삼촌댁 일을 하였고, 아버지는 아래 동생들의 집안일을 우리일과 똑같이 신경 쓰곤 했다. 어머니 또한 귀한 음식이라도 생기면 우리남매를 제쳐두고 사촌들에게 먼저 내 주곤 했다. 아버지는 돈보다는 형제간의 우애가 더 소중하다며, 기회가 있을 때마다 우애에 관한 연설을 늘어놓았다. 처음에는 약간 싫은 기색을 보이던 올케 언니도 차츰 그 분위기에게 스며들었다. 모두가 하나같이 잘사는 사람이 없어서 우애가 더 깊은지도 몰랐다.

“언니, 얼마나 나올까? 한 십억쯤 나올까? 몇 억 되면 몰라도 몇 천만 원 나온다면 그냥 오빠네 다 가지라 그럴래. 지금까지도 없이 잘 살았는데, 그깟 돈 좀 나온다고 해도 나는 아무런 욕심 없어." 언제나 자기주장이 뚜렷한 여동생은 목소리에 한껏 힘을 주고 여유 있게 말했다. 나는 오빠네가 사는 언덕 위의 조그만 빌라를 떠올리며 여동생의 속 깊은 의견에 동의했다.

"그래, 그러자."

원주 여동생과 토요일 날 오빠네서 만나기로 하고 전화를 끊었다. 전화를 끊고 나서 책장 정리를 마무리하려는데 '돈이 나온다고 해도 아무런 욕심이 없다'는 여동생의 목소리가 귓전에 뱅글뱅글 돌았다. 왜냐하면 여동생은 어릴 때부터 욕심이 많은 아이였다. 어머니가 옥수수를 쪄놓으면 알이 잘 배기고 송이가 제일 큰놈을 가장 먼저 집어 드는 아이였고, 나중에 먹을 것까지 숨겨두는 아이였다. 여동생은 계산에서도 늘 빠르고 나보다 한수 위였다. 매사에 있어서도 자기주장이 확실한 편이었다. 사실 언니인 나보다 동생이 생각이 넓은 사람이라고 인정하고 있는 터였다. 그런데 만약에 이 일이 사실로 드러나도 동생이 변함없이 저렇게 나올 수 있을까? 하고 고개를 갸우뚱했다. 연도가 지난 문예지들을 내다 버릴까 하다가 책장 맨 아래 칸 구석에 집어넣고 있는데, 뭔가 오래된 그림 하나가 흐릿하게 떠올랐다. 나는 하던 일을 멈추고 미간을 좁힌 채 무슨 생각에 골똘하기 시작했고, 내 기억은 어느새 아득히 어린 시절로 돌아가 있었다.

어렸을 적, 어머니는 농사일을 하면서 우리 육남매를 키웠다. 그런데 아버지는 농사일은 돌보지 않고 농협 창고 일을 맡아보면서 목상(木商)일을 하러 다녔다. 아버지는 사람들과 벌목(伐木)을 하러 간다면서 며칠씩 집을 비우곤 했다. 한 번 가면 보통 일주일이나 열흘이 지나야 돌아왔다. 어떤 때는 거의 한 달 가까이 오지 않을 때도 있었다. 내가 여섯 살 무렵, 아버지가 나를 데리고 현장에 간 적이 있었다. 어린 나는 신이 나서 아버지 손을 잡고 폴짝폴짝 뛰면서 따라갔다. 하지만 그곳에는 산에서 베어다놓은 나무들만 수북이 쌓여 있었고, 그 나무들은 아버지의 지휘 아래 트럭에 실려 어디론가 떠나고 있었다. 나는 아버지가 있으라고 정해준 안전한 장소에 앉아 있었는데, 마냥 심심하기만 했다. 혼자서 지루했던 나는 누워 있는 굵은 나무들을 건너뛰며 놀았던 기억이 떠올랐다. 그렇다면! 혹시 그때 벌목을 했던 산이 아버지가 사 놓았던 땅이 아닐까? 하는 생각이 불현듯 뇌리를 스치고 지나갔다. 그리고 어쩌면 오빠가 한 말이 모두 사실일 수도 있다는 결론이 독사처럼 머리를 쳐들었다. 하지만 세상에 그런 횡재는 없을 것이라며 나는 곧 마음을 가라앉혔고, 책장 정리를 마저 끝냈다.

가지런히 정리된 책장을 바라보니 뭔가 큰일을 하나 한 것 같은 기분에 가슴이 뿌듯했다. 책장 옆에 놓인 화분에는 30년 만에 꽃을 피운다는 행운목이 하얗게 꽃을 피우고 있었다.

남편이 퇴근해 왔을 때 나는 낮에 있었던 일을 얘기했다. 남편은 그게 사실이라면 그동안 세금이 나왔을 텐데, 하면서 별로 믿으려 하지 않는 눈치였다. 직장 근성이라는 것은 이런 순간에도 튀어나오는구나 하는 생각이 들었다. 구청 세무과에 다니는 남편은 무슨 일이 있을 때마다 으레 세금으로 환산해서 말을 하곤 했다. 그러나 내용으로 보아 전혀 농담은 아닌 것 같다며 고개를 갸우뚱거렸다. 저녁을 먹으면서도 남편은 그 일에 대해서 이것저것 물어왔다. 그곳이 행정 구역상 주소가 정확히 어디냐고 물었고, 사 놓은 땅이 전부 몇 평이냐고 물었다. 장인이 벌목하던 곳이 거기가 맞느냐고도 물었다. 사실 나는 아는 내용이 별로 없었으므로 설거지를 하면서 건성으로 대답했다.

설거지를 마치고 방으로 들어가 컴퓨터 앞에 앉았다. 일주일 전에 시작해 놓은 단편소설을 쓰기 위해서였다. 나에게는 무엇보다도 소설 쓰는 일이 중요했다. 소설전문 잡지로 등단을 하고나서 소설을 쓰겠다고 다니던 직장을 그만두고 들어앉은 지 2년이 지난 상태였다. 그런 때문인지 소설을 쓰지 않고 있으면 왠지 몸의 에너지가 불안한 쪽으로 흐르는 것 같았다. 제대로 쓰지는 못하더라도 차라리 소설을 붙잡고 있는 쪽이 마음은 편했다. 컴퓨터의 전원을 눌러놓고 고개를 들자 책장에 가지런히 꽂힌 책들이 눈에 들어왔다. 오늘을 위한 우산. 조용한 열정. 뿌리 이야기. 사랑의 단상. 하나같이 아귀가 딱딱 맞아떨어지는 제목들이었다. 오래전에 읽었지만 제목을 보는 순간 내용들이 조금씩 떠올랐다. 책에 붙여진 제목들을 보면서 과연 저 제목들이 책 속의 내용을 잘 압축하고 아우른 것일까, 하는 쓸데없는 생각에 잠시 빠졌다. 그러다가 책상 위에 놓인 책들 중에서 단편집 하나를 집어 들었다. 이번 소설을 쓰는데 도움이 될 만한 책이었다. 첫 장을 넘기는데 컴퓨터 옆에 놓인 핸드폰 벨이 울렸다. 번호를 보니 오빠의 아들 장조카였다.

"고모, 운전할 줄 알지?"

"그래, 그런데 갑자기 그건 왜?"

"고모, 고모도 얼른 차 살 생각이나 해. 내가 인터넷으로 그쪽 땅값을 알아봤는데 꽤 나가더라고, 우리도 이제 삶의 질을 좀 높일 때가 된 것 같아, 고모 농담 아니야." 올해 대학교 3학년인 조카가 힘이 들어간 목소리로 말했다.

"그래? 그럼 내일부터 차종을 좀 알아봐야겠다. 면허증 따 놓길 잘했네."

조카의 말을 농담으로 받아넘기고 전화를 끊었다. 그사이 컴퓨터 화면에 소설파일이 열려 있었지만, 나는 쉽게 소설을 쓰지 못하고 화면을 응시한 채 앉아 있었다.

토요일이 되는 동안 동생들과 몇 차례 전화를 했고, 통화 내용은 주로 그 일에 관한 것들이었다. 다들 믿지 않는다고 하면서도 사실일까? 아닐까? 하면서 머릿속으로 즐거운 상상들을 하고 있었다. 만약에 그게 사실이라면 남편 차를 바꿔 줄 거라며 원주 동생이 말했고, 안산에 사는 여동생은 전셋집을 넓혀가겠다고 했다. 이참에 육남매가 유럽 여행을 가는 것은 어떻겠냐고, 구리에 사는 막내 남동생이 의견을 내놓았다. 모두가 자신에게 돌아올 금액을 예상하며 나름대로 계획을 세우고 있었다. 그렇게 며칠이 지나가고 막상 토요일이 됐지만, 사실 나는 서류를 준비하지 않았다. 인감증명서를 떼러 동사무소까지 가는 일도 귀찮았고, 서류를 준비했다가 사실이 아니면 그 민망함을 어떻게 하나 싶기도 했다. 남편도 내 마음과 같았는지 서류에 대해서는 묻지 않았다.

토요일 오전, 날씨는 맑고 포근했다. 나는 소설을 쓰다가 베란다로 나가서 아파트 마당을 내려다보았다. 아파트 정원에는 다홍치마를 펼쳐 놓은 듯 영산홍이 빨갛게 피어 있었고, 상큼하고 기분 좋은 라일락 향기가 코끝에 와 닿았다. 괜히 마음이 달뜨는 화창한 봄 날씨였다. 나는 마음을 가라앉히기 위해 방으로 들어와 바흐의 무반주 첼로를 틀어놓고 책을 펼쳤다. 요즘 잘나가는 여성작가의 소설집이었다. 그러나 화사한 날씨 때문인지, 아니면 오빠네 집에 갈 계획 때문인지 도무지 집중이 되지 않았다. 책에 몰입하기 위해 커피 한 잔을 끓여 와서 다시 앉았다. 하지만 글자만 눈에 들어올 뿐 무슨 내용인지 가닥이 잡히지 않았다. 동생들이 모두 다 올까? 표정들은 어떻게 하고 나타날까? 오빠의 말이 사실일까? 줄기가 좀 잡히는가 싶으면 어느새 빠져나가고 내용이 정리되지 않았다. 커피를 한 모금씩 마셔가며 노력한 끝에 겨우 단편 하나를 읽을 수 있었다. 뚜렷한 스토리 없이 묘사와 분위기로만 드러내는 이미지 소설이라 내 스타일은 아니라는 생각이 들었다. 지나치게 현란한 비유 때문인지 내용의 알맹이를 찾아내기가 어려웠다. 더 이상 책 읽는 것을 포기하고 나는 거실로 나왔다. 그대로 엉덩이를 붙이고 앉아 소설을 쓸 것 같지 않았다. 쓰고 있는 소설은 아직 중반에 머물고 있는 상태였다.

남편과 같이 늦은 점심을 먹고 준비를 하고 있는데, 구리에 사는 남동생이 벌써 도착했다는 전화가 왔다. 토요일이라 길이 막힐 것에 대비해 우리도 일찌감치 집을 나섰다. 그런데 생각했던 것보다 길이 막히지 않았다. 우이동에서 미아리까지 시원하게 차가 잘 달렸다. 토요일치고는 아주 원활한 편이었다. 남편은 정릉에서 내부순환도로로 들어섰다. 내부순환도로도 다른 날에 비하면 비교적 순탄한 편이었다. 그러나 홍제동 램프에서부터 차들이 늘어 서기 시작했다. 처음에는 그나마 거북이걸음으로 가던 차들이 나중에는 아예 서 있다 싶을 정도로 움직이지 않았다. 거기다가 바짝 코앞에 와서야 끼어들려는 얌체 차량들 때문에 신경전까지 벌여야 했다. 남편이 앞차와의 간격을 주지 않으려고 바짝 따라붙고 있는데, 내 휴대폰이 울렸다. "원주에서도 벌써 왔는데 서울 사는 사람이 왜 이렇게 늦느냐."고 여동생이 투덜거렸다. 전화를 끊고 나서 앞을 보니 길게 줄지어선 차량들은 여전히 기어가고 있었다. 시간은 점점 흘러갔고 우리는 마음이 조급해졌다. 옆에 앉은 남편은 얌체 차량에게 조금의 여지도 줄 수 없다는 듯, 바짝바짝 차를 앞으로 붙였다. 그러나 어느새 차 한 대가 머리를 들이밀며 들어왔고, 그 틈새를 주지 않으려고 남편이 액셀을 밟았다. 퍽! 하는 순간, 우리 차가 그 차의 범퍼를 들이박았고 내 몸이 앞으로 휘청했다. 차를 세우고 양쪽에서 운전자들이 내렸고 서로의 차를 들여다보면서 실랑이가 벌어졌다. 고개를 숙이고 보니 우리 차는 앞부분에 그 차는 옆구리에 시커멓게 상처가 나 있었다. 안전거리를 안 지켰느니, 끼어들어서 그렇다느니, 시비가 붙었고, 뒤에서는 늘어선 차량들이 빵빵거리며 뭐하냐는 눈길로 노려보았다. 한참을 그렇게 시시비비를 가리다가 각자 보험 처리를 한 다음 다시 연락하기로 하고 차에 올랐다. 우리차가 가까스로 내부순환도로에서 벗어났을 때 거리에는 벌써 어둠이 내리고 있었다.

차가 비스듬한 언덕을 오르자 오빠네가 사는 나지막한

빌라가 눈에 들어왔다. 다행히 주차장은 빈곳이 많았다. 나는 빌라 입구에 있는 상가에 들러 이것저것 과일을 샀다. 오빠는 과일을 별로 좋아하지 않지만 많이 모일 사람들을 생각하면서 좀 넉넉히 골라 담았다.

문을 열고 집안으로 들어서자 현관에는 이미 신발이 빼곡하게 놓여 있었다. 나는 그것들을 양옆으로 밀친 다음 신발을 벗고 안으로 들어갔다. 집안 여기저기에서 반가운 사람들이 얼굴을 내밀었다. 안산에 사는 여동생 내외가 반갑게 인사를 했고, 포항에서 올라온 남동생이 "누나 오랜만이야." 하면서 내 손을 잡았다. 거실 이곳저곳에는 남매들이 사 온 선물 보따리들이 놓여있었다. 예전보다 부쩍 많아진 선물 보따리에 나는 속으로 놀라면서 올케가 있는 주방 쪽으로 걸어갔다. 올케는 전에 없이 밝고 여유로운 얼굴로 우리 내외를 맞아주었다. 열아홉 평 빌라 안은 선물 보따리와 사람들로 북적거렸다.

인사를 대충 마치고 우리는 안방으로 들어갔다. 안방에는 이미 마주 놓은 두 개의 교자상에 음식이 푸짐하게 차려져 있었다. 차려 놓은 음식의 종류가 한두 가지가 아니었다. 갈비찜에 고추잡채에, 생선회에 갖가지 전 종류에, 거기다가 탕수육까지. 무슨 잔칫날 같았다. 올케가 전에 비해 스페셜 음식을 많이 준비했다는 생각을 하면서 나는 자리에 앉았다. 상에 차려놓은 음식을 보며 무슨 음식을 이렇게 많이 준비했냐고 모두가 한 마디씩 했고, 오빠와 올케는 어서 자리에 앉으라고 재촉했다. 상을 중간에 놓고 우리 모두는 얼굴을 마주보고 빙 둘러 앉았다. 육남매와 그 배우자를 합쳐 모두 열두 명이었다. 남매들의 얼굴은 하나같이 밝았고 상기된 표정이었다. 늘 피곤해 보이던 포항 올케의 얼굴도 생기 있었고, 말없이 구석만 찾던 안산 제부의 표정도 무척 밝아보였다. 모인 사람으로 보나 차린 음식으로 보나 대단한 잔치를 치르는 것 같았다. 아이들은 앉을 자리가 없어서 작은방에 따로 차려주었다. 오느라고 고생했는데 어서 먹으라는 올케의 성화에 우리 모두는 수저를 들었다. 상 위에는 맛있는 음식들이 푸짐하게 차려져 있고, 상 아래에는 술병이 넉넉하게 준비돼 있었다. 그리고 영양에는 아버지가 사 놓은 땅이 수천 평 있었다. 그야말로 더 없이 푸근한 토요일 오후였다. 올케의 표정은 친정엄마의 얼굴처럼 한없이 자애롭고 너그러워 보였다. 남매들은 모두 행복한 표정으로 식사를 시작했다.

“이런 날 술이 빠질 수 없지.”라며 막내 남동생이 모두의 잔에 술을 따랐다. 남매들은 모두 기쁜 마음으로 잔을 받아들었다. 분위기 내는 것을 좋아하는 포항 남동생이 허스키한 목소리로 건배를 제의했고, 우리는 잠시 수저를 놓고 잔을 들었다.

"우리 육남매의 변함없는 우애를 위하여!"

"위하여!"

우리는 건배를 위해 잔을 높이 쳐들고 큰 소리로 외쳤다. 남매들은 모두 흐뭇한 표정으로 원샷을 했고, 술을 좋아하는 제부와 남동생은 잔을 비우고 서로의 잔에 다시 술을 채웠다. 안산 여동생은 갈비가 연하고 맛있다며 남편에게 먹어보라고 권했다. 포항 올케는 회가 싱싱하다며 쟁반을 남자들 쪽으로 밀어 놓았다. 음식 하느라 고생했는데 올케도 많이 먹으라며, 원주 여동생이 탕수육 쟁반을 올케 앞으로 당겨놓았다. 우리는 서로 음식을 권해가면서 화기애애한 분위기 속에서 저녁식사를 했다. 식사가 거의 끝나갈 무렵, 막내 남동생이 오빠의 잔에 술을 따르면서 그 일의 사실 여부를 물었다.

"형님, 그게 사실 맞습니까?"

"형님 말을 그렇게 못 믿느냐?"

동생이 따라준 술잔을 받아들며 오빠는 영 못마땅한 표정을 지었다. 원주 여동생이 오빠 말은 믿을 수 없다며 올케에게 다시 그 일에 대해 물었다. 지금까지 우리는 오빠보다는 올케의 말을 더 신임해왔다. 올케는 쓸데없는 말을 하는 성격이 아니었다. 하는 행동이나 일도 야무지고 확실했다. 자기 앞가림은 철저히 하는 사람이며 윗사람으로서 도리를 다하려고 애쓰는 사람이었다. 그런 올케를 우리는 존경해왔다.

"올케, 서류가 오기는 왔어?" 올케 옆으로 자리를 바짝 옮겨 앉은 원주 여동생이 물었다. 올케의 입에서 나오는 대답을 기다리는 듯, 모두들 음식을 씹던 입을 다문 채 조용했다. 나이 차이가 별로 없는 우리는 올케와도 존댓말을 쓰지 않았다.

"아직 안 왔어. 월요일쯤 올 것 같애. 그리고 전화가 왔을 때 나도 옆에서 들었는데, 사실이 맞긴 맞아." 올케는 차분하면서도 야무진 목소리로 또박또박 말했다.

올케의 대답을 듣고 나서야 모두들 사실이 맞구나! 하면서 안도의 표정을 지었다. 이왕이면 보상금이 많이 나왔으면 좋겠다며, 기분 좋게 술잔이 몇 순배 더 돌고 나서야 저녁상이 나갔다. 식사가 끝나자 올케는 어느새 과일과 차를 준비해 왔다. 우리는 배가 부른데도 과일을 먹고 차를 마셨다. 남매들은 각자 가방에서 준비해온 선물들을 꺼내 놓으며 서로 궁금했던 안부를 주고받았다. 이때까지만 해도 분위기는 괜찮았다.

오빠가 다들 준비해온 서류를 내놓고 가라고 당부했고, 동생들은 모두 가방에서 서류들을 꺼내 놓았다. 나는 준비해온 서류가 없었으므로 벽을 기대고 앉아 남들이 하는 모양만 바라보고 있었다.

"그런데, 서류를 건네주기 전에 할 말이 있어." 원주에 사는 여동생이 핸드백에서 인감증명서와 도장을 꺼내면서 딱딱한 어조로 말했다.

"일이 사실로 드러났을 때를 대비해서 내가 이렇게 분배를 해왔는데, 다들 보고 이의가 있는 사람은 말해봐!"

동생이 작성해 왔다는 A4 용지 한 장을 방바닥에 꺼내 놓았다. 남매들의 시선이 일제히 방바닥에 놓인 종이 위로 향했다. 그리고 여동생의 말 한마디에 지금까지 부드럽고 푸근하던 분위기가 갑자기 경직되는 듯했다. 저녁 내내 많은 수고를 하고도 부드럽기만 하던 올케의 얼굴도 좀 굳어지는 것 같았다. 딱딱해지려는 분위기를 누그러뜨리기 위해, 나는 웃으면서 동생이 작성해 왔다는 분배 내역서를 집어 들었다. 아버지가 사 놓았다는 땅을 100으로 했을 때, 아들 셋과 딸 셋의 몫이 몇 퍼센트씩 골고루 배정돼 있었다. 내가 보기에 동생이 그런대로 합리적으로 분배를 했다는 생각이 들었다. 다만 오빠네 몫이 예상했던 것보다는 좀 적은 것 같았다. 그래서 나는 옆에 앉아 있는 올케를 돌아보며 "오빠네가 좀 적은 것 같은데, 그래도 제일 맏인데……." 하고 농담처럼 한마디 던졌다. 그게 화근이었다. 여동생은 오빠네 몫이 적은 이유를 설명했고, 그래서 과거사 이야기까지 나오게 됐다. 원주 여동생의 설명인즉, 아버지 장례식을 치르고 남은 돈 천이백만 원을 오빠네가 몽땅 가져갔고, 그때는 그 돈이 적은 돈이 아니었다고 강조했다. 그 돈이 이 집을 사는데 기초가 된 거 아니냐고, 여동생이 눈에 힘을 주고 따지듯이 말했다. 크지는 않지만 아버지 덕에 올케네만 내 집을 갖고 사는 거라고 주장했다. 아버지가 죽고 나서 그 누구도 거기에 대해서 말을 꺼낸 적이 없었다. 원주 여동생의 갑작스러운 발언에 사람들은 당황했고, 딱딱하고 어색한 침묵이 방안을 꽉 메워왔다. 이 사태를 어떻게 수습해야 하나 하고 있는데, 올케의 입에서 화살처럼 뾰족한 말이 튀어나왔다.

"그러면 그 돈 자네 줄 테니까, 자네가 제사 다 모셔가고 맏이 노릇 하게!"

입가에 희미하게 웃음이 보이긴 했지만, 올케의 말에는

새파랗게 날이 서 있었고 얼굴에는 싸늘한 냉기마저 돌았다. 예상치 못했던 돌발 상황에 다들 할 말을 찾지 못했고, 방안의 공기는 점점 딱딱하게 굳어가고 있었다. 갑자기 바뀐 분위기에 남매들은 모두 당황했고 어떤 표정을 지어야 할지 몰라 난감해하는 눈치였다. 나는 사태를 빨리 수습해야겠다고 생각했지만 어떤 묘안도 떠오르지 않았다. 다만 분위기가 이렇게 가서는 안 된다는 생각이 들었다. 그때 맞은편에 앉았던 막내 남동생이 분배 내역서를 자세히 들여다보다가 해결책을 내 놓았다.

"저어…… 막내인 제가 건방진 얘긴지는 모르겠습니다만, 분배고 뭐고 없었던 것으로 하고, 큰형님네와 제일 어려운 안산 누나네를 다 줍시다. 어때요?" 남동생이 자신의 의견에 대해 동의를 구하려는 듯, 남매들의 얼굴을 둘러보았다. 그러나 그 말이 미처 끝나기도 전에 내 옆에 앉아 있던 남편이 나섰다.

"그건 안 돼! 막내 처제네가 그 재산에 아무것도 기여한 바가 없어."

저이가 왜 저러나 싶었지만 이미 엎질러진 물이었다. 순간, 안산 여동생의 작은 두 눈이 남편을 향해 동그랗게 떠졌고, 큰 형부만 안 된다고 나서는 이유가 뭐냐, 며 얼굴을 붉혔다.

"내 말이 틀렸어? 솔직히 말해서 처제가 장인어른한테 한 게 뭐가 있어? 빚 갚을 때도 처제네만 빠졌잖아!" 남편의 목소리는 생각보다 높았다.

"그건 나도 반대야, 주려면 네 몫이나 줘." 원주 여동생도 목소리를 높이며 막내 남동생의 의견에 반대하고 나섰다.

사태는 점점 걷잡을 수없이 악화되고 있었다. 그 누구도 예상치 못했던 일이었다. 갑자기 벌어진 난감한 상황에 남매들은 어떻게 대처해야 할지 몰라 모두 머쓱해져 있었다. 그때, 언제 들어와 있었는지 문 앞에 서 있던 장조카가 웃으면서 한마디 던졌다.

"그냥 없었던 걸로 하고 우리 세대로 바로 넘겨요. 그렇게 다투지 말고."

나는 고개를 들고 조카를 바라보았다. 여드름투성이 얼굴에 어깨가 떡 벌어진 남자가 서 있었다. 조카의 말에 우리는 모두 웃으면서 그래야겠다, 하고 분위기를 누그러뜨렸다. 조카 앞이라 웃음으로 얼렁뚱땅 넘기긴 했지만, 무슨 음모를 꾸미다 들킨 것처럼 움찔했다. 아까부터 조카가 이 광경을 지켜보고 있었구나, 하는 생각이 들자 나는 가슴 한 쪽이 뻐근해왔다.

“모두 다 시끄럽다!” 사태수습을 하려는 듯, 오빠가 고함을 질렀고 오빠의 말에 주위가 조용해졌다.

“섭이 엄마는 나가서 술상 봐오고, 나머지는 모두다 이쪽으로 앉아!”

오빠의 명령에 따르려는 듯, 올케는 주방으로 가고 우리는 주춤주춤 오빠가 앉으라는 쪽으로 자리를 옮겼다. 분위기상 앉든 서든 간에 모양새를 바꾸기는 해야 할 것 같았다. 큰 소리로 주변을 정리한 오빠는 성큼성큼 TV가 놓여있는 쪽으로 걸어갔다. 그리고 진열장 서랍을 열고 뭔가를 뒤적거렸다. 우리는 아무 말 없이 오빠가 하는 행동을 지켜보고 있었다. 허리를 구부리고 엎드린 채 오빠가 찾아낸 것은 빨간색 화투 뭉치였다. 역시 오빠였다.

“다들 앉아, 그렇게 서성거리지 말고.”

오빠가 방바닥 중앙에 국방색 담요를 깔고 앉았다. 그리고 아무 말 없이 먼저 선을 보았다. 올케가 술상을 봐왔고 누구도 그 일에 대해 말하는 사람은 없었다. 모두들 입을 꾹 다물고 앉아 손에 든 화투 패를 들여다보았다. 그러나 남매들의 얼굴에는 초저녁의 밝고 흐뭇하던 표정은 사라지고 없었다. 어딘가 모르게 어둡고 그늘져 보였다. 방안의 공기는 철가루가 섞인 양 딱딱하고 무겁게 가라앉았다. 때마침 포항 남동생이 연이어 퍽을 두 번이나 하자 사람들이 웃었다. 하지만 그 웃음은 짧게 끝났고 어딘지 모르게 어색했다. 방안에는 남자들의 화투 치는 소리와 담배연기로 가득했고, 아이들은 작은 방에서 노느라 시끄러웠다. 나는 자리에서 일어나 거실로 나왔다. 세 명의 올케와 안산 여동생은 싱크대 앞에 앉아 있었다. 고개를 돌려보니 현관 앞에 커다란 상자 하나가 놓여 있었다.

"올케, 저게 뭐야?" 나는 올케를 돌아보며 물었다.

"제기(祭器) 세트야." 올케의 목소리는 가라앉아 있었다.

"제기는 왜?"

"원주 아가씨 갈 때 들고 가라고."

웃어야 할지 웃지 말아야 할지 몰라, 나는 어색한 표정으로 올케들을 바라보았다.

"집이 좁아서 둘 곳도 없었는데, 잘됐죠 뭐." 포항 올케가 제기 상자를 바라보며 차분한 목소리로 예의 바르게 말했다.

"대단한 올케들이야. 단합도 잘 되고."

나는 웃으면서 농담 비슷하게 받아 넘기고 작은방으로 들어갔다. 아이들은 노느라 누가 들어오는 것에는 관심도 없었다. 나는 원목으로 된 조카의 2층 침대 위로 올라갔다. 부엌으로 가서 여자들 틈에 끼고 싶은 생각도, 화투판이 돌아가는 안방에 있고 싶은 생각도 없었다. 빨리 이곳에서 빠져 나가 집으로 가고 싶은 마음뿐이었다. 자리에 눕자 갑자기 피로가 온몸을 덮쳐왔다. 좀 쉬어야겠다고 생각하고 눈을 감았지만 잠은 오지 않았다. 조금 전에 있었던 장면들만 생생하게 떠올랐다. 나쁜 공기를 내뿜듯이 나는 길게 숨을 내쉬었다. 예기치 않았던 불편한 감정 때문인지 좀처럼 잠이 오지 않았다. 우리 남매에게 그런 상황이 벌어졌다는 사실이 믿어지지 않았고, 보지 말아야 할 것을 본 것처럼 기분이 씁쓸했다. 일이 사실로 드러나기도 전에 벌써부터 속내를 드러내고 얼굴을 붉히다니, 우리 남매도 별수 없는 사람들이구나, 하는 실망스러움에 가슴속이 몹시 헛헛했다. 안방에서는 남자들이 화투치는 소리가 여전했고 간간히 웃음소리도 났다. 여자들은 잠이 들었는지 부엌 쪽이 점점 조용해졌고, 아이들도 지쳤는지 하나둘 아무 데나 누워 잠이 들었다. 나는 생각을 멈추고 잠을 청했지만, 잠은 오지 않고 현관 앞에 놓인 제기 상자만 어른거렸다.

오빠가 다시 연락을 해온 것은 그다음 주 화요일이었다. 오빠의 목소리는 지난번에 비해 힘이 빠져 있었다.

"오빠, 어떻게 됐어, 서류는 왔어?"

"응, 서류가 오긴 왔는데……."

"서류가 왔다고?" 나는 오빠의 대답을 재촉했다.

"그런데 아버지가 그 산을 다 산 것이 아니고 지상권만 샀단다."

"지상권?"

"무슨 말이냐 하면, 산 임자는 따로 있고 지상권만 사서 나무를 베어다 판 거야."

"그럼 그 지상권은 지금도 우리 거야?"

"그게 말이다. 유효기간이 30년인데 올해로 끝이 났단다."

"뭐야! 그럼 무슨 승낙을 해달라는 거야?"

"근저당권의 소멸 승낙서. 그리고 돈이 나오는 게 아니고, 우리가 도로 3만원씩 내야 한다."

"도대체 그건 또 무슨 소리야! 우리가 왜 돈을 내?"

"유효 기간은 끝났고, 등기 이전하는데 비용이 그렇게 들어간단다."

나는 어이가 없어서 뭐냐고 투덜거렸고, 오빠는 서류 때문에 내일 우리 집으로 오겠다고 했다. 오빠는 인감증명서를 꼭 떼어놓으라고 당부하면서 전화를 끊었다. 다음날 나는 동사무소에 가서 인감증명 한 통을 준비했다. 서류를 떼어오면서도 이런 경우도 다 있구나, 하는 생각에 어처구니가 없었다. 점심때쯤 오빠가 서류를 가지고 들어섰다. 오빠가 들고 온 서류에는 이렇게 쓰여 있었다.

〈보내드린 제적등본에 밑줄로 표시되어 있는 분들의 인감 한 통씩 필요하고, 근저당권의 소멸 승낙서에 성명을 쓰고 인감도장을 찍어주십시오. 문의 사항. 전화 054-000-0000번. 영양군청 건설과 도로계. 안상수〉

그리고 내 이름이 적힌 근저당권의 소멸 승낙서가 따로 한 장 더 있었다. 서류를 읽으면서 나는 점점 얼굴을 찡그렸고, 오빠는 그런 나를 바라보면서 웃음을 터뜨렸다. 서류를 다 읽고 나서 맥이 빠지고 어이가 없어서 오빠를 바라보며 웃고 말았다.

"국가에서 보상금이 나오는 게 아니라, 우리가 도로 돈을 내야 한다고?"

거실 바닥에 서류를 내던지면서 내가 물었고 오빠가 고개를 끄덕였다. 예상을 빗나간 어이없는 상황에 둘이서 한참을 웃고 있는데, 구리 남동생이 전화를 걸어왔다.

"저는 서류 못 해줍니다. 우리가 아쉬운 게 뭐가 있다고 돈까지 들여가면서 서류를 해 준단 말입니까? 형님, 이 일은 여기서 그만두십시오. 아쉬우면 저들이 오라죠." 남동생은 아주 단호하게 말하고 전화를 끊었다.

나도 남동생의 말이 옳다고 생각했고 오빠도 그러기로 결론 내리고 집으로 돌아갔다. 오빠가 가고 나서 동생들에게 전화를 했더니 그 사실을 이미 알고 있었다. 자신에게 돌아올 몫을 계산하고 있던 남매들은 되레 3만 원씩 내야 한다는 사실에 맥이 빠져있었다. 원주 여동생은 자신은 성질이 급해서 속만 드러내 보였다며, 다음에 올케를 어떻게 보냐고 하소연했다.

그날부터 우리 육남매는 그 일에 대해 아무도 신경 쓰지 않았다. 모두가 잊어버린 듯, 예전처럼 지냈다. 원래 있었던 것이 아니어서 그런지 억울해하거나 섭섭하다는 사람은 없었다. 그렇게 보름이 지나갔고 아파트 담장에는 빨간 넝쿨장미가 한 송이씩 피어나기 시작했다. 나는 여전히 책을 읽고 소설을 썼다. 소설은 중반을 넘기면서 갈등국면으로 치닫고 있었다. 처음 의도와는 전혀 다른 방향이었다. 하지만 나로서도 어찌해볼 도리가 없었다.

그동안 영양군청에서 서류를 보내달라는 전화가 몇 번

왔으나, 오빠는 서류를 보내지 않았다. 그리고 다시 일주일이 더 지나고 여기저기에서 비릿한 밤꽃 냄새가 한창일 때, 그 산 주인이라는 사람이 오빠를 찾아왔다. 죽은 아버지 연배로 보이는 그 사람은 자신의 입장을 설명하면서 서류에 승낙을 해달라고 요구했다. 그렇지 않으면 재판을 해서 절차를 밟아야하므로 무척 복잡하다며, 난감해했다. 남동생이 유효기간이 끝나기 전에 왜 연락을 하지 않았냐고, 의도적인 것이 아니냐고 따져 물었다. 그런 것은 아니고 그 산을 작년에 샀다고 산 임자가 말했다. 그 사람은 계산적이거나 머리를 굴리는 사람 같아 보이지는 않았다. 산 주인이라는 사람의 태도와 입장을 생각한 오빠는 육남매의 서명 날인이 된 서류를 순순히 넘겨주었다. 예상보다 쉽게 서류를 건네받은 때문인지 그 사람은 몇 번이고 고맙다며 오빠에게 고개 숙여 인사를 했다. 산 임자가 서류를 가지고 내려갔고, 그것으로 아버지의 땅에 관한 일은 모두 마무리되는 듯했다.

그런데 다시 일주일쯤 지났을 때, 그 산 주인이 보상금 중에서 일부를 건네주겠다는 전화를 걸어왔다. 산 주인은 재판을 해도 그 보다는 돈이 더 들어가기 때문에 보내주는 것이라고 했다. 얼마인지 액수는 모르지만 잃었던 보따리

중에서 하나라도 다시 찾는 건 아닐까, 하는 생각이 들었다. 그러나 우리 육남매의 인감증명서를 건네주고 받은 보상금은 고작 5백만 원이었다. 낚싯대에 큰 대어를 낚았다가 놓치고 조그만 송사리 다섯 마리가 올라온 격이었다. 그런데 그 송사리 새끼를 어떻게 처리하느냐, 하는 문제가 또 남아 있었다. 동생들과 나는 그 돈으로 오빠네 내외분 해외여행이나 다녀오라고 했지만, 올케가 거절했다. 오빠도 많은 돈은 아니지만 그래도 아버지 유산인데 그렇게 함부로 쓸 수는 없다고 했다. 오빠는 그 돈을 올여름 육남매 휴가비로 쓰는 것이 어떻겠냐고 했다. 아니 그런다고 했다. 오빠의 확고한 주장에 반대할 사람은 없었다. 그래서 이번 여름휴가는 고향인 영주로 가기로 결정했다. 물론 고향에 내려가서 육남매 모두가 아버지 산소로 먼저 갈 것이라고, 오빠가 말했다. 물려주신 유산으로 육남매의 우애를 다질 수 있도록 해 주신 것에 대해 감사의 인사를 올려야 한다고 했다.

하지만 올케와 안산 여동생은 이번 여름휴가에 빠지겠다고, 연락을 해왔다. 지금까지 육남매 모임에 한 사람이라도 빠진 적은 없었다. 어떤 중요한 일도 우리 남매의 우애를 다지는 모임에서는 후순위였다 그런데 벌써부터 안

가겠다고 확고하게 의사를 밝히는 것은 있을 수 없는 일이었다. 휴가비도 넉넉한데 가서 재미나게 놀다 오자고 설득했지만, 올케는 내 말을 끝내 받아들이지 않았다. 올케의 목소리는 전에 없이 싸늘하고 차갑게 느껴졌다. 전화를 끊으면서 나는, 올케의 가슴 속에 독초보다 강한 갈등의 싹이 돋아버렸다고 생각했다. 그리고 그 갈등의 싹은 앞으로 수많은 가지를 뻗어 우애의 나무를 덮쳐올지도 모른다는 느낌이 들었다.

쓰고 있던 단편소설도 마무리 단계에 들어갔다. 소설의 제목을 고민하고 있는데 거실에서 전화벨이 울렸다. 오빠였다. 오빠는 바로 본론으로 들어갔다. 올해가 윤달이라 집안에서 조상님 산소에 비석을 세우기로 했다고. 벽에 걸린 달력을 쳐다보니 음력으로 윤 3월 스무하루였다. 그래서 아버지 산소에도 비석을 세워야 하는데, 그 비용이 5백만 원이라고 했다. 딱 맞네! 라고 내가 말했고, 그러네! 하고 오빠가 놀랍다는 듯이 대답했다. 그 산 주인은 어쩌면 모자라지도 남지도 않는 딱 맞는 금액을 보내주었을까? 하는 생각에 나도 모르게 고개를 갸우뚱했다. 그러면서 예전에 아버지가 자주 했던 말이 생각났다. "내가 죽거든 내 산소에 조그만 비석 하나만 세워다오." 이상하게도 아버지는 살았을 때 비석에 대한 이야기를 자주 했다. 비석 하나 없이 풀이 무성한 산소를 보면 자식들에게 버림받은 무덤 같다며, 아버지는 자식들의 이름을 새긴 작은 비석 하나를 꼭 세워달라고 했다. 나는 오래 전 여름날 시골집 마루에서 들었던 아버지의 굵은 목소리를 상기하면서, 이번 일이 참으로 희한하다는 생각이 들었다. 돈보다는 우애를 중요시했던 아버지가 혹시라도 육남매의 우애에 금이 갈까봐, 비석을 세우는데 필요한 돈만 보낸 것은 아닐까. 하고 고개를 갸웃했다.

다음날 아침 오빠가 전화를 걸어와 윤달에 일을 끝내야 하므로 이번 주말에 육남매 모두가 아버지 산소에 가야 한다고 했다. 그러나 포항 동생은 해외출장이라 못 오고, 구리 남동생은 처가에 일이 있어서 안 되고, 올케는 몸이 안 좋아 못 간다며, 오빠가 걱정스러운 목소리로 말했다. 사실 나도 다른 일정이 잡혀 있는 상태였다. 오빠와 전화를 끊고 나는 다시 책상 앞에 앉았다. 소설은 겨우 마쳤지만 아직까지 제목은 붙이지 못한 상태였다. 다른 때는 제목을 먼저 정해놓고 쓰기도 했지만 이번에는 적당한 제목이 떠오르지 않았다. 한참을 고민한 끝에 나는 이번 소설의 제목을 '더없이 푸근한 토요일'로 정하기로 했다. 컴퓨터의 전원을 눌러놓고 화면이 밝아지기를 기다리면서, 책장 옆에 놓인 행운목을 바라보았다. 꽃이 언제 피었느냐는 듯, 하얀 꽃은 사라지고 길고 검푸른 이파리들만 뱀처럼 꿈틀거리고 있었다. ❦

백일이 갓 지난 아이를 받아 안던 엄마의 표정은 깊은 산 속, 백조의 성에 갇히게 될 여인의 모습이랄까

81년생 이민영

81년생 이민영

"5분 뒤 미팅, 10-2회의실로 알지?"

회의 시간을 알리는 부장의 목소리다. 월요일 아침 주요 업무 및 진행상황을 보고하는 자리, 손에 업무수첩을 든 부서원들이 하나 둘 회의실로 모여든다. 민영은 맨 마지막으로 회의실로 들어간다. 뒷자리에 앉은 민영은 수첩을 펼치고 낙서를 하기 시작한다. 부장과 시선을 마주치지 않으려면 고개를 들지 말아야해, 라고 생각하면서 큰 동그라미를 그리고 작은 동그라미를 그린다.

"자, 주말들 잘 보냈나? 금주도 잘 해보자. 모바일특성화 매장이 몇 점 시행되었지?"

부장이 직원들을 둘러보며 부드러운 목소리로 말한다.

대답 대신 민영은 여전히 고개를 숙인 채 두 개의 작은 동그라미 안에 별을 그려 넣는다. 부장이 오늘 무슨 안건에 대한 얘기를 할 것인지 대충은 알고 있다. 출근하자마자 일 년 선배인 조과장 언니가 살짝 정보를 주었다. 자신과는 별개의 일이라고 결론을 내린 상태다. 민영이 업무 수첩에 그린 얼굴이 지우의 모습을 닮았다. 지우는 지금쯤 어떻게 하고 있을까. 어젯밤에는 열이 38도까지 올라서 몸이 불덩어리 같았는데. 옷을 다 벗기고 찬물 수건으로 몸을 감싸고서야 겨우 잠이 들었는데. 민영은 자꾸만 아래로 처지는 눈꺼풀을 힘주어 밀어 올린다.

"17년형 신제품 스토리 존 연출물 디자인은 샘플 받아 보았나?"

동기와 후배들은 각자 맡은 업무에 대한 브리핑을 착착 대답해나가고, 출력해 온 차주 계획안에 대해서도 열심히 보고를 하고 있다. 입사초기에는 내 모습도 저랬었는데, 허리를 곧추세우고 앉아 부장과 눈을 맞추려고 애 썼는데……. 그녀는 열에 달떠서 발갛던 아이의 입술을 떠올린다.

지우야!

민영은 아이의 이름을 불러본다. 엄마가 지우를 병원에

데리고 갔을까? 반차를 쓰고 집으로 달려 가볼까? 집으로 간다고 해서 뭐가 해결되는 것은 아니다. 지우는 요즘 어떤 놀이를 하면서 놀까. 소방차를 제일 잘 가지고 논다고 엄마의 말을 들어서 알 뿐, 아이가 무엇을 하면서 종일 시간을 보내는지 알 수가 없다. 아이가 성장해가는 모습을 온전히 볼 수 없다는 것이 오늘따라 새삼 마음이 아프다.

"이 대리, 쇼윈도 디스플레이 신제품 교체는 언제까지 되는 거지?"

귤껍질처럼 얼굴 피부조직이 우둘투둘한 부장이 고개를 빼고 민영을 바라본다.

"네, 전주 디자인보드 보고 드린 대로 샘플 점 테스트 하고, 설치 후 큰 이상 없으면 2주내 시공 완료 하겠습니다. 해당 점은 21개점입니다."

민영은 자신이 정리해온 내용을 또박또박 대답할 수 있어서 다행이라는 생각이 든다.

"엄마, 오늘 지우 병원 좀 가봐야 될 것 같아요."

아침에 세수를 마치고 얼굴에 스킨을 바르면서 지우를 업고 있는 엄마에게 말했다.

"알았어."

피곤해 보이는 엄마의 대답은 짧았다. 엄마는 지우를 안고 병원에 갔을 것이다. 한 번도 딸의 부탁을 모른척한 적은 없으니까. 엄마, 힘들면 힘들다고 말하고, 싫으면 싫다고도 좀 말하세요. 언젠가 지쳐 보이는 엄마에게 소리를 지른 적이 있었다. 하지만 태생적으로 착하고 참을성이 많은 성격은 여간해서는 고쳐지지 않는다. 백일을 갓 지난 지우를 받아 지금까지 키우면서 엄마는 한 번도 힘들다는 말을 한 적이 없다. 그래서 민영은 엄마는 정말 손자를 예뻐하시는 구나. 하고 생각했고, 주말에도 아이를 맡기고 친구를 만나거나 남편과 영화를 보러 가기도 했다. 하지만 언젠가부터 엄마의 얼굴이 해쓱해졌고 점점 말수가 줄어들었다. 화장도 하지 않고 잘 웃지도 않았다. 그럴 때도 있겠지, 엄마도 사람인데. 민영은 대수롭지 않게 생각했다. 하지만 한 달 전 이모의 전화를 받고서야 엄마의 상태가 심각하다는 것을 알았다.

"그게 우울증의 시초란다. 신경 좀 써라."

이모의 말투에는 걱정이 묻어 있었다.

"다들 맡은 바 임무를 잘 수행해 주고 있어 늘 고마워. 그래서 말인데 중국시장이 지금 변화가 커서 중국 총괄에서 디자인 인력을 요청해왔어. 6개월 정도 중국과 한국을 오가면서 중국 매장을 한국 시장처럼 개선해 줄 사람이 필요한데……. 인사과를 통해 정식으로 요청이 들어왔어. 신입사원 보다는 경험이 좀 있는 사람이 가서 도와준다 생각하고 오픈을 해줘야 하는데, 흠……. 조과장은 부천점 개선TF로 이미 들어가 있고……. 박과장은 임원진 현장 점검 담당자고……. 흠……. 그럼, 부장의 시선이 민영에게 꽂힌다.

'그렇다. 그 다음은 입사 8년 차 나의 차례다.'

민영은 부장의 시선을 피하기 위해 최대한 목을 움츠리고 중요한 메모를 하듯 낙서를 한다. 오늘따라 회의 시간이 무척 길게 느껴진다. 중국시장이라니 지금으로서는 어림도 없는 얘기다. 안 돼! 민영은 자신도 모르게 고개를 옆으로 흔든다.

"흠, 다들 생각해보고 다시 결정해보자. 오늘 회의 이상."

"휴우."

회의를 끝내고 자리로 돌아온 민영은 달력을 바라본다. 지우 예방접종을 이번 주에 해야 하고, 시어머니 생일도 있으니 주말에는 시댁에 가야하고……아차차 저번 달 업무를 빠듯하게 마감 하다 보니 관리비를 제때 못 냈네. 몸은 책상에 앉아 있으면서 마음은 이리저리 뛰어다닌다. 컴퓨터 화면에는 벌써 메신져가 날아다니기 시작한다.

"오늘 뭐 먹을 거야? 부장님 안 계신다. 빨리 메뉴 정해."

"늦게 나가면 오래 기다리니까 빨리 나가자."

"나 오늘 열 받았어. 아 썅."

열 받은 조과장 언니는 홍대리와 김주임을 데리고 사무실을 나간다. 파티션 너머로 직원들이 하나둘 자리에서 일어나 웃옷을 걸치고 있다. 점심시간이 되었지만 민영은 아무것도 먹고 싶지 않다. 생각 같아서는 혼자 사무실에 남고 싶다. 하지만 습관처럼 자리에서 일어나 동료들을 따라나선다. 엘리베이터에서 내려 밖으로 나가자 높은 빌딩숲 사이로 직장인들이 쏟아져 나온다. 조과장 언니를 비롯한 여성 4인방은 맵기로 유명한 짬뽕집으로 향한다. 조과장 언니와 홍대리 김주임 그리고 민영은 디자인실 여성 4인방이다. 여성 4인방은 모두 아기엄마라는 공통분모를 가지고 있다.

주문한 식사가 나오는 동안, 민영은 창가에 앉아 스마트폰으로 문자를 보낸다.

'엄마 몸은 좀 어때요? 지우 병원은 갔다 왔어요? 뭐래요? 일찍 갈게요.'

식사가 나오기를 기다리면서 모두가 돌아가며 부장 욕을 한다. 엄마한테서는 대답이 없다. 엄마는 아이 때문에 핸드폰을 자주 들여다보지도 못한다. 민영은 앞에 놓인 그릇에서 면발 몇 가닥을 건져먹고는 수저를 놓는다. 웬일인지 속이 더부룩하고 입맛이 없다. 여성 4인방은 짬뽕인지 짜장인지도 모르게 후다닥 먹어 치우고는 스타벅스로 향한다.

아메리카노와 치즈케익을 시켜놓고 그녀들은 수다를 계속한다. 육아에 대한 정보를 나누고 부장의 흉을 보고, 가사 분담 때문에 남편과 다툼을 벌였던 이야기를 한다. 서로가 서로의 마음을 너무나 잘 안다는 듯이 맞장구를 쳐가며 수다를 떤다. 그녀들은 스마트폰에 저장된 아이모습을 들여다보면서 잠시 행복한 모습으로 돌아간다. 하루 중에 유일하게 스트레스를 날리는 시간이다. 민영은 조과장 언니에게 고민을 털어놓는다.

"아침에 부장이 애기한 중국파견, 나한테 한 애기지? 언니."

"야. 그냥 모른척해. 너라고, 이대리 가세요. 하면 너 어쩔건데?"

"그래……."

8명의 부서원 중 박과장 조과장 다음 연차는 바로 대리 말년 이민영이다. 5년 전 대리 사령장을 받던 날 그렇게 뿌듯할 수가 없었다. 회계사와의 결혼, 대기업 디자인실 입사 3년 만에 대리로 발탁된 민영은 커다란 날개를 단 것 같았다. 결혼 후에도 모든 업무의 중심에서 톡톡 튀는 아이디어와 능동적인 책임감으로 일한 결과, 과장 진급 1순위에 놓여 있었다. 더 높이 더 멀리 날기 위해, 민영은 어떤 일도 겁내지 않고 야근을 해가며 프로젝트를 맡았다. 마치 커다란 날개를 단 한 마리의 알바트로스가 된 것 같았다. 하지만 과로 때문인지 아이가 두 번이나 유산 되었고, 세 번째 유산을 막기 위해 휴직원을 내는 바람에 과장 진급에서 탈락되고 말았다.

어제 회의 때 나왔던 중국파견 건은 1년 후배인 박대리가 자원했다고 했다. 미국 유명대학 유학파로 작년에 스카우트 된 남자 사원이다. 매장 디스플레이에 대한 경험은 부족하지만 스스로 더 크고 싶은 욕심에 자원했고, 부장님은 어쩔 수 없이 박대리를 지명했다고 한다. 인사과 말로는 중국에서의 경험이 있는 민영을 요청하였으나, 개인 스스로가 원하지 않으면 보낼 수 없어서, 부서 내 결정에 따랐다고 했다. 민영은 애써 다행이다 싶으면서도 아쉬운 마음이 든다. 사실 아이만 아니면 스스로의 세계를 넓힐 수 있는 좋은 기회인 것은 자명한 사실이다. 그녀가 입사 초에 꿈꿔왔던 자리이기도 했다. 한때 민영은 한국을 떠나 더 넓은 세계로 날아가고 싶었다. 긴 날개가 꺾여버린 것 같은 느낌이 들지만 어쩔 수 없다고 자신을 다독인다. 산업디자인과 시절, 그녀는 교환학생으로 중국의 북경대학에 1년 동안 다닌 적이 있다. 덕분에 중국어도 어느 정도는 할 수 있고, 중국에 관심이 있었던 것도 사실이다.

민영이 디자인 시안의 샘플 색상을 교정보고 있는데, 관리과 유과장 언니의 메신져가 뜬다.

"이 대리야, 나 이번 주까지만 나오기로 하고 육아휴직 썼다. 엄마건강이 너무 안 좋아 져서 입원 하셨어. 너는 엄마한테 잘해. 돈도 많이 드리고. 주말엔 꼭 네가 아기 보고……."

'언니. 어머님 건강하시길 바랄게.' 진심을 담아 답문을 보낸다.

민영이 출산 휴가 3개월을 쓰고 복귀했을 때였다. 아이가 젖 먹을 시간이 되자 가슴이 빽빽하게 차올랐다. 화장실에서 퉁퉁 불은 가슴을 만지며 울고 있을 때, 『워킹맘

엄마수업』이라는 책을 선물했던 언니였다. 이번 3월에 유일한 여성 차장 진급자 후보였는데, 속내를 털어 놓던 유일한 언니였는데……. 유과장 언니도 이렇게 육아휴직자가 되는구나! 민영은 자신의 일처럼 마음이 편치 않다.

워킹맘들은 말한다. 한 여성이 밖으로 나와 사회생활을 하기 위해서는, 또 다른 여성이 뒤에서 희생돼야 한다고. 그건 대부분 친정엄마라고. 친정엄마는 그렇게 만만한 사람이란 말인가. 하지만 민영은 분명하게 알고 있다. 엄마는 원래 책 읽고 글 쓰는 것을 좋아하는 사람이라는 것을. 엄마는 열심히 시를 배우러 다니던 예비 작가였다. 적어도 외손자를 봐주기 전까지는. 그러나 지금은 책 한줄 읽을 시간조차 없는 할머니에 불과할 뿐이다. 그 때문에 누구보다 스트레스를 많이 받는 사람이 바로 엄마라는 사실을. 그래도 엄마는 사람들에게 자랑삼아 말한다. 우리 딸은 대기업의 디자이너라고. 하지만 민영은 엄마에게 자신이 해야 할 육아를 떠맡긴 불효녀일 뿐이다.

'엄마 식사는 좀 했어요? 몸은 어때요? 감기기운은요?'

'응 괜찮아. 지우는 잘 놀고 있다. 새로 온 모래놀이 장난감을 잘 가지고 놀아.'

점심을 먹고 나서 양치질을 하면서 엄마와 문자를 주고

받는다. 화장실 안 세면대 앞은 다시 한 번 워킹맘들의 대화가 이어진다.

"애기 어린이집 낮잠이불 브랜드 어느 회사 걸로 했어? 어린이집 전업맘들하고 연락처 주고받았어? 베이비시터가 아무래도 TV만 보여주는 것 같아. 나 아무래도 휴직서 내야 될까봐, 어른들 눈치가 보여."

자리로 돌아온 민영은 책상에 앉으면서 아기 봐주다 건강이 안 좋아 졌다는 관리과 유 과장 언니의 말을 떠 올린다.

"우리 엄마 오늘 검사결과 나오는 날이야."

"엄마 어디가 안 좋으셨는데?"

"원래 무릎이 안 좋았는데, 나 요즘 회계 마감하느라 계속 야근했거든, 엄마 혼자 너무 힘드셨나봐. 얼마 전부터 소화가 안 된다 하시더니, 위암일지도 모른대……."

"위암일지도 모른대."

한숨 섞인 유 과장의 목소리가 민영의 귓바퀴를 오달지게 붙잡고 늘어진다.

컴퓨터 앞에 앉아 있는 워킹맘들의 눈빛이 모두 하나 같이 절망적이다. 일찌감치 엄마가 죽고 시부모한테 아이를 맡긴 심신 불안형도 안쓰러워하기는 마찬가지다. 민영의 눈앞에 부석부석한 엄마의 얼굴이 떠오른다.

회사에 출근하는 워킹맘들은 세가지 유형으로 나뉜다. 전혀 모르는 베이비시터에게 맡기고 나오는 강심장형. 시부모에게 맡기고 나오는 심신(心身) 불안형, 친정엄마에게 맡기고 나오는 불효녀형. 대부분의 워킹맘들은 세 번째에 속한다고 보면 된다.

두 살 된 딸을 둔 홍대리는 심신 불안형에 해당된다. 친정부모가 교통사고로 동시에 죽고 없다. 시부모가 아이를 봐줄 테니 같이 살자고 했고, 사회적으로 성공 하고 싶은 욕구가 강한 홍대리는 얼씨구나 하고 시댁으로 들어갔다. 그러나 홍대리는 회사에 있을 때도, 퇴근을 해 집에 들어가도 늘 불안하단다. 언제 어떤 불효령이 떨어질지 몰라 그야말로 몸과 마음이 불안한 상태라고 털어놓았다. 시부모와 같이 생활한 지 3년이 된 지금, 홍대리 머리에는 100원짜리 동전만한 원형탈모증이 생겼다.

조과장 언니는 강심장형에 속한다. 언니는 네 살 먹은 제하를 백일 때부터 구청 센터에서 나오는 보모한테 맡겼다. 제하는 그때부터 피 한 방울 섞이지 않은 낯선 아줌마 손에서 자랐다. 그런데도 제하는 엄마의 성격을 닮았는지 여자아이지만 겁이 없고 대범하다. 귀엽고 작은 강아지는 관심이 없고, 덩치가 자기만한 큰개를 좋아하며, 조그만 손으로 큰개의 혓바닥을 꺼내 만지는 등, 상상을 초월하는 행동을 한다. 조과장 언니는 우스꽝스러운 제하의 모습을 찍어 민영에게 보내주곤 했다. 제하의 그런 모습을 보면서 민영은 정체모를 어떤 공포감을 느끼기도 했다.

"우리 엄마 암이래, 위암!"

복어 매운탕 집에서 저녁을 먹으면서 유과장 언니가 길게 한숨을 내 쉬었다. 민영은 놀라서 손에서 젓가락을 떨어뜨렸다. 남의 일 같지가 않았다. 민영은 유과장 언니의 상황에 자꾸만 신경이 쓰인다. 할 일이 조금 남아 있지만 피곤에 지쳐있을 엄마를 생각하니 더 이상 일할 마음이 없어졌다. 요즘 엄마의 얼굴은 피로가 쌓여 병색 까지 있어 보인다. 살이 내려 볼이 푹 들어간 엄마의 얼굴은 누가 봐도 안타깝고, 구해 줄 사람이 필요한 얼굴이다. 민영은 서둘러 컴퓨터의 전원을 끄고 사무실을 빠져 나온다. 12월의 짧은 해는 벌써 사라지고 어둠 가득한 거리를 가로등이 밝히고 있다. 민영은 핸드백을 어깨에 메고 찬바람을 가르며 지하철역으로 뛴다.

올라서야 해!

무조건 타고 봐야해. 민영은 앞사람들을 밀치고 지하철 안으로 발을 들이민다. 어디서 그런 힘이 솟았는지 모르겠다. 자신이 다름 아닌 푸시맨이 된 듯한 느낌이 들지만. 어쩔 수 없다. 이번 차를 놓치면 또 몇 분을 기다려야하므로. 퇴근시간의 지하철 안은 두 발을 반듯이 놓을 공간도 없다. 몸을 옆으로 돌리지도 못할 정도로 복잡하다. 민영은 옆 사람 허리에 감겨있는 핸드백을 겨우 빼냈다. 작은 키 때문에 사람들 틈에서 숨조차 제대로 내쉴 수 없다. 고개를 빼고 작은 틈바구니 속에서 겨우 숨을 내쉰다. 그래 30분만 참자. 아니, 견디자. 조금 지나면 사람들이 많이 내리고 차안이 헐렁해지겠지.

어느 날인가 퇴근한 민영이 현관에서 구두를 벗고 막 거실로 들어설 때였다. 엄마는 시를 쓴다는 친구와 전화를 통화를 하고 있었다. 전화를 받던 엄마의 얼굴은 밝아졌다가 다시 어두워졌다. 그 친구는 드디어 등단을 했다며 밥을 사겠다고 하는 것 같았다. 엄마는 같이 밥 먹을 시간은 없지만, 축하한다는 말을 하고 전화를 끊었다. 퇴근한 은영을 바라보며, 이제 왔니? 라고 말하면서 뒤돌아서는 엄마의 얼굴에는 검은 강물처럼 깊은 생각이 흐르는 것 같았다. 방으로 들어가 보니 아이는 곤히 잠들어 있었다. 민영은 자신의 죄인이라는 생각에 어디론가 숨고 싶은 심정이었다.

출근하자마자 민영은 오늘 사장이 방문할 매장에 전화를 걸어 지시사항을 말해준다. 사장이 방문하기로 했던 매장이 갑자기 바뀌는 바람에 비상이 걸렸다. 어제 사장이 답사 할 매장은 구로점이었데 갑자기 강남 본점으로 바뀌었다는 것이다. 구로점 디스플레이 하느라 사흘 동안 야근까지 했는데, 민영은 화가 치밀어 오른다. 하지만 지금은 화를 낼 시간조차 없다. 그녀는 전화기를 턱과 어깨 사이에 끼고 컴퓨터를 하면서 계속 통화를 한다.

"콜록콜록."

어제는 퇴근이 너무 늦어서 친정집에서 잤다. 콜록콜록 안방에서 밤새 기침소리가 들렸다. 엄마의 이번 감기가 꽤 오래간다고 민영은 생각했다. 그게 자신 때문이라고 생각하면 마음이 참찹해진다. 감기기운이 있어서 밤새 잠도 설쳤을 텐데, 오늘 지우가 많이 보채지는 않는지……. 이러다가 엄마에게 무슨 큰 병이 생기기라도 하면. 하아…….
머릿속이 복잡하다. 하지만 이내 보고자료 작성과 타 부서와의 회의로 오전시간이 금방 지나가버린다. 출근하면서

"엄마, 감기가 왜 그렇게 오래가요?" 라고 민영이 물었다. 하지만 엄마는 아무 대답도 없이 문을 닫고 들어가 버렸다. 요즘 들어 엄마가 좀 이상하다는 생각이 들 때가 있다. 그런 엄마의 모습을 보는 날은 속에 돌멩이가 든 것처럼 가슴이 무겁다. 아! 언제까지 이렇게 살아야 하나. 직장에서 잘리든 말든 육아 휴직계를 내야하나. 그렇다면 1순위에 올라 있는 과장 진급은 또 물 건너가고 말겠지.

민영은 쇼윈도 디스플레이 디자인의 색상을 보드 화 하다가, 잠시 부장이 회의에 간 사이 엄마가 좋아하는 인문학 강의가 있는지 찾아본다. 결혼하고 나서 얼마 뒤 친정에 갔을 때, 엄마는 친구와 전화 통화를 하고 있었다. 민영은 조용히 자신이 쓰던 방으로 들어가 통화가 끝나기를 기다렸다.

"민영이 결혼까지 시켰으니 나도 이제 좋아하는 시 쓰면서 살아야지."

엄마의 얼굴은 밝았고 목소리에는 힘이 들어가 있었다. 그랬구나! 엄마는 시를 쓰고 싶었구나. 민영은 그때서야 엄마가 무엇이 하고 싶은지 정확히 알 수 있었다. 그리고 일주일 뒤 가까운 문화센터에 엄마를 등록 시켜주었다. 처음으로 시 창작 반에 다녀오던 날 엄마는 소녀처럼 들떠 있었다. 엄마는 누구의 아내, 누구의 엄마가 아닌 한 여성으로서의 삶을 살게 된 것이었다. 책상 앞에 앉아 조용히 시상을 떠 올리는 엄마의 모습은 정말 행복해보였다. 엄마의 친구는 진즉부터 시를 쓰고 있는 중이었다.

"여자도 뚜렷한 직업이 있어야 해."

어렸을 때부터 엄마에게서 그런 말을 들어온 민영은 전문직종인 디자인을 전공했다. 대학 동기들은 대부분 중소기업에 취업했지만, 결혼과 동시에 그만두고 전업주부가 된 사람이 많았다. 석사까지 마친 그녀는 대기업에 입사했고, 능력 있는 남편과의 결혼으로 주변으로부터 부러움을 받기도 했다. 하지만, 지금 생각해보면 좋은 직장에 들어왔기 때문에 그만두기가 쉽지 않은, 아이러니한 상황에 부딪혀 있을 뿐이다.

민영은 결혼하고 나서 3년이 넘도록 아이가 생기지 않았다. 이유를 알 수 없었다. 3년 만에 임신 했지만 어이없게 유산되고 말았다. 그 뒤로도 두 번이나 더 유산의 아픔을 겪어야 했다. 시 부모님한테 은근히 눈치가 보이기 시작했다. 일과 육아를 다 잘 해낼 거라는 마음을 내려놓았고, 어떤 것에도 욕심을 버리고 나서야 아이를 얻을 수 있었다. 오랜만에 임신을 하자 시어머니가 반기는 얼굴로 말했다.

"낳기만 해라, 내가 키워줄게."

하지만 배가 불러오고 출산이 가까워지자 시어머니의 말이 바뀌었다.

"너도 알다시피 내가 무릎이 아프고, 너도 내가 봐주면 불편하지?"

하면서 은근슬쩍 뒤로 빠졌다. 당연히 그래야 한다는 듯이 아이는 친정엄마의 몫이었다. 회사 복귀를 앞두고 찾아간 엄마는 선뜻 대답을 하지 않았다. 하지만, 이내 예상했던 것처럼 키워 주마고 허락을 했다.

"엄마가 봐줘야지. 어렵게 얻은 손자를 누구한테 맡기겠니?"

애써 웃음을 지었다. 민영은 주변으로부터 엄마에게 육아를 맡기면 사소한 문제로 의견이 달라 많이 싸운다는 얘기를 들었다. 은영은 속으로 다짐했다. 엄마와 싸우는 일은 결코 없을 거라고.

"역시, 친정엄마 뿐이야! 난 절대 엄마한테 어떤 불평도 하지 않을게."

이후, 엄마는 등록했던 문학강좌를 취소했고, 시 창작

반에도 등록하지 않았다. 그리고 30년 만에 다시 신생아 돌보기에 나섰다. 백일이 갓 지난 아이를 받아 안던 엄마의 표정은 결코 밝지만은 않았다. 깊은 산 속, 백조의 성에 갇히게 될 여인의 모습이랄까. 아니면 특수부대로 차출당해 온 신병의 모습이랄까. 조금은 비장하고, 조금은 우울하고, 조금 겁먹은 듯한 표정, 암튼 그런 것들이 엄마의 얼굴에 스며있었던 것 같다. 좋아하는 시 쓰기를 접고, 아이를 키워야하는 엄마의 심정은 어땠을까? 그때는 그저 아이를 맡겼다는 안도의 마음에 엄마의 심정 같은 건 생각해보지도 않았다.

잠시 일에서 손을 떼고 휴대폰으로 지우 사진과 동영상을 본다. 언제 이렇게 컸을까? 작아서 잘 안지도 못했는데, 시간은 정말 빠르게 지나간다. 지우의 이런 성장이 엄마의 희생이라는 깨달음에 아픔이 섬광처럼 스친다. 회사일에 매달리다보니 아이가 커가는 모습도 제대로 못 보고, 친정엄마의 꿈은 지우의 존재에 가려지고……. 아! 가슴이 답답해진다.

그러고 보니 월말이라 퇴근이 늦어졌다. 아직 할일이 남았지만 민영은 퇴근을 서두른다. 지방 매장까지 전화통화를 해가며, 집계를 하고 이틀 뒤 오픈을 앞두고 있는 매장의 진행상태를 점검하느라 점심도 먹지 못했다. 몸이 먼저 알아차리는 목요일 비 맞은 나무토막처럼 몸이 무겁다. 휴대폰을 열어보니 문자가 여러 개 와 있다. 일일이 답문을 보낼 시간이 없다. 퇴근시간도 이미 지난 상태다. 부장님이 추가로 업무를 시키면 퇴근이 더 늦어진다. 눈앞에서 잠시 사라져야지. 조용히 화장실로 빠져 나와 엄마에게 문자를 보낸다.

'엄마 밥은 먹었어요? 반찬 좀 사갈까요? 지금 곧 갈게요.'

사무실 분위기를 보며 눈치를 살피다 부장이 전화를 받는 사이, 살금살금 사무실을 빠져 나왔다. 이제부터 달리기다. 지금부터 뛰어서 6분 만에 지하철역에 도착하면 7시 18 분 전동차를 탈수 있다. 6-3번 칸을 타면 바로 갈아타기 쉬운 환승 코너가 있고, 8시 반이면 집에 갈 수 있다. 단 일분만 늦어도 안 된다. 민영은 핸드백 끈을 어깨에 바짝 붙이고 중학교 릴레이 선수시절의 속도로 달리기 시작한다. 7시 18분 정시에 지하철 문이 열리는 곳 앞에 섰다. 사뿐히 열차 안으로 들어선다. 지하철을 탄 프로페셔널한 디자이너 이 대리의 뺨은 찬바람을 가르며 달려온 탓에 이내 화끈 달아오른다.

집으로 가는 지하철을 타는 40분 내내, 그녀는 3.5인치 작은 핸드폰으로 밀린 아기용품을 주문한다. 검색에 검색. 아기 발진크림 해외직구, 기저귀 공동구매, 분유 끓는 법, 아기 치아 관리법. 아이가 세 살이니 치카치카도 시켜야한다. 엄마로서의 정보가 부족하고 전업맘들에 비해 절대적으로 시간도 부족하니, 쪼개고 쪼개어 알아보는 수밖에. 지하철에 내리니 역사 앞 빵집에서 맛있는 빵 냄새가 난다.

'엄마는 밥도 못 챙겨먹었으면서 먹었다고 하겠지?' 엄마가 좋아하는 부드러운 빵을 몇 개 고르고 택시를 탄다.

"지우야. 엄마 왔다. 엄마 밥은 좀 먹었어요? 오늘도 힘들었죠?"

"응 먹었어. 있잖아 오늘 지우가 뭘 했는지 아니?"

싱크대의 개수대엔 아이가 먹은 이유식 그릇만 있는데도 엄마는 밥 먹었다고 거짓말을 한다. 엄마는 한 평생 자식을 키우면서 바라보던 눈빛으로 종일 손자를 바라보다가 딸에게 지우 이야기를 전해주었다.

"지우가 오늘 첫 발을 떼고 두 걸음 걸었어! 지우가 오늘 아빠라는 말을 했다."

민영은 지우가 처음 걷는 모습도, 처음으로 아빠라는 말을 한 것도 모두 엄마를 통해 들었다. 아이가 어떤 말을 처음으로 하고, 어떻게 첫발을 떼는지 민영도 보고 싶었다. 그 신통한 순간에, 민영은 회사에서 소재와 샘플을 뽑고, 쇼윈도 디스플레이에 신경을 쓰고 있었을 뿐이다.

엄마에게 빵을 내밀고 아기에게 옷을 입히려고 하니, 할머니 집에서 자겠다고 떼를 쓴다. 할머니가 봐주니 할머니를 따르는 게 당연하지만, 마음 한 구석이 미여온다. 친정엄마의 헝클어진 머리카락, 장난감들로 뒤집어진 친정집 거실, 울고 떼쓰면서 엄마를 따르지 않는 아이……. 빨리 지우를 데리고 나와야 엄마가 빵이라도 먹을 텐데……. 민영은 울며 떼쓰는 아이에게 억지로 옷을 입힌다.

'미안해, 아가. 엄마가 미안해…….'

한 팔로는 우는 아이를 안고, 다른 어깨에는 핸드백을 메고 친정집을 나온다. 12월 초겨울 바람에 아이가 추울까봐 한 번 더 꼭 껴안고 지하 주차장으로 향한다. 핸드백 안에서 스마트폰 문자 음이 들린다. 민영은 그러지 않아도 남편에게 전화를 해 보려던 참이었다. 남편은 회식이라고……. 똑같이 일하고 은영도 나름 월급 많이 받는 여자지만, 아직도 육아와 집안일은 여자 일이고, 남자는 도와주면 고마운 일인가보다. 그녀는 시간이 갈수록 남편에게 쌓이는 불만의 수위가 높아지고 있다는 생각이 든다. 직장과 육아 그리고 사랑, 그 어느 것도 온전하게 해내지 못하고 위태로워지고 있는 것은 아닐까.

집으로 돌아온 민영은 목욕을 하지 않겠다고 떼쓰는 아이를 씻기고, 머리를 감기고, 로션을 발라주고, 기저귀를 채우고, 옷을 갈아입히고 나니 온몸에 힘이 쭉 빠진다. 아이는 민영에게 책을 읽어달라고 하고 그녀는 피곤하다. 간식을 먹이고, 놀아주고, 더러워진 옷을 갈아입히고, 세탁기를 돌리고, 다림질을 하고, 집에는 왜 이렇게 할 일이 많은 것일까. 아기 장난감을 정리하고, 빨래를 개고 나니 밤 열두시가 넘었다. 그제야 민영은 거울 앞에서 화장을 지우기 시작한다.

"몇 시? 일곱 시 네!"

민영은 이불을 밀쳐내고 용수철처럼 벌떡 일어난다.

"지우야, 엄마 회사 가야 해!"

자는 아이를 일으켜 세운다. 처음엔 조금 우는 것 같던 지우는 금새 할미~ 하며 자기가 가는 곳을 알아차리는 눈치다.

"미안해, 엄마 미워?" 아이의 얼굴을 바라보며 물어본다. “아이잉.” 하며 괜찮다고 대답을 하는 것 같다. 미쳐 잠에서 깨지도 않은 지우를 포대기로 감싸 안고 친정집으로 달린다. 친정집 현관에 지우를 내려놓고 “엄마 갔다 올게.” 하며 돌아서려 하자 지우가 아쉬운지 울기 시작한다.

“지우야 엄마는 항상 지우 곁에 있어. 엄마는 지우 많이 많이 사랑해. 엄마 보고 싶으면 할머니한테 전화해 달라고 해.”

아이를 향해 마음을 말하면서, 한참을 가슴에 안고 있다 내려놓으니 그제야 손을 들고 빠이빠이 한다. 현관을 나와 엘리베이터를 타면서 시간을 본다. 아차차!!!~~ 지각 위기에 쳐해 있다.

자, 지금 부터 지하철역까지 뛰면 7시 55분 전동차를 탈 수 있고, 엘리베이터를 기다리지 않고 운 좋게 타면 8시 57분에는 사무실에 도착할 수 있어. 그렇다면 지금 할 수 있는 것은 달리는 것뿐이다. 달리자! 달려야한다. 민영은 버스 정류장을 향해 뛰기 시작한다. 간신히 버스에 오른 민영은 뒷좌석에 앉아 화장을 하기 시작한다. 집에서 겨우 스킨만 바르고 나왔다. 창밖으로 보이는 거리에는 미세먼지가 자욱하다.

가까스로 지각은 면했으나 사무실 눈치가 보인다. 강심

장형 워킹맘 조과장은 '너 자꾸 정시출근 할래? 이래서 과장되겠어?' 하고 메시지를 보내온다. 말은 그렇게 하면서도 언니는 민영의 컴퓨터를 열어놓았다. 금요일이라 저녁에 회식이 있는 날이다. 상사의 말을 경청하면서 늦은 시간까지 술을 마셔야 할 것이다. 일주일 후에 오픈하는 매장이 있어서 오늘도 정신없이 바쁠 것이라고 민영은 생각한다. 밤샘작업을 하더라도 완벽한 모습을 짠하고 등장시켜야한다. 다행히 내일은 토요일이다. 적어도 이틀은 지우와 시간을 보낼 수 있다.

회식을 마치고 도로로 나온 민영의 몸은 자꾸만 앞으로 꼬부라진다. 이렇게 취하면 안 되는데. 민영은 정신을 가다듬고 스마트폰으로 시간을 확인해본다. 열한시 십분, 택시! 택시! 마치 자정을 앞둔 신데렐라처럼 그녀는 허겁지겁 택시를 잡아타고 친정집으로 달린다. 몇 시에 오니? 어디쯤 오고 있니? 왜 이렇게 늦는 거니? 나 오늘 좀 늦어. 그녀가 상사들의 비위를 맞추면서 술을 마시는 동안, 엄마에게서 세 개의 문자가 와 있다. 역시나 남편은 늦는단다. 지금 답을 보낼 필요는 없다. 아이는 이미 잠들었을 시간이고 엄마는 지친 몸으로 눈을 슴벅거리며 딸을 기다리고 있을 것이다.

퇴근이 늦은 탓에 엄마는 다른 날보다 더 피곤해 보인다. 선잠에서 깬 지우는 할머니 등에 매달리면서 업어달라고 떼를 쓴다. 민영은 우는 아이를 안고 자신의 방으로 들어간다. 지우가 우는 소리를 듣고 문밖에서 엄마가 말한다.

"지우야, 할미가 업어줄까?"

"신경 쓰지 말고 들어가 주무세요."

"아이가 저렇게 우는데 어떻게 들어가서 자니? 내가 업어서 재울게. 지우야 이리와."

엄마가 방으로 들어와 지우 앞에 등을 내민다. 지우가 냉큼 할머니 등에 업힌다. 겹겹이 피로가 쌓인 엄마의 얼굴은 병색이 짙어 보인다. 그런데도 들어가 쉬지 않고 지우를 업어 재우겠다고, 민영은 할머니 등에 업혀 있는 아이를 세게 잡아당기면서 자신도 모르게 화가 치밀어 오른다.

"언제까지 이런 식으로 애를 키울 건데요?"

"이런 식이라니, 갑자기 무슨 소리니?"

"언제까지 애를 안고 업어서 재울거냐 말이에요?"

"뭐라고! 왜 그렇게 화를 내는 건데?"

"제발 나가세요!"

두 사람의 목소리가 높아지자 지우의 울음소리가 더 커진다. 지우야 이리와, 할머니의 부드러운 음성에 지우가 엄마 등에 덥석 업힌다. 그리고 금새 눈을 감고 잠이 든다. 민영은 망연해하며 자신이 무엇 때문에 화가 났는지, 엄마한테 왜 그랬는지 알 수가 없다. 엄마에게 화를 내고 싶은 마음은 조금도 없었는데……. 민영은 요즘 자신도 모르게 속이 뒤집어지는 순간이 많다.

토요일 오후, 민영은 시댁 싱크대 앞에 서 있다. 딸기를 씻고, 파인애플을 깎고, 배를 깎아서 쟁반에 담는다. 시동생이 아직 미혼이라 며느리는 그녀 한 사람 뿐이다. 다음 월요일이 시어머니 생일이지만 앞당겨 치른 것이다. 다행히 점심은 시댁 근처에 있는 갈빗집에서 해결하고, 케이크 절단식도 마치고 들어왔다. 남편은 느긋하게 소파에 앉아 시아버지와 대화를 나누고 있다. 몸이 뚱뚱한 시어머니는 지우를 달래느라 정신이 없어 보인다. 남편은, 요즘 다니던 회사를 나와 지인들과 법인을 설립 하느라 무척 바쁘다고 말한다. "지우야, 내가 지우 할머니야. 할머니는 지우를 사랑해." 하지만 아이는 할머니를 거부하고 부엌에 있는 엄마에게 달려온다. 시어머니가 부엌으로 와 지우를 안고 다시 거실로 간다. "엄마아!" 지우는 민영에게 빨리 오라는 손짓까지 하며 울어댄다.

"앤 왜 이렇게 울기만 한다니?"

"낯설어서 그렇죠, 어머니. 외할머니랑은 울지 않고 잘 놀아요."

과일이 놓인 찻상을 들고 가면서 민영은 퉁명스럽게 말한다. 상냥하게 대답할 기분이 아니었다. 하지만 그것은 실수였다. 거실 분위기가 갑자기 썰렁해지고, 민영을 바라보는 남편의 얼굴이 굳어 있다. 지우를 안고 시어머니 옆에 앉으면서, 민영은 빨리 집에 가서 쉬고 싶다는 생각을 한다. 하지만 남편은 느긋하게 과일을 먹으면서 일어설 기색이 없다.

오전에 아이를 안고 시댁에 들어섰을 때, 시부모님 두 분이 현관으로 달려 나와 지우를 안으려 했다. 하지만 지우는 건너가지 않으려고 필사적으로 몸을 돌렸다. 시어머니는 거의 강제적이다 시피 민영의 품에서 지우를 빼앗아 갔고, 놀란 지우가 울음을 터트렸다.

"지우야 잠깐 DVD 좀 보고 있어."

설거지를 하기 위해 아이에게 뽀로로를 틀어준다. 일요일인데도 남편은 사무실을 알아봐야 한다며, 미안한 표정을 하고 조금 전에 나갔다.

"엄마 설거지 금방 끝낼게."

설거지를 하는 민영의 앞으로 지우가 다가와서 조그만 손으로 엄마의 몸을 민다. 설거지 같은 거 그만두고 자기를 봐달라고.

"알았어. 지우야, 그래, 알았어."

잠시 하던 일을 멈추고 아이를 안고 티 없이 맑은 두 눈을 바라본다. 어쩌면 이렇게 맑고 순수할 수 있을까? 민영은 아이의 얼굴에서 시선을 떼지 못한다. 언제 이렇게 컸을까. 보고만 있어도 머리가 이렇게 힐링 될 수가 없다. 마음속 마카롱을 먹는듯하다. 사운드북의 곰그림 버튼을 누르자, 나오는 노래를 따라 지우가 율동을 하기 시작한다.

곰 세마리가 한 집에 있어 아빠곰, 엄마곰, 아기곰~

민영은 아이와 같이 율동도하고, 동화책도 보고, 숨바꼭질 놀이를 한다. 한참을 놀더니 지우가 졸리는지 손등으로 눈을 비빈다. 벌써 잘 시간이구나, 우리 아기. 전업 맘 아기는 일찍 자고 늦게 일어난다는데, 우리아기는 일하는 엄마 때문에 같이 출근하고 같이 야근하는 것 같아 늘 미안하다. 일하는 엄마는 죄인이라는 생각이 든다.

지우를 안아 재워놓고 남은 설거지를 하다 보니, 괜히 속상한 마음이 든다. 순간순간 최선을 다하는데. 늘 쫓기고 치여도, 최고는 아니지만 최선을 다하려고 애썼는데, 친정엄마에게도 지우에게도 미안한 마음은 없어지지 않는다. 아니 평생 없어지지 않을 것 같다.

지금의 이 생활이 자신이 그토록 갈망해온 삶이 맞는지, 이를 악물고 치열한 경쟁을 하면서 달려온 목적지가 맞는지, 민영은 갑자기 회의가 밀려온다. 이러다가 엄마가 아프기라도 한다면. 민영은 뭔가가 잘못되었다는 생각이 든다. 계속 이렇게 살아야 할 것인지, 직장을 포기하고 아이를 키우면서 살아야 할지도 판단이 서질 않는다. 그렇게 한다면 최소한 엄마와 지우에게 미안한 마음은 덜할 것이라는 생각이 든다. 하지만, 여기까지 오기 위해 얼마나 힘들었는데, 과장 진급이 바로 코앞에 와 있는데, 포기하다니…… 민영은 고개를 옆으로 젓는다.

길고 큰 날개를 펴고 폭풍우를 헤치며 바다 위를 날아가는 알바트로스. 그는 쉬지 않고 높고 먼 거리를 날다가, 먹이를 찾으러 잠시 낯선 육지에 불시착 한다지. 다시 날아오르려 하지만 크고 긴 날개의 무게 때문에 날아오르지 못한다지. 어떤 기류에 의하지 않고는 그는 이제 날지 못한다지. 그는 바닷가에서 긴 날개를 푸드득거리며, 그저 해가 뜨고 지는 것만을 바라보는 바보새가 되고 말았지. 민영은 자신이 마치 날개를 질질 끌고 다니는 바보새가 된 것 같은 기분이 든다.

다시 월요일

우는 아이를 친정집 거실에 내려놓고, 민영은 버스정류장을 향해 달린다. 그래 달리자. 달려야 한다. 달리고 달린 덕분에 그 시간대의 지하철에 간신히 몸을 실었다.

'아가, 미안해. 나중에 커서 부디 엄마는 왜 나를 안 키워줬어?' 라고 대들지 않기를……. 엄마는 정말 최선을 다해 엄마의 위치에서 널 키우고 있단다. 사무실로 올라가는 엘리베이터 안에서 시간을 확인해 본다. 또 정시 출근이다. 민영은 최대한 몸을 낮추고 사무실로 들어선다.

"5분 뒤 미팅, 10-2회의실로 알지?"

부서의 회의 시간을 알리는 부장의 목소리다. 한 손에는 핸드폰을, 다른 손에는 업무수첩을 든 부서원들이 하나 둘 회의실로 모여든다. 허겁지겁 수첩을 찾아든 민영은 맨 뒷

자리에 가서 앉는다. 그리고 부장의 시선을 피하기 위해 중요한 메모라도 하듯 낙서를 시작한다. 동그라미를 그리고 새의 머리를 그리고 몸통을 그린다. 커다란 날개를 질질 끌고 가는 알바트로스를 그린다.

이제 그의 말은 죽은 장닭의 벼슬처럼 어떤 위엄도 갖지 못했다

낯선 여인

낯선 여인

그는 옆 자리가 선득한 걸 느꼈다. 옆으로 고개를 돌려 보았다. 새벽까지 분명히 옆에 있었는데 아내의 자리가 비어 있었다. 언제 나간 것일까. 요즘 아내는 이렇게 슬그머니 그의 옆을 빠져 나가곤 했다. 어느 날부턴가 아내는 그의 가슴이나 어깨에 몸을 기대는 법도 없었다. 예전에는 늘 그가 있는 쪽을 보며 누워 잠들었는데, 요즘은 반듯이 누워서 멀뚱멀뚱 천장을 바라보거나 아예 벽을 향해 돌아 눕는다는 사실이 문득 떠올랐다. 그는 이불을 걷어내고 일어나 앉았다. 거실 쪽에 귀를 기울여보았지만 아무런 기척이 없었다. 고개를 돌리고 벽시계를 쳐다보았다. 어둠에 가려 시계의 테두리만 보이고 바늘은 보이지 않았다. 그는 침대에 걸터앉은 채 잠시 어둠을 응시했다. 밤에 몇 번이나 잠을 깬 탓인지 머리가 지끈거리고 몸이 무거웠다. 주먹을 쥐고 관자놀이를 지그시 눌렀다. 생각해보니 퇴직하고 나서 단 하루도 편히 잠든 날이 없는 것 같았다.

그는 방문을 열고 어둠을 밟으며 거실로 나왔다. 작은방 문틈으로 불빛이 새어 나오는 것이 보였다. 아내가 그 방에 있는 것이 분명했다. 이 새벽에 아내는 무엇을 하는 걸까. 허리를 구부리고 귀를 기울여보았지만 방안은 조용했다. 그는 방문을 열기 위해 손잡이를 잡았다. 그러나 쉽게 문을 열지 못하고 뒤로 한 걸음 물러섰다. "노크도 없이 갑자기 방문을 열고 그래요!" 얼마 전에 아무 생각 없이 문을 열었다가, 아내에게 지청구를 들었던 기억이 났다. 그날 아내는 못된 짓을 하다가 들킨 아이처럼 무척 당혹스러워했다. 아내의 목소리에는 노여움까지 섞여 있었다. "어, 알았어." 당황한 그는 멀뚱해져서 얼른 문을 닫아주고 돌아섰던 것이다. 요즘 아내는 틈만 나면 그 방으로 들어갔다. 원래는 아들이 쓰던 방인데 아들이 결혼해서 나가자 아내의 방이 되었다. 그 방에서 아내가 무엇을 하는지, 어떤 생각을 하고 있는지 그는 알지 못했다. 다만 그 방에서 나올 때 아내의 모습은 생기가 있어 보였다.

그는 유령처럼 어둠 속에 서서 아내의 방을 바라보다가 베란다로 향했다. 4월 하순의 서늘한 새벽 공기가 어깨를 에워쌌다. 팔짱을 끼고 서서 밖을 내다보았다. 종점 마당에 빼곡히 누워 있던 버스들이 하나 둘 일어나 시내로 들어가고 있었다. 그는 잠바 주머니에서 담배 하나를 꺼내 입에 물었다. 요즘 자고 일어나서 가장 먼저 하는 일이 담배를 피우는 것이었다. "또 담배 피웠어요? 아휴 냄새!" 아내는 요즘 사소한 일에도 곧잘 언성을 높이곤 했다. 퇴직한 지 1년 조금 넘었을 뿐인데, 벌써 무능하고 한심한 남편으로 보는 것일까. 그는 종점 마당을 빠져나가는 버스의 꽁무니를 바라보며 희끗한 담배연기를 내뿜었다.

커피를 마시기 위해 부엌으로 가서 싱크대 서랍을 열었다. 허리를 구부리고 서랍을 뒤적였으나 찾는 커피가 보이지 않았다. 세 개의 서랍을 다 열어보았지만 그가 좋아하는 헤즐넛 향의 마키아또는 없었다. 요즘 들어 그가 즐겨 먹는 볶은 땅콩이나, 간식거리는 늘 떨어져 있고, 셔츠의 떨어진 단추는 그가 말하기 전에는 다시 달리는 법이 없었다. 입맛이 없을 때 자주 해주던 더덕구이를 못 먹은 지도 오래 됐다고 그는 생각했다. 손에 잡히는 대로 믹스 커피

하나를 뜯어 잔에 넣으면서, 그는 왠지 기분이 쓸쓸해지는 것을 느꼈다.

언제부터인지 그와 아내 사이에는 애정을 담은 아침인사도 생략되었고, 사소하게 공유하는 부부만의 비밀도 없었다. 자고 일어나면, "잘 잤어요? 커피 한잔 드려요?" 라고 묻던 아내의 상냥한 목소리는 꿈에서 들은 듯 아득했고, 정성스레 차려주는 식탁 앞에 앉아 본 지도 까마득하게 여겨졌다. 그는 아내의 이런 변화를 어떻게 받아들여야 할지 난감했다.

아내는 원래 이런 사람이 아니었다. 매사가 야무지고 실수를 허용하지 않은 여자였다. 그가 무엇을 찾으면 정확하게 있는 곳을 기억했고, 집안은 늘 정갈하게 정돈돼 있었다. 냉장고 문에는 냉동실에 들어있는 식품의 종류와 유통기한을 적은 메모지가 빼곡하게 붙어 있었고, 칼로리와 영양소까지 따져가면서 식단을 준비하던 여자였다. 그런 완벽함이 가끔 그를 숨 막히게 할 때도 있었지만, 그는 그런 아내에게 믿음이 갔고 사랑스러웠다. 또한 아내는 자신의 외모관리도 철저해서 결혼 전의 날씬한 몸매를 그대로 유지하고 있었다. 육십을 바라보는 나이지만 아직도 섹시해 보인다고 그는 생각했다.

다만 예전의 아내는 지금과 달리 밖으로 나가는 것을 좋아하지 않았다. 친구들과의 모임도 거의 하지 않았다. 서울에서 태어나 서울에서 대학을 다닌 사람이라 친구들이 많을 법 한데도, 바깥 활동에는 별로 관심을 두지 않았다. 가끔 만나는 몇 명의 친구를 제외하고는 거의 연락을 끊고 사는 것 같았다. 계절에 맞게 거실 커튼을 바꾸고 오밀조밀하게 집안을 꾸미고 가족들 뒷바라지 하면서 사는 것이 취미인 여자처럼 보였다.

"여보, 당신도 친구들도 만나고 여행도 좀 하고 그러지."

주말에 올라오면 집에만 있는 아내가 딱해 보여서 그는 진심을 담아 말을 건넸다.

"별로 나가고 싶지 않아요."

짤막하게 대답하고 나서 그녀는 입가에 미소를 지어보였다. 그럴 때 아내의 미소는 모나리자의 미소 못지않게 묘한 매력을 지니고 있다고 그는 생각했었다. 그런 아내가 사랑스러웠고 집안일에 신경을 쓰지 않아도 돼서 좋았다. 야무진 아내 덕분에 회사 일에 충실할 수 있었는지도 모른다. 오로지 회사를 위해 밤낮으로 일한 덕분에, 그는 업무

분야에서 인정을 받았고 부하 직원들에게는 존경받는 상사로 남았다. 지금 생각해보면 결코 옳은 판단이 아니었다는 후회가 밀려올 때도 있지만, 이미 지나간 일이었다.

커피 잔을 손에 든 채 그는 서재로 들어가 컴퓨터 전원을 눌렀다. 커피를 한 모금 마시면서 일할 만한 자리를 찾아보았다. 대학 선배가 지방대학에 강의 자리가 있다고 하여 이력서를 보냈는데, 일주일이 지난 지금까지 아무런 연락이 없었다. 선배는 그 대학에 유조선 설계과가 개설됐다며 살짝 정보를 주었다. 그는 30년 가까이 조선업계의 유조선 설계와 관련된 일을 해왔다. 인터넷을 뒤적거리면서도 오늘 하루는 어떻게 보낼까. 하는 생각으로 머릿속이 복잡했다. 퇴직을 하고나서 나름 정해 놓은 생활계획표가 있기는 했다. 처음에는 아무 할일 없이 텅 비어있는 하루가 그저 막막하고 불안하기만 했다. 해가 떠오르는 아침이 그다지 반갑지만도 않았다. 거실에 환한 햇살이 가득해지면 그는 벌레처럼 어디론가 몸을 숨기고 싶을 때도 있었다. 숙제 같은 하루하루를 견디면서 한 달여 만에 경제적이고 효율적인 계획표를 완성하기는 했다. 환갑을 훌쩍 넘긴 나이에 학생처럼 생활계획표라니, 그는 피식 웃음이 나왔다.

예전의 그는 공휴일에도 회사에 나갔고, 직원들보다도 먼저 출근했다. 휴가라고는 가본 적이 없는 사람이었다. 당연히 가족들과 같이 여행을 가본 적도 없었다. 그는 자신이 없으면 회사가 안 돌아간다고 생각했던 것 같았다. 요즘에 와서 생각해 보면 참으로 어이없고 순진했다는 생각이 들지만, 그때 그에게는 회사가 전부였다. 그의 직함은 영원한 부장이었지만, 상무의 업무까지도 너끈히 해냈고 부하직원들도 꼼꼼히 챙겼다. 표정이 어두운 직원이 있으면 조용히 밖으로 데리고 나가, 밥을 사 주면서 이야기를 들어주고 격려해주었다. 출산휴가 들어간 여직원이 해산을 하면 기장미역을 사서 택배로 보내는 일도 잊지 않았다. 또한 열심히 일한 직원이 고가가 낮게 나와 진급에서 탈락되면 인사과를 찾아가 따지고 수정하여 억울한 부분이 없도록 해명해 주었다. 그는 자상한 아버지처럼 직원들 한 명 한 명을 살피면서 팀을 이끌어 나갔다. 당연히 그가 맡고 있는 부서는 문제없이 착착 잘 돌아갔고 회사에 흑자를 냈다.

그렇다고 그가 남들보다 먼저 진급을 하거나 더 좋은 대우를 받은 것은 아니었다. 또한 그 부분에 대해서 불만을 가져 본 적도 없었다. 그저 하루하루 성실하게 일은 했을 뿐이었다. 월급은 그의 통장을 스쳐 아내의 통장으로 자동 입금되었다. 그가 상무 진급에서 탈락됐을 때, 그보다도 직원들이 더 아쉬워했다. 부장님, 힘내세요. 저희가 잘못해서 그래요. 더 열심히 할게요. 라고 직원들이 써서 그의 책상 위에 놓고 간 메모지를 읽으면서 그는 가슴이 먹먹했었다.

직장이 지방에 있었던 탓에 그는 거의 반평생을 주말부부로 살았다. 그래서 혼자 사는 일에 어느 정도는 익숙해 있었다. 그러나 마음은 언제나 가족이 있는 서울에 가 있었다. 아내는 아이들의 교육을 핑계로 지방에 내려오는 것을 싫어했다. 회사를 떠날 무렵, 그는 그동안 아내와 함께 하지 못했던 것들을 하면서 노년을 보내야겠다고 마음먹었다. 아내와 함께 아침을 맞이하고, 아내와 함께 산책을 하고, 아내와 함께 차를 마시고, 밤이 되면 나란히 잠자리에 들 수 있겠다는 생각에, 그는 퇴직이 크게 두렵지만은 않았다. 퇴근 후 숙소로 돌아와 전기밥솥에 쌀을 안치곤 했던 쓸쓸한 생활이 드디어 끝난다는 사실에 어쩌면 퇴직을 기다렸는지도 몰랐다.

하지만 막상 퇴직해서 집으로 들어갈 생각을 하니, 면목이 없다는 생각이 들었다. 오로지 회사에만 매달려 살다보니 가정을 위해서 별로 해놓은 일이 없다는 사실이 문득 떠올랐다. 아이들이 어떻게 컸는지, 어떤 방법으로 돈을 모아 이런 집에 살게 됐는지. 남편이 없는 주중에 아내는 무엇을 하면서 살았는지, 기억나는 게 없었다. 자식들이 제대로 커서 번듯한 직장에 다니고 있는 것은 전적으로 아내 덕분이라는 사실이 떠올랐다. 그는 갑자기 아내한테 죄를 지은 심정이 되었다. 어느 날 그는 퇴근을 미루고 먼저 은퇴한 선배에게 전화를 걸었다.

"선배, 잘 지내고 계시죠?"

"오랜 만이네! 어쩐 일인가?"

"저도 이제 곧 회사를 떠납니다."

"자네도 벌써 그렇게 됐군."

"퇴직 후 아내와 같이 잘 지내는 방법이 있으면 좀 가르쳐주세요."

"그냥 아내 옆에 딱 붙어 있어. 젖은 옷처럼. 아내가 뭐라고 해도 절대 떨어져 나가지 말고 찰싹 달라붙어 있어야 돼. 해외여행도 좀 데리고 다니고, 시장에도 같이 가고, 취미생활도 같이 할 수 있는 걸로 하나 만들고, 그러면 제수씨가 좋아할 거야."

선배는 자신이 경험한 바를 자세히 가르쳐주었다. 선배와 전화를 끊고 나서 그는 퇴직하면 아내에 대한 고마움을 어떻게든 갚으리라 마음먹었다.

퇴직하자마자 그는 아내와 같이 떠날 크루즈여행을 계획했다. 선배 말과 달리 아내는 크게 반기지 않는 눈치였다. 그가 간절하게 조르자 마지못해 따라가 준다며 선심 쓰듯 허락했다. 유럽에서 출발하는 크루즈를 타야 폼 난다는 친구들의 경험담을 듣고 이태리 어느 항구로 날아가 배를 탔다. 신혼여행 이후로 처음인 아내와의 여행은 생각보다 즐겁고 행복했다. 아내 역시 떠날 때와는 달리 선상에 앉아 바다를 바라보면서 좋아하는 눈치였다.

집으로 돌아온 후에도 그는 선배의 말대로 아내 옆에 젖은 옷처럼 붙어 다녔다. 마트에도 따라가고, 미장원에 나란히 앉아 머리도 자르고, 싱크대 앞에 서서 설거지도 도왔다. 완벽한 성격의 아내의 마음에 썩 들지는 않겠지만 나름 열심히 했다. 일요일이면 아내와 나란히 교회도 갔다. 예배 중에 꾸벅꾸벅 졸기는 했지만, 남편을 사방에 자랑하는 듯한 아내의 표정을 보며 꾹 참고 견뎠다. 백화점에 가서는 아내가 마음에 드는 옷을 고르는 몇 시간 동안 즐거운 표정으로 기다렸다. 그리고 화장실에 간 아내의 핸드백을 들고 서서 기다리기도 했다. 비슷한 자세로 기다리는 남자들과 눈인사를 나누면서, 이런 쪽팔림이야말로 진짜 행복 아니겠어? 라고 생각 하며 그는 아내를 졸졸 따라다녔다.

그렇게 1년 쯤 지났을 무렵, 아침식사를 마친 아내가 커피를 거실탁자 위에 놓으면서 작심한 듯 입을 열었다.

"이제 좀 나가 놀 수 없어?"

"나가 놀다니 어디를……."

그는 아내를 쳐다보며 말을 더듬거렸다.

"집안에만 있지 말고 나가라고!"

아내는 꼭 해야 할 말을 한 것처럼 흔들림이 없었다. 그는 갑자기 선배에게 들었던 말을 떠올렸다. 여자가 어떤 말을 해도 젖은 옷처럼 딱 붙어 있어야 돼. 이 상황에 왜 그 말이 생각났을까. 그래 아내가 괜한 투정을 부리는 거겠지. 진심은 아닐 거야. 그때만 해도 그는 그렇게 생각했다.

지난 주말에 그는 오랜만에 연락이 닿은 친구들과 등산을 가기로 했다. 대학 시절 친하게 지냈던 친구들이라 소풍을 앞둔 아이처럼 설레면서 약속 날짜를 기다렸다. 다들 어떻게 살았을까? 어떤 얼굴들을 하고 나타날까. 학창 시절의 모습을 떠올리며 그는 즐거운 마음으로 배낭을 챙겼다.

"여보, 내일 동창들과 도시락 싸가지고 등산 가기로 했어."

그는 약간 들뜬 기분으로 아내가 있는 방 쪽을 보며 말했다.

"설마 나보고 도시락을 싸라는 건 아니겠죠?"

아내는 작은 방 책상에 앉은 채로 그게 나하고 무슨 상관이 있냐는 듯이 가볍게 던졌다. 그녀의 가볍고 작은 목소리가 그를 조롱하는 것 같았다. 들떠 있는 그와는 다르게 그녀는 너무 침착하고 안정돼 보였다. 꼭 그런 건 아니라고 변명도 하기 전에 아내는 곧바로 방문을 닫아버렸다. 이것은 그가 원하던 그림이 아니었다. 그는 닫힌 아내의 방문을 물끄러미 바라보았지만, 이제 그의 말은 죽은 장닭의 벼슬처럼 어떤 위엄도 갖지 못했다. 다음날 새벽 그는 배낭을 메고 김밥집으로 달려갔다. 다른 친구들이 싸온 김밥도 그가 사온 김밥과 별반 달라 보이지 않았다. 그 김밥은 너무 건조해서 맛은 고사하고 잘 넘어가지도 않았다. 차고 딱딱한 김밥을 억지로 우겨넣은 탓에 체한 것처럼 하루 종일 가슴이 답답했다.

등산을 마치고 돌아왔을 때도 아내의 태도는 별로 달라진 게 없어 보였다. 아내는 다른 생각으로 머릿속이 가득한 사람처럼 팔짱을 낀 채 거실에 조용히 서 있기만 했다.

"별일 없었지?"

어색한 침묵을 견디지 못하고 그가 먼저 말을 꺼냈다. 하지만 그녀의 대답은 엉뚱하고도 생뚱맞았다.

"별일 없을 거야. 사고를 일으키면 안 돼."

그로서는 도저히 이해할 수 없는 말을 중얼거렸다. 나중에 알고 보니 아내는 조금 전까지 누군가와 전화를 통했던 모양이었다. 요즘 조용한 그의 핸드폰에 비하면 아내는 자주 핸드폰 열고 뭔가를 확인하고 문자를 보내곤 하였다. 그 상대가 누구인지 일일이 물어볼 수는 없는 노릇이었다.

"사고라니, 지금 무슨 얘길 하고 있는 거야?"

"그런 게 있어요. 당신은 알 필요 없어요."

여전히 그녀의 마음은 남편이 아닌 다른 곳에 가있는 것 같았다. 그는 고개를 옆으로 설레설레 흔들었다. 이것은 그가 생각했던 노후의 방향과는 거리가 있었다. 그는 갑자기 피로가 몰려왔다.

아내가 변한 것이 정확히 언제부터였을까. 아들이 결혼을 하고 나서부터인 것 같기도 하고, 대학을 졸업한 딸이 외국으로 유학을 떠난 직후였던 것 같기도 하다. 어쨌거나 그로서는 아내의 그 완고한 시간을 메워 줄 수 있는 방법이 없다는 것이 숙제였다. 아내가 완벽히 그녀의 시간을 가질수록 아내에게 더 가까이 다가가고 싶은지 알다가도 모를 일이다. 그럴수록 자신의 모습이 초라해지는 것을 느꼈다.

그는 공원 벤치에 누워 흘러가는 구름을 바라보았다. 태양의 위치로 보아 저녁때가 되려면 아직도 시간이 많이 남아 있었다. 사월의 하루는 너무 길다고 그는 생각했다. 싸구려 백반으로 점심을 해결하고, 공원을 몇 바퀴 돌았고, 자판기에서 커피를 뽑아 마시고, 화장실에 다녀오고, 지나가는 사람들을 바라보고, 다시 일어나 걷기를 수도 없이 반복했는데도, 아직도 해는 머리 위를 조금 벗어나 있을 뿐이었다. 그렇게 생활하는 방식에 돈이 크게 들어가지는 않았다. 한평생을 고스란히 받치고 나서 받는 연금의 액수는 생각보다 많지 않았다. 그나마도 아내가 관리를 맡고 있어서 받는 용돈에 맞추려면 경제적이고 효율적인 생활 방식을 고수하지 않으면 안 되었다. 그는 일어나 근처 도서관으로 향했다. 시간은 오후 세 시가 넘어가고 있었다.

요즘 그의 생활은 단조로웠다. 구립도서관에서 책을 빌려보고, 추어탕집에서 점심을 사먹고 사회복지관에서 하는 일본어 강의를 들었다. 그곳의 수강생 대부분이 중년을 넘김 여자들이었다. 그녀들은 정말 일본어를 배우기 위해 나온 것인지, 아니면 그냥 시간을 때우러 나온 것인지 궁금할 정도로 공부에는 관심이 없어보였다. 어느 날 그가 선생님 앞으로 나가서 진도를 좀 더 빠르게 나가는 것이 좋겠다고 말했을 때, 그녀들은 모두 아니라고 고개를 옆으로 저었다.

그는 재취업의 기회를 잡기 위해 일본어를 배우는 중이었다. 인터넷을 뒤지다가 일본의 어떤 회사에서 유조선 설계사를 필요로 한다는 기사를 보았기 때문이었다. 복지관에 가지 않는 날에는 목적 없이 두세 시간쯤 걷기도 했다. 그런 일과들은 대체로 오후 두세 시면 끝이 났고, 그쯤 되면 더 이상 할 일이 없었다. 그러면 그는 지루하게 낮을 견뎠다. 집에 일찍 들어가서 아내와 같은 공간에 있으면서 서로 다른 모양의 시간을 보내는 것도 쉬운 일이 아니었다. 아내 말대로 그는 나가서 놀아야 되는 것이었다. 도화지에 검은 물감이 배듯 어둠이 넓게 펼쳐질 무렵 그는 천천히 집으로 향했다.

그가 집안으로 들어서자 아내는 무심함 표정으로 한번 쳐다보고는 별 말없이 돌아섰다. 상냥한 인사를 기대한 건 아니지만, 그는 서운한 마음이 들었다. "다녀왔습니다." 부러 농담을 던지면서 아내를 유심히 살폈다. 피로해 보이는 얼굴이었으나 특별한 일은 없는 듯했다. 무슨 말이라도 걸어 주었으면 했지만, 아내는 "무슨 퇴근하는 사람인가." 라고 빈정거리며 곧바로 작은방으로 들어가버렸다. 그렇다고 그를 무시하는 것은 아니었다. 다만 그가 아닌 다른 곳을 향해 가고 있다는 느낌이 들뿐이었다. 그는 손을 씻기 위해 화장실로 들어가면서 주방 쪽을 돌아보았다. 식탁 위는 어둡고 조용했다. 한 지붕 아래 있기는 했지만 아내와 그 사이에 놓여있는 시간은 점점 다른 모양으로 굳어가고 있었다. 그리고 무엇보다도 예전처럼 서로 같은 감정을 공유하고 느낄 수 없을 것 같다는 생각이 들었다. 그러니까 사랑과 애정과 욕정의 공동체인 그에게서 아내는 차츰 멀어져가고 있다는 것이다. 겉보기에는 특별히 달라진 게 없어보였다. 하지만 조금만 살펴보면 예전과 완전히 다르다는 것을 알아차릴 수 있었다. 아내는 그를 위협하거나 불안하게 할 의도는 없어보였다. 단지 그에게 완전히 무심해진 것 같았다. 그렇다고 아무 상관없는 남을 대하는 태도는 아니었다.

복지관에서 일본어 강의를 들은 후 그는 곧바로 집으로 향했다. 과일과 커피로 아침을 때운 탓인지 갑자기 시장기가 몰려왔다. 라면이라도 끓여 먹을까 하다가 바가지에 쌀 2인분을 꺼내 씻었다. 전기밥솥에 쌀을 안치고 물을 맞춘 다음 취사 버튼을 눌렀다. 밥 물 맞추는 일은 이제 누워서 엿 먹기보다 쉽다고 그는 생각했다. 식탁 위에 던져둔 그의 핸드폰이 부르르 몸을 떨었다.

"형님 뭐하세요?"

"밥 안치고 있다."

"어쩌다가 형님이 그렇게 됐슈?"

오랜만에 안부전화를 해온 동생이 의아해했다.

"나라고 별수 있냐. 먹고 살아야지."

그는 거실로 나와 담배에 불을 붙이면서 대답했다.

"하하하하. 우리 형님도 별수 없구나."

전화기에서 동생이 한바탕 웃는 소리가 들렸다. 그는 베란다로 나가 연기를 길게 내뿜으며 아내의 방 쪽을 바라보았다. 아내는 또 외출을 할 모양이었다. 요즘 들어 부쩍 아내의 외출이 잦아졌다고 그는 생각했다. 사람이 이렇게 돌변할 수도 있다는 사실이 믿어지지 않았다. 아내는 남편이 퇴직해서 집에 와 있다는 사실도 잊어버린 것처럼 행동했다. 아내가 언제부터 그렇게 살려고 벼르고 있었는지 알 수 없었다. 아내는 오래전에 달라졌거나 달라지기로 한 것인데, 그는 이제야 그걸 깨달은 것이다. 그는 당황스러웠다. 제어할 수 없는 아내의 그 욕구는 도대체 어디에 웅크리고 있다가 정체를 드러내는 것일까. 그로서는 이해할 수 없는 일이었다. 집안일을 할 때면 작게 노래까지 흥얼거렸는데, 도무지 바깥세상에는 관심이 없던 여자였는데. 어쨌거나 젖은 옷처럼 붙어 있어야 한다던 선배의 말을 되새기며, 그는 아내를 지키기로 마음먹었다. 그는 아내를 돕기 위해 청소기를 돌리고, 싱크대 앞을 서성거리고, 마른 빨래를 걷어와 가지런하게 개어 놓았다.

건조기에 빨래를 널면서 그는, 아내의 결혼생활이 그리 불행했던 것은 아니라고 생각했다. 자신이 회사에 성실했던 것도 결국에는 아내와 가정을 위해서가 아니었던가. 그는 애써 자신이 결코 가장으로서의 의무를 소홀히 한 적은 없었다고 결론내렸다. 그렇게 직장생활에 충실해야만 노후라는 거푸집에 콘크리트가 굳어지고, 철근 몇 개가 박히고, 외벽을 갖추게 되는 것이 아닐까. 그는 그렇게 노후의 그림을 그리며 살아왔었다. 아니 그렇게 될 거라고 믿고 살았다. 마땅히 그래야 되는 것이 아닌가.

밤 열한 시가 넘어서야 아내는 퇴근하는 사람처럼 당당하게 집안으로 들어섰다.

"날 기다렸어요?" 하고 아내가 물었다.

"기다렸지." 그는 웃으면서 아내의 얼굴을 바라보았다.

아내는 왜 기다렸느냐는 듯한 표정을 보이고는, 막 바로 작은방으로 들어갔다. 그녀 뒤로 낯선 향수 냄새가 바람처럼 날렸다. 밖에서 누구와 어떤 시간을 보내고 왔는지 모르지만, 아내의 모습은 밝고 생기 있어 보였다.

"여보, 잘 시간이야. 어서 씻고 잡시다."

제발 오늘 밤 만큼은 아내가 자신의 품안으로 들어와 주기를 바라며, 한마디 던지고는 안방으로 들어가 침대 위에 누웠다. 그러나 돌아오는 대답은 늘 똑 같았다.

"먼저 자요. 난 할 일이 있어요."

아내는 예사롭게 대꾸하고는 화장실로 들어가 샤워를 시작했다. 피곤해진 그는 아내를 포기하고 먼저 잠자리에 들었다.

언제 들어왔는지 옆에 아내가 잠들어 있었다. 모로 돌아누운 아내의 실루엣이 섹시해 보였다. 잘록하게 들어간 허리며 어깨에 걸린 슬립의 가느다란 끈이며 색색거리는 숨소리. 그는 오른 손을 아내의 잘록한 허리에 얹어보았다. 아내의 호흡에 따라 그의 손이 올라갔다 내려갔다 했다. '아직 잠이 든 것 같지는 않은데' 속으로 생각하며 그는 동그란 엉덩이 쪽으로 손을 조금 내려 보았다. "손 치워요!" 아내의 목소리에서 서늘한 냉기가 느껴진다. 그는 아내의 허리에서 손을 내리고 천장을 바라보고 누웠다. 아내의 그 보드라운 살결을 한 번 더듬으려고 슬며시 내 뻗던 손이 거절당한 것 같아 무안감이 들었다. 눈을 감았지만 좀처럼 잠은 오지 않았고, 제법 묵직한 배신감이 이불처럼 그의 몸을 덮쳐왔다. 쌕쌕 고르게 내 쉬는 아내의 숨소리에 그는 더 이상 잠을 이루지 못했다. 모로 누워도 보고 천장을 바라보고 누워도 봤지만, 여전히 잠은 오지 않았다. 그는 조용히 일어나 거실로 나왔다.

거실로 나온 그는 책을 읽으려고 했지만 집중이 되지 않았다. 책을 내려놓고 소파에서 쪽잠을 자고 나서는 더 이상 잠이 오지 않았다. 그날 밤 그는 깊은 잠에 들지 못하고 밤새 뒤척거렸다. 그는 숨겨둔 비밀이 없는 사람은 참 쓸쓸하다고 생각했다. 다시 왼쪽으로 돌아누우면서 내일은 병원에 가서 진찰을 받아보고 수면제라도 처방받아와야겠다고 생각했다.

아침 산책을 하고 들어온 그는 소파로 가서 앉았다. 그리고 리모컨을 눌러 티브이를 켰다. 아내는 작은방에서 누군가와 전화를 하고 있는 것 같았다. 상대가 누구인지 아내의 목소리는 무척 상냥했다. 근래에 그가 들어본 적이 없는 쫄깃쫄깃하고 달콤한 음성이었다. 그가 현관문을 열고 들어오는 소리를 들었을 법한데도 아내는 전화를 끊을 기미가 없었다. 그는 소파에 앉은 채 뉴스를 보면서 아내가 통화를 끝내고 거실로 나오기를 기다렸다. 상대방의 얘기를 듣는 중인지 잠시 말없이 조용하다가 위로하는 듯한 목소리로 다시 통화가 이어졌다. 통화는 아주 잔잔하고 진지했다. 그렇게 10여 분이 지나도 아내는 나오지 않았다. 기다리다 못한 그가 부엌으로 가서 라면을 끓이고 있을 때, 드디어 아내가 그의 옆으로 다가왔다.

"여보, 할 말이 있어요."

"오 그래, 무슨 얘긴데?"

"사실은 나 그동안 공부해서 지난겨울에 심리상담사 자격증을 땄어요. 그래서 환자들의 이야기를 많이 들어줘야 해요. 내게 이 일은 정말 중요해요."

"여보, 그런 얘기를 왜 이제야 하는 거지?"

"지금 그런 게 중요해요?"

아내는 식탁에 앉아 있는 그를 내려다보며 또박또박 말했다. 그는 서 있는 아내의 얼굴을 바라보면서 짙은 화장 때문인지 아내가 무척 낯설다는 생각을 했다. 아내의 눈은 요란한 화장으로 인해 고양이 눈인지 호랑이 눈인지 헷갈릴 정도로 요사스러웠다. 화장을 하지 않은 얼굴이 훨씬 더 예쁘다고 생각하고 있는 사이, 그녀는 다시 방으로 들어가 핸드백을 들고 현관으로 향했다.

"오늘 어떤 환자랑 밖에서 만나기로 했어요. 상태가 좀 심각한 상황이라 직접 만나서 상담을 해줘야 해요."

아내는 그를 쳐다보지도 않고 내뱉고는 문을 열고 밖으로 나가버렸다. 그 말을 할 때의 그녀의 확고부동한 얼굴에서, 마치 이미 시위를 떠나간 화살처럼, 도저히 어쩔 수 없는 굳은 결심을 보았다. 그는 동시에 곧바로 다음과 같은 사실을 깨닫게 되었다. 마침내 일이 터지고 만 것이다. 이제 그 무엇으로도 아내를 온전히 내 것으로 만들 수 없겠구나. 그는 가슴이 벌렁거릴 정도로 당혹스러웠던 사실을 아내가 눈치 채지 못한 것만도 다행스럽게 생각되었다.

아내를 배웅하고 그는 부엌으로 들어가 불은 라면을 식탁 위에 놓았다. 냉장고에서 반찬을 꺼내려는데 핸드폰이 울렸다. 한 손에 휴대전화를 든 채로 냉장고 문을 열었다.

"뭐 하는가?" 오랜만에 같이 등산을 갔던 동창이었다.

"이제 막 산책하고 들어와서 아침밥 먹으려던 참이야." 반찬통을 꺼내면서 그가 대답했다.

"자네 아내는 요즘도 밥을 차려 주는가?"

"그럼, 차려 주지." 냉장고 안의 다른 반찬을 살피면서 대꾸했다.

"자넨 장가 잘 간줄 알아야 돼."

그는 다른 손으로 냉장고에 들어 있는 반찬통을 꺼내 식탁 위에 놓으면서 달그락 거리는 소리가 전화기 속으로 들어 갈까봐 조심스레 움직였다. 친구는 언제 한 번 만나자는 말을 하고는 전화를 끊었다. 전화를 끊고 나서 식탁에 앉으면서 그는 예전의 아내를 떠올렸다. "식은 음식을 드시면 안 돼요. 따뜻한 식사를 하셔야죠. 식사를 거르면서 무리하게 일하진 마세요." 아내는 마냥 밝은 표정으로 식단을 차리면서 말했다. 고작해야 일주일에 한두 끼 얻어먹는 식사였지만, 그는 정신적으로나 육체적으로 포만감을 느낄 수가 있었다.

오후에 그는 오래된 느티나무 한 그루가 선 곳에서 시간을 보냈다. 느티나무 아래에는 여러 개의 동그란 대리석 의자가 놓여 있었다. 도서관에서 빌려온 책을 읽기에 적당한 장소라 여겨졌다. 그곳에는 먼저 온 중늙은이 두 명이 앉아 각자의 핸드폰을 들여다보느라 고개를 숙이고 있었다. 그는 그들과 조금 떨어진 자리에 앉아 책을 펼쳤다. 그러나 독서를 하기에는 장소를 잘못 선택했다는 것을 알았다. 그곳에는 얼마나 많은 사내들이 죽치고 앉아 담배를 피우고 가래를 뱉고 했는지, 널린 담배꽁초와 쓰레기 탓에 어느 슬럼가의 골목을 연상시켰다. 그는 책을 덮고 앉은 채로 그곳에서 담배를 피우다 간 사내들을 떠올려보았다. 그들은 이 자리에 앉아서 무슨 생각들을 했을까. 그들도 자신처럼 불안한 미래에 대해 걱정했을 거라고 그는 생각했다. 그는 딱딱한 대리석 의자에 앉아 미세먼지가 자욱한 오후의 시간을 바라보고 있었다.

밖에서 저녁을 해결하고 집으로 돌아온 그는 소파에 앉아 티브이를 켰다. 리모컨으로 이리저리 채널을 돌려 보았으나 볼만한 프로그램이 없었다. 그나마 글로벌 다큐멘터리, 도시의 야생동물이란 프로에 채널을 고정시켰다. 그러나 그마저도 금방 심드렁해졌다. 그는 냉장고 문을 열고 캔 맥주 하나를 꺼내 들고 다시 소파에 앉았다. 아홉 시 뉴스가 끝나고 4부작 다큐멘터리 프로그램이 끝났는데도 아내는 돌아오지 않았다. 아내에게 전화를 해봐야겠다고 생각하고 있을 때 현관 번호키 누르는 소리가 들렸다.

자정이 가까운 시간에 들어온 아내의 모습은 충격적이었다. 머리카락은 산발에 가깝게 헝클어졌고, 눈은 충혈되어 있었다. 아내는 현관에 들어와서 아주 천천히 신발을 벗었다. 그리고 거실로 들어와서 잠시 서 있었다. 그제야 그는 아내가 술에 꽤 취해 있다는 것과 그녀의 얼굴 어딘가의 심상치 않은 구석을 발견했다. 그녀의 창백한 얼굴은 둘째 치고라도 물기가 뺨에서부터 턱까지 번들거리고 있었다. 눈 주위에는 시커먼 마스카라 자국이 눈물 줄기를 따라서 밑으로 그어져 있었다. 그의 아내가 아닌 낯선 여인이 그의 바로 앞에 서 있었다. 그는 벌렁거리는 가슴을 진정시키려고 손을 가슴에 대면서 말했다.

"여보! 무슨 일이 생긴 거야?"

"아니 심각한 일은 아녜요. 그냥 술이 좀 취했고……피곤해요."

그녀는 물기가 촉촉이 젖은 목소리로 대충 발음하고는 그의 상체에 몸을 기댔다. 그가 그녀를 받아 안으면서 말했다.

"당신, 이야기 좀 들어야겠어. 고개를 들어봐."

"아니요, 쉬고 나면 다 괜찮아질 거예요."

아내는 비틀거리면서 핸드백을 거실 바닥에 놓아버렸다. 그는 아내를 데리고 방으로 들어가 침대 위에 눕혔다. 그리고 이불을 당겨 덮어준 다음 불을 끄고 거실로 나왔다. 아내는 뭔가를 숨기고 있는 것이 분명하다고 그는 생각했다. 그는 아내에게 아무런 비밀이 없는 사람이었다. 아내에게 무언가를 숨긴다는 것은 그의 성격에 맞지 않았다. 그래서 얻은 것이 고작 이런 결과란 말인가. 그는 왠지 직격탄을 맞은 기분이었다. 불을 끄고 컴컴한 거실 한가운데 서서, 그는 오한이 든 사람처럼 어깨를 떨었다.

오른쪽 침대에는 자꾸만 허벅지를 꼬집는 노인이 누워 있다

여름의 끝

여름의 끝

숨이 턱턱 막힐 정도로 날씨가 덥다. 바람 한 점 없이 무더운 날씨는 도무지 끝날 기미를 보이지 않는다. 병원까지는 서너 정거장 되지만 나는 버스를 타지 않고 걸어서 간다. 도로 가에는 노인 전문 병원들이 죽 늘어서 있다. 이곳은 산이 가까운 동네라 그런지 1년 사이에 요양병원이 우후죽순처럼 들어섰다. 세브란스 요양병원, 새길 요양병원, 소망 요양병원……. 저만치 앞에 엄마가 누워 있는 요양병원이 눈에 들어온다. 베이지색 건물에 초록색으로 '포근한 요양병원' 이라고 쓰여 있다. 병원은 L자 모양으로 지어져 있다. 'L자 모양이 편안한 의자를 상징한다고' 엄마를 처음 입원시키던 날 홍보과장이 말했다. 병원에서 일주일에 한 번씩 목욕을 시켜주고 필요한 물품은 병원비에 포함시키면 된다고 했다. 매번 사다주는 것이 번거로울 것 같아서 그렇게 하기로 하고 엄마를 옮겨왔다. 엄마가 이 병원에 누워 있는 동안 세 번의 겨울이 지나갔다.

어제가 음력 칠월 보름이었다. 보름이라는 생각이 들자 나는 절에나 가야지 싶었다. 쉬는 날이라 엄마를 보러 병원에 가려다가, 30분 거리에 있는 작은 절을 떠올리며 집을 나섰다. 사찰로 올라가는 길에는 물갬 나무가 군데군데 서 있고, 거침없이 뻗어나간 줄기는 기운이 넘쳐보였다. 짙푸른 녹색을 바라보고 있으니 내 몸에도 기운이 조금 생기는 것 같았다. 조그마한 사찰이라 조용할 거라고 생각했던 것과는 달리, 사람들이 큰 법당과 작은 법당 모두 가득했다. 순간 잘못 왔다는 생각이 들어 나가려고 했지만 머리가 아프고 어지러웠다. 나는 그저 조용히 부처님 앞에 초 한 자루 켜고 절을 하고 싶었을 뿐이었다. 그렇게 나는 법당을 빠져 나오지 못하고 주저앉아버렸다. 비좁은 공간에서 사람들이 모두 동시에 삼배를 했다. 한꺼번에 절을 하느라 앞사람 엉덩이와 뒷사람 머리가 서로 부딪쳤다.

하안거결제일인 것을 몰랐을 뿐 보름은 맞았다. 스님이

하안거 기간 동안 한 장소에 머물며 불살생을 절대 계율로 삼아 수행정진에 힘써야 한다고 말했다. 모두가 잘 살기 위해 오관을 한데 묶어 한 곳을 향하라고, 그렇게 한 곳을 향하다보면 어느 경계에 이르게 되는데, 그 경계마저 일과 성으로 알고 놓아버리라 했다. 신도들이 스님을 바라보며 고개를 끄덕였다. 날씨가 더워서 가만히 앉아 있어도 땀이 배어 나오고 옷이 몸에 달라붙었다.

비빔밥 한 그릇 먹으려 수많은 사람들이 공양간 앞에 줄을 서 있었다. 나도 차례를 기다려 비빔밥 한 그릇을 얻어 사람들 사이로 나왔다. 하얀 쌀밥 위에는 고사리와 미역취 같은 나물들이 골고루 얹혀 있었다. 제일 먼저 미역취를 젓가락으로 집어 맛을 보았다. 어릴 때 엄마가 해주던 바로 그 맛이었다. 엄마는 해마다 봄이 되면 미역취를 뜯어와 비빔밥을 맛있게 했다. 엄마가 해주는 비빔밥은 언제나 인기가 있었다. 밥은 그대로 절밥인데 여느 때와 달리 잘 넘어 가지 않았다. 목이 꽉 메여오는 것이 나는 밥을 그만 먹고 싶었다.

엘리베이터 문이 열리자 눈보다 코가 병원이라는 사실을 알려준다. 오랫동안 씻지 않은 사람냄새, 눈을 감고 힘없이 누워 있는 환자들, 천정에 매달린 하얀 불빛들……. 나는 간호사들이 앉아 있는 로비를 지나 301호를 지나고 302호를 지나간다. 병실마다 무엇인가 빠져나간 듯한 얼굴을 한 노인들이 하얀 불빛 아래 누워 있다. 노인들은 눈을 감은 채 그르렁거리며 숨을 내쉬고 있다. 나는 천천히 복도를 걸어가 303호실 안으로 들어선다.

엄마는 창가 쪽 침대에 양쪽 손목이 묶인 채 조용히 누워 있다. 처음 보는 것도 아닌데 가슴이 아득해진다. "왜 손을 묶어 놨어요?" 이 광경을 처음으로 목격하던 날 나는 놀라서 물었다. "콧줄을 하도 빼 놔서리." 길림성에서 왔다는 요양사 아줌마가 연길 특유의 억양으로 대답했다. 자식도 알아보지 못하면서 고무관은 왜 자꾸 빼는지 그 이유를 알 수 없다. 그게 엄마의 무의식인지 아니면 어떤 의지가 담긴 행동인지, 엄마가 말을 못하니 답답하기만 하다.

"엄마, 저 왔어요!" 나는 엄마의 손을 잡으면서 큰소리로 말한다. 엄마가 무연한 눈빛으로 쳐다본다. "엄마! 저 알아보시겠어요?" 꿈을 꾸다가 잠시 눈을 뜬 것처럼 엄마의 눈빛은 현실 저 너머에 가 있는 듯하다. 엄마는 다시 눈을 감고 조용히 누워있다. 엄마 옆 침대에는 몸집이 뚱뚱한 할머니가 얼굴을 찡그린 채 누워 있다.

"할머니는 좀 어떠세요?"

침대 옆 보조 의자에 앉아 있는 할머니의 딸에게 물어본다.

"그냥 그렇죠 뭐……."

할머니의 딸이 입가에 희미한 웃음을 짓는다. 나는 말없이 고개를 끄덕인다. 올해 여든 다섯이라는 할머니는 화장실에서 넘어지는 바람에 한쪽에 마비가 왔다고 했다. 거기다가 당뇨와 고혈압이 있어 상태가 몹시 좋지 않았다. 몸집이 뚱뚱한 할머니의 아들이 오늘도 옆을 지키고 서 있다. 올해 정년퇴직을 했다는 아들은 하루도 빼놓지 않고 병원으로 출근한다. 이 병실에서 아들딸이 자주 오는 것으로 소문이 나있다. 나와 동갑쯤 돼 보이는 할머니의 딸은 내가 오면 어느새 자판기에서 커피를 뽑아온다. 고맙게도 할머니의 딸은 엄마에게도 가끔 말을 걸어준다.

"엄마, 이제 그만 자고 제발 일어나세요!"

나는 허리를 구부리고 엄마의 얼굴을 들여다본다. 조그만 키에 살이라고는 없어서 뼈가 도드라져 보인다. 나는 아무도 모르게 엄마의 손목을 감고 있는 하얀 끈을 풀어버린다. 묶여 있던 손목 부분에 빨갛게 피가 맺혀 있다. 손으로 가느다란 엄마의 팔을 더듬어본다. 굽어서 펴지도 못하는 다리, 혈관을 찾느라 주사바늘로 찌른 시퍼런 멍 자국들, 엄마는 삶과 죽음을 동시에 살고 있는 사람 같다. 끈을 풀어버린 게 못마땅한지 요양사 아줌마가 내 옆으로 와서 연변 사투리로 중얼거린다.

"자꾸만 콧줄을 빼서리 어찌 할 수 없단 말입네다. 콧줄을 빼면 끼울 때 애를 먹어요."

"제가 옆에 있잖아요."

나는 화가 난 목소리로 대꾸한다. 오른쪽 침대에는 자꾸만 허벅지를 꼬집는 노인이 누워 있다. 노인의 허벅지는 온통 상처투성이다. 그런데도 노인은 손이 닿는 부분의 허벅지를 뜯어 놓아 손에 장갑을 끼워 놓았다. 맞은편 침대에는 치매기가 있는 할머니가 혼자서 중얼거린다. 시끄러 이년들아, 네년들이 뭘 안다고 대한독립만세다. 하고 소리친다. 옆 병실에서 온 간병인 아줌마들이 서로 쳐다보며 웃는다. 나도 따라 웃는다. 저 할머니 나이가 올해로 100살이래요. 내가 묻지도 않았는데 간병인 아줌마가 가르쳐준다. 보호자들이 오지 않는다며 간병인 아줌마가 측은한 눈빛으로 할머니를 바라본다. 구석 자리에 있는 조그마한 할머니는 자식들이 외국에 나가 있어서 오는 사람이 아무도 없다. 할머니는 다른 환자들의 자식들이 올 때마다 부러운 시선으로 바라보곤 한다. “할머니가 병원에 계시는 거 자식들이 알고 있어요?” 하고 언젠가 한 번 물어보았다. “몰라, 알리지도 않았어. 멀리 미국에 살아서 한 번 오려면 비행기 값이 많이 들어.” 할머니는 고개를 돌리고 창밖만 내다보았다. 다섯 개의 침대가 놓여 있는 이 병실에는 모두 할머니 환자들만 입원해 있다. 나는 엄마의 손을 잡고 간이식 의자에 앉는다. 엄마는 의식이 없는 사람처럼 여전히 눈을 감고 누워있다.

“목 부분의 말하는 기능과 음식물을 삼키는 기능이 망가졌습니다.” 4년 전 엄마가 쓰러지던 날 집중 치료실에서 나온 의사가 말했다. 엄마가 말을 못하고 음식을 먹을 수 없다니, 우리는 그 사실이 믿어지지 않았다. 남동생이 엄마를 치료해달라고 의사를 붙잡고 사정했다.

“치료를 해 봐야 알겠지만 아마 회복이 어려울 것으로 보입니다.”

왼쪽으로 고개를 갸웃거리며 담당의사가 말했다. 그 부분을 담당하는 뇌의 세포가 죽었다고, 옆에 서 있던 수련의가 설명해 주었다. 우리의 요구대로 엄마는 집중 치료실에서 몇 달간 더 입원해 있었다. 그러나 시간이 지나도 상태는 나아지지 않았다. 하는 수 없이 우리는 집이 가까운 동네 병원으로 엄마를 옮겼다. 엄마는 여전히 말을 하지 못했고 한 모금의 물도 삼키지 못했다. 엄마의 코에는 고무호스가 연결되었고, 캔에 든 액체가 고무호스를 통해 엄마의 위장으로 들어갔다. 음식을 먹을 수도, 말을 할 수 도 없는 엄마의 입은 언제나 바싹 말라 있었다. 언젠가 잣죽을 끓여 와서 엄마의 입안에 떠 넣어 보았다. 입 밖으로 줄줄 흘러내렸다.

기저귀 갈 때가 됐는지 엄마한테서 역한 냄새가 난다. 나도 모르게 손을 올려 코를 막는다. 눈치가 빠른 요양사 아줌마가 사물함에서 기저귀를 꺼내온다. 아줌마는 양쪽 손에 비닐장갑을 낀 다음 엄마의 엉덩이를 들고 바지를 아래로 끌어내린다. 기저귀를 가는 동안 엄마는 아랫도리를 드러내놓고 반드시 누워 있다. 사타구니에는 하얗게 세어버린 거웃 몇 개가 초라하게 붙어있다. 옆 침대의 할머니 아들이 민망한지 고개를 돌리고 병실을 나간다. 누구보다 자존심이 강하고 예의를 중요시했던 엄마가, 사람들 앞에 아랫도리를 내놓고 누워 있다니……. 나는 가슴이 답답해진다. 엄마는 지금 자신이 이런 모습을 하고 있다는 사실을 알고는 있을까? 간병인 아줌마는 익숙한 솜씨로 기저귀를 갈고 바지를 끌어 올린다. 나는 이불을 당겨 덮어준 다음 엄마의 머리를 뒤로 쓸어 넘겨준다. 새 기저귀로 갈아 채웠지만 엄마의 표정에는 아무런 변화가 없다. 엄마의 얼굴을 쓰다듬는 내 입에서 긴 한숨이 나온다.

"할머니, 저녁 드실 시간이에요."

요양사 아줌마가 엄마의 코에 연결된 고무관 입구를 열면서 말한다. 옆을 돌아보니 침대에 일어나 앉아서 식사를 하는 할머니도 있다. 엄마의 식사는 코에 연결된 고무관 입구에 액체를 부으면 끝이다. 나는 엄마의 손을 잡고 말없이 앉아 있다. 엄마가 일어나 식사를 하는 것도 아니고 나를 알아보지도 못하니 옆에 앉아 있어도 무료하기만 하다.

나는 고개를 돌리고 병실 벽에 부착된 TV를 바라본다. TV에서는 저녁 뉴스가 진행되고 있다. 화면에는 도로 가에 세워져 있는 검은색 승용차가 보인다. "며칠 전 낚시를 하러 가던 중년 남성 두 명이 고속도로에 세워둔 차 안에서 변사체로 발견됐습니다. 검사 결과 시신에서 복어 독성분이 검출됐다고 경찰이 밝혔습니다." 얼굴이 조그마한 여성 앵커가 카랑카랑한 목소리로 뉴스를 전하고 있다.

"이번 사건에 타살 가능성은 없는지 경찰이 본격적인 수사에 들어갔습니다." 그저께 보았던 장면과 내용이 그대로 나오고 있다. 화면이 바뀌고 어제 일어난 일본 지진에 대한 뉴스가 이어지고 있다. 아무도 보는 사람도 없는데, TV는 저 혼자 떠들고 있다.

남동생 상우와 여동생은 거리가 멀고 바쁘다는 이유로 병원에 다녀간 지 오래되었다. 처음에는 그나마 한 달에 한번 엄마를 보러 오더니, 이제는 몇 개월에 한번 씩 무슨 숙제를 하듯 잠깐 나타났다가는 가버렸다.

"엄마! 왜 그렇게 잠만 자요? 큰딸 은영이가 옆에 와 있잖아요!" 나는 엄마의 손을 잡고 흔들어본다. 내 말이 들리는지 엄마가 잠시 눈을 뜨고 허공을 바라본다. 그러나 엄마는 다시 눈을 감아버린다. "엄마 나 가요. 내일 또 올게." 지키지도 못할 약속을 하고 병실을 나온다.

남편은 요즘 어디서 어떻게 하루를 보내는지 알 수 없다. 아침이면 나가고 저녁이 되면 들어오기는 한다. 딱딱하게 굳은 얼굴로 들어와서는 소파에 앉은 채로 TV 채널을 돌리고 있을 뿐이다. 시선만 TV에 두고 있지 머릿속에는 다른 생각들로 가득해 보였다. 원래 피부가 하얀 편은 아니지만 요즘 몸이 마르고 얼굴이 더 까무잡잡해 보였다. 남편이 하던 가구사업이 남의 손에 넘어간 지 3년이 지났지만 아직까지 다른 일을 찾지 못하고 있다. 언제부턴가 친구가 하는 사무실 구석에 책상 하나를 빌려 더부살이를 하는 눈치다. 며칠 전에는 퇴근하는 남편한테서 술 냄새가 많이 났다. 어깨가 축 쳐지고 넥타이가 반 뼘이나 늘어진 꼴로 집에 들어오기는 처음이었다. 결혼 후 20년이 넘도록 입에서 술내를 풍기며 들어오는 일은 드물었다. 소주 한 잔에도 얼굴이 벌게지는 체질이라 술은 입에 대지도 않는 사람이었다.

오늘은 냉장고 청소 좀 해 주세요, 라고 말한 뒤, 주인여자는 현관을 나갔다. 여자는 정확히 네 시간 후에 돌아 올 것이다. 나는 입고 온 옷을 벗고 가방에서 작업복을 꺼내 입는다. 일주일에 두 번씩 이 집의 도우미 일을 시작한 지도 2년이 넘었다. 남편이 하던 사업이 부도가 나면서 이 일을 시작했다. 살림만 해오던 나로서는 할 수 있는 일이 많지 않았다. 남편은 내가 도우미 일을 하는 것이 당연하다는 듯이 어떤 위로의 말도 없다. 냉장고 서랍에는 유통기한이 지났거나 짓물러버린 야채들로 가득하다. 오이며 대파가 고스란히 썩어 있고 뜯지도 않은 두부는 누렇게 변해 있다. 나는 검은 비닐봉지를 갖다 놓고 버려야 할 음식물들을 집어넣는다. 빨리 냉장고 정리를 마치고 반짝반짝 윤이 나도록 거실을 닦아 놓아야 한다. 그래야 주인여자의 입 꼬리가 위로 올라갈 것이다. 냉장고 청소를 하고 싱크대를 닦았을 뿐인데 몸에는 벌써 기운이라고는 없다.

앉은 채로 잠시 눈을 감고 있다가 다시 거실을 닦기 시작한다. 소파 밑의 먼지를 닦아내고, 주인남자의 와이셔츠를 다리고, 화분에 물을 주고, 베란다 바닥을 씻어낸다. 마지막으로 세탁기 안의 빨래를 갖다 너는 것으로 일을 끝낸다. 정신없이 일을 하느라 네 시간이 언제 지나갔는지도 모른다. 얼굴에는 땀이 흘러내리고 입었던 옷이 걸레처럼 후줄근해졌다. 주인여자는 예상했던 대로 일이 끝나기 십 분 전에 들어왔다. 양쪽 손에 쇼핑백 몇 개를 들고 들어선 여자는, "집안이 아주 깨끗해졌네요." 라며 얼굴에 매우 흡족한 표정을 짓는다. 그리고 차비에 보태라며 지갑에서 오만 원 권 지폐 한 장을 꺼내준다. 만 원이나 더 얹어주는 걸 보면 내가 해놓은 일이 마음에 드는 모양이다. 나는 금요일에 오겠다고 말한 뒤, 쓰레기가 가득 담긴 검정색 비닐봉투를 들고 현관을 나온다.

단독주택이 있던 자리에 조그마한 빌라들이 빼곡히 들어차 있다. 어쩌다 남아 있는 단독주택 마당에는 감나무가 서 있고, 담장 밖에는 사람들이 갖다버린 쓰레기들이 너저분하게 놓여 있다. 찌그러진 의자와 빈 소주병들, 비에 젖어 찢어진 박스가 널브러져 있다.

나는 비스듬한 언덕길을 올라와 작은 빌라 안으로 들어선다. 버스종점에서 내려 한참을 걸어 올라왔더니 등에서 땀이 흘러내린다. 집안 청소를 하지 않아 거실이 엉망이다. 탁자 위에는 함부로 비벼 끈 담배꽁초, 먹다 남은 라면 국물, 아직도 돌아가고 있는 선풍기, 낮에 남편이 들어왔다 나간 것이 틀림없다. 남편은 내가 없는 시간에 들어와 라면을 끓여먹고 나가는 것 같았다. 그저께 밤에는 술에 취해 들어온 남편이 나에게 속에 있던 불만을 쏟아냈다.

"당신이 나 먹여 살리려고 도우미 일하고 있어? 벌써 몇 년째 당신이 병원비를 대고 있잖아……. 당신 같은 효녀하고 사는 것도 결코 쉬운 일이 아니야!"

남편은 오래 참았다는 듯이 얼굴에 힘을 주고 목소리를 높였다.

'그래서, 무슨 말이 하고 싶은 건데?'

내 목안에서 많은 말들이 바글거렸지만, 나는 입을 꾹

다물고 싱크대 앞에 서서 설거지만 했다. '만약에 당신 어머니라면 그렇게 무관심하지는 않을 거야.' 나는 침과 함께 그 말들을 꿀꺽 삼켜버렸다. 뭐라고 말을 섞어 봐야 또 어긋나고 말 것이다. 요즘 우리 부부는 무슨 일이 있을 때마다 어긋나고 있다는 생각이 든다. 말이 어긋나고, 시선이 어긋나고, 의견이 어긋났다. 내가 사람 얘기를 하면 남편은 돈 얘기를 했고, 내가 동쪽을 얘기를 하면 남편은 서쪽 얘기를 했다. 매사에 이렇게 맞는 것이 없는데 어떻게 지금까지 살아왔을까? 싶을 정도로 우리는 자주 목소리를 높였고 상대의 주장을 묵살시키려고 핏대를 세웠다. 이렇게 싸우고 사느니 차라리 이혼을 하는 게 낫겠다는 말이 서로의 입에서 나올 때도 있었다. 그래서 얻은 결론이 될 수 있으면 마주앉지 말고 대화를 하지 않는 것이었다. 집 안은 점점 침묵의 공간으로 변해갔고, 그것이 이혼을 하지 않고 살아가는 유일한 방법인양 우리는 투명인간처럼 사는 것에 익숙해졌다. 밥이 차려진 식탁을 보고도 소파로 가서 TV를 보고 있는 남편을, 이해할 수 없지만 그냥 내버려둔다. 차려놓은 음식에서 따뜻한 김이 빠져 나가는 것을 바라보고 있을 뿐.

나는 작은 방으로 들어가 엄마의 가방을 열어본다. 엄마가 우리 집에 올 때 들고 온 가방이다. 엄마는 남동생이 모시고 살았지만 가끔 우리 집에 와서 한두 달씩 있다가 갔다. 큰 가방 안에는 엄마가 입던 옷가지와 작은 핸드백이 들어 있다. 핸드백 안에는 엄마의 주민등록증과 손거울 그리고 조그만 빗 하나가 들어있다. 엄마는 이 거울을 들여다보면서 옷매무새를 단정하게 매만지곤 했다. 작은 주머니에는 몇 겹으로 접어 납작해진 종이가 들어있다. 닳아서 나달나달해진 종이에는 우리 삼남매의 휴대폰 번호가 커다란 글씨로 적혀 있다. 손수건에 쌓여 가장 안쪽 주머니에 들어있는 것이 무엇인지 그것을 꺼내 풀어본다. 5년 전 엄마의 팔순기념으로 우리 가족이 제주도에 갔을 때 찍은 사진들이다. 엄마는 시간만 나면 이 사진을 꺼내 놓고 들여다보았다. 나는 사진을 한 장씩 넘겨 가며 엄마의 얼굴을 자세히 들여다본다. 빨간 동백꽃 속에서 엄마가 활짝 웃고 있다.

"나는 구름이 저렇게 낮게 떠 있는 줄 몰랐다." 비행기 창가 쪽에 앉아서 손수건 크기만 한 현창으로 밖을 내다보며 엄마가 말했다. 여기저기에 작은 구름들이 섬처럼 낮게 가라앉아 있었다. 생전 처음으로 비행기를 타 보는 엄마는 모든 것이 신기한 듯, 고개를 돌리고 연신 창밖을 내다보았다. 엄마가 활짝 웃는 모습을 본 것은 그때가 처음이었다. 키가 작고 몸의 움직임이 적은 편인 엄마는 입을 크게 벌리고 웃는 일도 없었다. 너무나 행복해하는 엄마를 위해 자주 여행을 해야겠다고 생각했지만, 그게 마지막 여행이 되고 말았다. 엄마가 살아온 삶에 비하면 그 행복은 너무나 짧았다.

제주도에 도착하자마자 우리는 승용차를 렌트해서 엄마가 말했던 복어요리를 먹으러 갔다. 운전석에 앉은 남동생은 내비게이션에 식당 상호부터 찍었다. 인터넷으로 찾은 식당은 손님들로 북적였다. 엄마는 복어가 비리지 않고 시원해서 좋다고 했다. "외할아버지가 복어를 잡아와서 깨끗하게 손질해 주면 외할머니가 요리를 해주었어." 엄마는 자랑하듯 얘기했다. 식사가 나오자 엄마는 복어요리 맛있게 먹는 법을 우리들에게 가르쳐준다며 시범을 보였다. "먼저 콩나물을 건진 다음 참기름을 넣고 밥을 비벼서 먹어봐. 복어와 함께 삶은 콩나물 맛은 안 먹어본 사람은 모른다. 진짜 고소하지?" 엄마의 물음에 우리는 밥을 한입씩 물고 고개를 끄덕였다. 엄마의 말처럼 고소하고 맛있었다. "그 다음에는 이렇게 복어를 건져서 양념장에 찍어 먹어봐라. 껍질이 가슬가슬한 게 아주 맛있어." 엄마는 복어 껍질을 소스에 찍어 먹으면서 신이 나서 말했다. 그날 복어요리를 먹기로 한 것에 대해 우리는 후회가 없었다. 복어매운탕을 먹고 나서 우리는 곧바로 카멜리아 힐로 향했다.

동백이 많은 섬에서 자란 엄마는 동백꽃을 보고 싶어 했다. 다행히도 카멜리아 힐에는 동백이 한창이었다. "세상에 벌써 동백꽃이 피었구나! 날씨가 추워서 아직 이르다고 생각했는데." 만개한 동백꽃을 보면서 엄마는 소녀처럼 좋아했다. 우리는 수백 그루의 동백나무가 서 있는 동백 터널 속으로 들어갔다. 3월초의 날씨가 쌀쌀했지만 꽃향기와 청아한 새소리에 취해 우리는 추운 줄도 모르고 다녔다. 남동생 상우는 여동생과 나 사이에 엄마를 세워놓고 연신 카메라 셔터를 눌러댔다. 자식들을 모두 데리고 여행을 온 엄마는 정말 행복해보였다. 색색의 동백꽃 사이에 얼굴을 내밀고 엄마가 활짝 웃고 있다. 사진을 찍기 위한 의도적 웃음이 아닌 마음 깊은 곳에서 나온 진정한 웃음이다. 활짝 웃고 있는 엄마의 사진 속으로 코에 호스를 연결한 엄마가 들어와 눕는다.

병원 생활을 처음 시작했을 때부터 엄마는 코에 연결된

고무관을 자주 빼놓곤 했다. 처음에는 어쩌다 실수로 그랬는줄 알았다. 다시 관을 연결하기 위해 들어온 의사와 간호사가 엄마에게 말했다. “할머니, 이 줄을 빼면 할머니는 식사를 할 수 없어요. 앞으로는 절대 빼지 마세요.” 젊은 여자 간호사가 엄마의 얼굴을 들여다보며 또박또박 말했다. 엄마는 알아들었다는 듯 말간 눈으로 간호사를 올려다보았다. 그러나 간호사가 나가고 옆에 사람이 없으면 엄마는 어느새 고무관을 뽑아 놓았다. 틈만 나면 고무관을 빼놓는 통에 간호사들도 고개를 절레절레 흔들었다. 고무관을 다시 연결시키는 과정은 너무나 고통스러운 일이었다. 의사와 간호사들이 엄마의 양 팔을 붙잡고 고무호스를 엄마의 코 속으로 밀어 넣었다. 고무관이 콧구멍을 통과하여 위까지 들어가는 동안 엄마는 얼굴이 빨개지고 온몸을 부들부들 떨었다. 그렇게 고통스러워하면서 왜 또다시 고무관을 빼 놓는지 도무지 이해할 수가 없었다. 나는 엄마의 손을 잡고 애원했다.

“엄마! 이 줄 빼면 안 된다고 했잖아요. 도대체 왜 그러시는 거예요?” 그럴 때면 엄마는 눈동자에 힘을 주고 한참동안 나를 노려보았다. 그 때의 엄마의 눈빛은 내 뼛속까지 꿰뚫어버리는 듯이 차가워 보였고, 원망과 분노가 가득 담긴 듯한 눈빛이었다. 평소에 한 번도 그런 눈으로 나를 본 적은 없었다. 엄마를 가장 잘 알고 있다고 믿었던 나였지만 엄마의 그런 행동 앞에서 막막하기만 했다. 그날부터 엄마는 튼튼한 끈으로 양쪽 손을 침대에 묶인 채 누워 있었다. 그런 엄마의 모습을 보고 오는 날은 가슴 속에 돌멩이가 든 것처럼 하루 종일 마음이 무겁다.

"은영아! 이리 좀 와봐라." 노란 동백이 호수 위에 떠 있는 것을 바라보면서 엄마가 나를 불렀다. 물 위에는 수련이 핀 듯 통째로 떨어진 동백꽃이 떠 있었다. "떨어져 물 위에 뜬 동백이 더 예쁘다." 엄마는 호숫가를 돌며 주위 경치에 찬사를 보냈다. "이 좋은 세상을 나 혼자만 보고 있으니 너희 아버지한테 미안하단 생각이 든다. 참 정이 많은 사람이었는데……." 엄마는 잠시 죽은 아버지 생각에 잠겨 있었다.

카멜리아 힐을 구경하고 우리는 기념품 가게로 들어갔다. 그리 넓지 않은 가게에는 동백으로 만든 다양한 제품들이 진열돼 있었다. 세수 비누와 샴푸, 오일과 양초, 동백 씨로 만들었다는 염주에 이르기까지 생각보다 물건이 다양했다. 엄마는 까만 동백 씨로 만들었다는 염주가 신기한 듯 손에 들고 만져보았다. 엄마는 절에 열심히 다니는 사람도 아니었다. 기껏해야 일 년에 한두 번 정도 가는 게 고작이었다. "하나 사드릴까요?" 상우가 다가가 물었다. "많이 비쌀 텐데……." 엄마가 주인을 바라보았다. 남동생이 염주 하나를 달라며 지갑을 열고 돈을 건넸다. 가게 여자가 샘플이라며 동백기름을 조금씩 따라주었다. 엄마와 나는 손등과 머리에 발라보았다. 손이 촉촉해지고 향이 좋았다. 옛날에는 여염집 여자들이 동백기름으로 치장을 했다는 엄마의 말에 "엄마도 이걸로 멋 좀 내고 다녀요." 라고 내가 말했다. 우리는 검은 염주 하나와 동백기름을 사가지고 가게를 나왔다.

한 손에는 작업복이 든 가방을 한 손에는 시장 본 물건을 들고 비스듬한 언덕길을 올라간다. 화요일에는 자식들을 외국에 보내고 노부부만 사는 정릉으로 일하러 간다. 그 댁은 아이가 없어서 그나마 집안은 깨끗한 편이다. 할머니는 청소보다는 반찬 해주는 것을 더 좋아한다. 그 댁에 가는 날은 이것저것 반찬을 만들어서 노부부와 같이 점심을 먹고 온다. 양손에 짐을 들고 언덕을 올라오느라 등에는 땀이 흐르고 숨이 차오른다.

인터폰을 누르자 화장을 곱게 한 할머니가 반갑게 문을 열어준다. 올해 여든이라는 할머니는 아직도 건강해 보인다. 노부부는 소파에 앉아 TV를 시청하고 있었던 모양이다. 거실 맞은편 벽에 걸려 있는 TV에서는 뉴스가 진행되고 있다. 며칠 전에 보았던 장면이 그대로 나오고 있다. "며칠 전 낚시를 하러가던 중년 남성 두 명이 고속도로에 세워둔 차 안에서 변사체로 발견됐습니다. 검사 결과 시신에서 복어 독성분이 검출됐다고 경찰이 밝혔습니다." 단정하게 넥타이를 맨 남자 아나운서가 굵고 울리는 듯한 목소리로 뉴스를 전하고 있다. 나는 그 자리에 선채로 잠시 TV에 시선을 고정시킨다. "차 안에 있던 홍삼 액 병에서 테트로도톡신이 검출된 것으로 보아, 이들은 복어알 가루를 홍삼액에 타서 마시고 사망한 것으로 추정하고 있습니다. 복어알 가루에 들어있는 테트로도톡신은 매우 강한 독성분으로 인체에 들어가면 사망에 이를 수 있습니다." 아나운서가 다음 뉴스를 진행하는 것을 본 다음 나는 주방으로 들어간다. 오늘은 할머니가 좋아하는 갈치찌개를 할 생각이다. 할머니는 오메가쓰리가 많아서 몸에 좋다며 생선요리를 좋아했다. 쌀을 씻어 밥통에 안쳐놓고 냄비에 무를 납작하게 썰어 담는다. 점심준비를 하는 내 머릿속에 조금 전 뉴스의 내용이 토막토막 떠오른다. 복어알 가루, 테트로도톡신, 사망에 이를 수도…….

"아줌마는 일도 잘하지만 요리솜씨가 좋은 것 같아요."

찌개 국물을 한 숟갈 떠먹고 나서 흡족한 듯 할머니가 웃는다. 노부부는 식탁에 나란히 앉아 맛있게 식사를 한다. 나는 아침을 늦게 먹어서 밥 생각이 없다고 말하고 나서 청소를 시작한다.

일 년 전만 해도 엄마는 나를 알아보았다. "엄마, 저 알아보죠? 알면 안다고 고개 좀 끄덕여 봐요." 라고 말하면 엄마는 아래위로 고개를 끄덕이곤 했다. 내가 집에 간다고 하면 손을 꼭 잡고 놓아주지 않았다. "엄마, 엄마 노래 부르는 거 좋아했지? 엄마가 좋아하는 동백아가씨 한 번 불러볼까?" 하고 물으면 엄마는 눈을 크게 뜨면서 고개를 끄덕였다. 나는 엄마의 얼굴을 바라보면서 노래를 불렀다. 헤일 수 없이 수많은 밤을/ 내 가슴 도려내는 아픔에 겨워/ 얼마나 울었던가 동백 아가씨……. 예전에 엄마가 즐겨 불렀던 노래를 부르면 엄마는 눈이 발개지면서 눈물을 흘렸다. 그리고 무슨 말을 하려는 듯 입술을 달싹였다. 하지만 엄마는 단 한 음절의 말도 내뱉지 못했다.

"할머니, 그만 가볼게요." 나는 가방을 메고 쓰레기봉투를 한 손에 든다.

"요즘 얼굴이 왜 그렇게 안 좋아 보여? 꼭 어디 아픈 사람 같아."

할머니가 걱정스러운 듯 쳐다본다. 나는 애써 웃음을 지으며 다음 주 화요일에 오겠다는 약속을 하고 아파트를 나온다. 해가 넘어가고 어두워지는 시각인데도 날씨는 여전히 후텁지근하다.

가방을 아무데나 던져놓고 나는 컴퓨터 전원을 누른다. 화면이 열리기를 기다렸다가 검색창에 복어알을 쳐본다. 복어라는 단어와 관련된 수많은 정보들이 걸려 올라온다. 마음이 내키는 곳을 마우스로 클릭해 본다. 복어알 분말은 다이어트에도 효과가 있으며 이미 사용한 사람들도 있다고 한다. 복어알을 판매하던 사람이 구속되었다는 글도 올라와 있다. 복어알 가루에 들어 있는 테트로도톡신 성분은 진통제 기능도 해서 모르핀 대신에 말기 암환자에게도 쓰인다는 내용도 있다. 정보들을 읽느라 나는 눈을 크게 뜨고 계속 인터넷을 뒤적거린다. 복어알 가루를 판매하는 곳도 있다. 그러나 누구나 쉽게 구할 수 있는 것은 아니라고 한다. 복어알 가루를 사려면 먼저 회원에 가입해야 하고,

일대일 메일 상담도 해야 한다고 쓰여 있다. 나는 목적 란에 다이어트라고 쓴 다음 회원에 가입한다. 또박또박 메일 주소를 입력하고 나서 잠시 다른 카페에 들렀다가 메일 확인을 해 본다. 빠르면 이틀 뒤에 복어알 가루가 도착한다는 메일이 와 있다. 나는 시스템 종료 버튼을 누르고 나서 어두워진 컴퓨터 화면을 멍하니 바라보고 있다.

땀을 많이 흘린 탓인지 오늘 따라 유난히 기운이 없고 기분이 가라앉는다. 배가 고프지만 밥을 먹고 싶은 생각은 없다. 늘 해오던 일인데도 내 몸은 적응을 하지 못하고 힘이 든다. 태어나면서부터 약골로 태어난 탓이리라. 나는 식탁이 아닌 소파로 가서 눕는다. 스님 말씀처럼 나는 요즘 모든 것을 놓아버리고 싶을 때가 많다. 하루하루가 내 의지와는 상관없이 무엇엔가 끌려가듯이 이어지는 이런 생활을 언제까지 계속해야 하는지……. 피로 때문인지 눈이 스르르 감긴다.

시간이 나면 엄마는 방에 앉아서 카멜리아 힐에서 사온 염주를 돌렸다. 한 알 한 알 염주를 돌리면서 입으로는 중얼중얼 뭔가를 염원했다. 눈을 지그시 감은 채 엄마가 염주를 돌리는 모습을 자주 볼 수 있었다. 나는 엄마가 염주알을 돌리면서 염원하는 것이 무엇인지 궁금했다. 하루는 염주를 돌리고 있는 엄마에게 물어보았다. "엄마는 염주 알을 돌리면서 뭘 그렇게 소원하세요?" 조용히 나를 바라보던 엄마가 말했다. "이 나이에 내가 무슨 소원이 있겠냐? 너희들 잘 사는 것밖에. 그리고 나 잘 죽게 해달라고 빈단다." 엄마는 멈추었던 염주를 다시 돌렸고, 나는 그저 고개를 끄덕였을 뿐이다. "나이가 많으면 잘 죽는 것이 소원이란다." 그때는 엄마가 왜 그런 말을 하는지 이해하지 못했다.

햇살이 가득한 짧은 꿈이었다. 꿈속에서 나는 엄마와 함께 파란 들판을 달려갔다. 엄마는 옛날모습 그대로 까만 머리카락을 날리며 행복해 했다. 파란 미역취가 넓은 들판 가득했다. 꿈속에서 엄마는 햇볕에 그을린 튼튼한 다리와 맨발로 달렸다. 미역취를 한 보자기 뜯어 안고, 엄마는 앞장서서 달리다가 나를 돌아보고 웃었다. 나는 멀어지는 엄마를 따라가면서, 엄마 같이 가! 같이 가요 엄마. 라고 외쳤다. 너는 날 따라 올 수 없어, 천천히 와! 따뜻한 햇살아래 엄마가 머리카락을 흩날리며 내게 손을 흔들었다. 나는 엄마를 부르다가 잠에서 깼다. 잠시 눈을 붙였을 뿐인데 영화의 한 장면처럼 선명하게 떠오른다. 꿈속에서의 엄마는 언제나 젊고 아프지도 않았다.

나는 가방에서 핸드폰을 꺼내 여동생의 휴대폰 번호를 누른다. 벨소리가 여러 번 울리고 나서야 전화를 받는다.

"은미야, 내일 엄마 병원에 좀 왔다 가도록해라."

"왜 무슨 일 있어? 언니."

"꼭 무슨 일이 있어야 오니? 너 엄마 본 지 오래 됐잖아!" 나도 모르게 목소리 톤이 올라간다.

"시간 내서 한 번 가 볼게 언니, 요즘 사는 게 정신이 없어……." 여동생의 목소리에 기운이라고는 없다.

"상우도 오라고 했어. 아무리 바빠도 내일은 엄마 좀 보러 와." 여동생은 알았다고 하면서 전화를 끊었다. 하지만 꼭 올지는 명확치가 않다. 안산에 살고 있는 여동생은 작년에 남편이 대장암으로 죽었다. 혼자서 직장생활을 해가며 두 딸을 키우느라 엄마한테는 신경도 못쓰는 것 같다. 사정이 빤한 여동생을 보고 엄마한테 자주 들르라는 말을 할 수가 없었다. 나는 남동생 상우에게도 전화를 걸어 웬만하면 내일 병원에 왔다 가라고 말한다.

"죄송합니다. 누님, 아들 노릇도 제대로 못하고……."

남동생은 풀 죽은 목소리로 죄인처럼 말을 더듬거린다.

상우는 다니던 회사가 문을 닫는 바람에 작은 회사에서 기능직으로 근무하고 있다. 상우댁은 병원에 안 온 지가 1년도 더 되었다. 병원비를 대느라 상우가 작은 아파트를 팔고 반지하로 옮기고 나서부터는 아예 병원에 발길을 끊었다. 그런 올케를 나무랄 수 있는 사람은 아무도 없다. 올케는 원래 착한 여자였다. 올케는 10년이 넘도록 불평 한 마디 없이 시어머니를 모셨던 사람이다.

쉬는 날이라 밀린 빨래를 했다. 세수를 대충 마치고 가방을 챙긴 다음 집을 나선다. 서랍에서 복어알 가루가 든 봉지를 꺼내 가방 안에 넣어 두었다. 병원으로 가는 버스가 지나가지만 그냥 걸어서 가기로 한다. 무덥기만 하던 날씨가 조금은 수그러진 듯하다. 병원에 도착했지만 나는 바로 3층으로 올라가지 못하고 1층에서 서성거린다. 어두컴컴한 복도를 이쪽에서 저쪽으로 저쪽에서 이쪽으로 왔다 갔다 한다. 한참을 서성이다가 어두운 계단을 통해 3층으로 올라간다.

"오전에 아드님이 왔다갔어요. 이렇게 과일까지 사가지고스리." 병실에 들어서자 요양사 아줌마가 과일 봉지를 들어 보이며 말한다. 여동생은 결국 오지 않은 모양이다.

상우가 왔다 갔다니 그나마 다행이란 생각이 든다.

"할머니는 어디 가셨어요?" 비어 있는 옆 침대를 보면서 나는 아줌마에게 묻는다.

"아드님이 휠체어에 태워가지고 공원에 나갔습네다." 요양사 아줌마가 상냥하게 대답한다.

나는 침대에 묶인 끈을 풀고 엄마 손을 잡아본다. 옆에 있던 아줌마가 걱정스러운 눈빛으로 나를 바라본다.

"걱정 마세요. 오늘은 제가 병실에 있을 거예요." 그제야 안심이 되는지 요양사 아줌마가 고개를 끄덕인다. 엄마는 여전히 눈을 감은 채 잠들어 있다. "엄마, 또 자요? 밖에 날씨가 얼마나 좋은데……." 나는 오그리고 있는 엄마의 하얗고 가느다란 다리를 만지면서 혼자 중얼거린다.

"그럼 밥 좀 먹고 오겠습네다." 요양사 아줌마가 옆에 와서 인사를 한다. 가끔씩 내가 있으면 아줌마는 식사를 하고 오기도 하고 잠시 볼일을 보러 나갔다 오기도 했다. 나는 아줌마를 내보내고 혼자 병실을 지킨다. 환자들이 대부분 잠들어 있어서 병실 안이 조용하다. 벽에 붙어 있는 TV에서는 여자 기상 캐스터가 날씨를 전해주고 있다. '오늘까지 전국에 막바지 무더위가 이어지겠습니다. 하지만 내일 비가 오고 난 뒤부터는 기온이 내려가 선선하겠습니다. 아침저녁으로 일교차가 커지는 날씨에 건강에 유의하셔야 하겠습니다.' 기상캐스터가 입은 와인색 원피스가 여름이 끝나는 계절과 잘 어울린다는 생각이 든다.

나는 말없이 엄마의 얼굴을 들여다본다. 뭔가 빠져나가버린 듯한 표정, 모든 것을 놓아버린 얼굴, 예전에 엄마의 모습이라고는 찾아볼 수 없다. 나는 따뜻한 물에 수건을 적셔와 엄마의 얼굴을 닦아준다. 엄마가 무연한 눈으로 나를 쳐다본다. 나를 바라보는 엄마의 눈이 올무에 걸린 사슴의 눈처럼 처연해 보인다. 나는 가방을 열고 동백기름을 꺼내 엄마의 얼굴과 머리에 발라준다. 세수를 마치고 새 환자복으로 갈아입은 엄마의 모습이, 물 위에 떠 있던 노란 동백꽃처럼 곱다. 엄마, 오늘 저랑 같이 카멜리아 힐에 놀러가요. 나는 엄마의 얼굴을 쓰다듬으면서 말한다.

나는 침대 위로 올라가 엄마 옆에 눕는다. "엄마, 잠시 후면 엄마는 깊고 포근한 잠을 잘 수 있어요." 엄마가 잠시 눈을 떴다가 다시 감는다. "엄마, 아무 걱정 마세요. 엄마는 이제 고통이 없는 세상으로 갈 수 있어요. 엄마가 그토록 좋아했던 카멜리아 힐에도 가보고, 새소리 청아했던 동백터널도 걸어보세요. 처음으로 아버지를 만났다는 지심도에도 가보시고요." 나는 엄마를 가슴에 꼭 안은 채 주문을 외는 사람처럼 중얼거린다. 어둑한 병실에는 환자들 외에는 아무도 없다. 할머니들은 옆으로 돌아눕거나 눈을 감고 자고 있다. 병원 안은 조용하기만 하다.

엄마의 코에 연결된 고무호스는 목뒤로 넘겨져 있다. 나는 엄마의 사물함에서 미음이 든 캔 하나를 꺼낸다. '안 돼. 그러지마! 아니야 그만 놔 줘야 해!' 내 속에서 서로 다른 소리들이 외친다. 나는 고무호스의 입구를 열고 캔에 든 미음을 쏟아 붓는다. '엄마, 오늘 저녁은 엄마가 좋아하는 복어를 드릴게요.' 나는 의자에 놓인 가방에서 복어알 분말이 든 봉지를 꺼낸다. 손이 떨리고 호흡이 가빠온다.

느릿느릿 떨어지는 석양 아래, 아무 색깔도 없는 오후가 있을 뿐이었다

숨어서 지는 꽃

숨어서 지는 꽃

일화는 고개를 숙이고 앉아 빨간 고추를 다듬고 있었다. 가을 햇살이 좋지 않은 탓에 일주일 넘게 말린 고추였다. 해마다 봄이 되면 일화는 언덕에 있는 조그만 땅에 고추를 심었다. 다 말려봤자 네댓 근 될까 말까. 하지만 식당을 하는 아들에게 그거나마 보태 주고 싶었다. 아들네 집에 못 간 지는 오래되었다. 자신의 문제로 아들 내외가 다투는 걸 보고 나서 마음을 정리했다. 대신 아들이 어머니를 보러 오겠다고 약속했지만, 한 번 다녀 간 뒤로는 오지 않았다. 혹시 오늘은 아들이 오지 않을까, 차 소리가 날 때마다 고개를 들고 도로 쪽을 바라보지만, 아들의 모습은 보이지 않았다.

마당 한 쪽에서 고추를 다듬던 일화는 고개를 돌리고 역사관 쪽을 바라보았다. 역사관 앞에는 어느 고등학교에서 왔다는 학생들이 한 무더기 서서 설명을 듣고 있었다. 벌써부터 몸을 비틀거나 다른 곳을 바라보는 학생들이 많았다. 이곳에는 외부 사람들이 오지 않는 날이 거의 없었다. 어제는 신문사 기자들이 찾아와서 할머니들에게 그때의 일을 캐묻고 갔고, 그저께는 어떤 종교 단체에서 왔다 갔다. 사나흘 전에는 무슨 협회에서 왔다는 사람들이 일화에게 그 진흙탕 세계를 말해달라고 졸랐다. 아득한 기억을 떠올리며 이런저런 얘기를 하다 보면 그녀의 눈가에 어느새 눈물이 맺혔다. 아직도 흘릴 눈물이 남아 있다는 게 믿어지지 않았다. 일화는 고개를 숙이고 다시 고추를 다듬기 시작했다.

"할머니, 고추를 어디다 말리시려고요?"

사무실 여직원이 다가오면서 물었다.

"볕이 있는 곳에다 갔다 놔야지 뭐."

여직원을 쳐다보며 무심하게 대답했다. 여직원은 더 이상 할 말이 없다는 듯 화장실 쪽으로 걸어갔다. 안내원의 설명을 듣던 여학생 두 명이 스마트폰을 들여다보면서 지나갔다. 오래된 나무 옆을 지나가듯 그녀 옆을 스쳐갔다.

일화는 고추를 다듬고 나서 꼭지를 화단의 나무 밑에 갖다 버렸다. 그리고 다듬은 고추를 들고 볕이 있는 곳을 찾아 보았다. 허리가 잘 펴지지 않아 구부정하게 구부린 채 여기저기를 둘러보았다. 사방을 둘러봐도 햇볕이 보이지 않았다. 다행히 관리실 건물 옆에 멍석 크기만 한 햇볕이 보였다. 일화는 그곳에 돗자리를 깔고 고추를 펼쳐 놓았다. 고추가 서로 겹치지 않도록 얇게 널어놓고 돗자리 끝에 앉았다. 고양이 한 마리가 돗자리 옆으로 지나가는 것이 보였다. 노란색 눈의 회색 고양이였다. 고양이는 할머니에게는 별 관심이 없다는 듯 힐끗 보고는 빠르게 지나갔다. 일화는 멀어져가는 고양이의 꽁무니를 물끄러미 바라보았다.

돗자리에 펼쳐놓은 빨간 고추를 보고 있자, 일화는 어린 시절이 떠올랐다. 이때쯤이면 아버지는 빨간 고추를 한 자루 따 와서 마루 끝에 내려놓았다. 어머니는 언니들과 부엌에서 고추전을 부치고 있었다. 고추는 매워야 맛이 난다며 아버지가 굵은 고추 한 줌을 어머니에게 갖다 주었다. 마루 끝에 걸터앉은 아버지는 막걸리를 한 잔 마시고 나서 흐뭇한 표정으로 따끈한 고추전을 뜯었다. 오빠들도 맵다며 입으로 후후 불면서도 연신 부침개를 집어먹었다. 일화야, 너도 먹어봐라. 아버지가 일화를 보고 말했다. 일화는 부침개를 조금 뜯어 먹어보았다. 너무 매워서 눈물이 찔끔 나왔다. 입안이 화끈거리고 머리가 뜨거워진 일화는 눈을 감고 얼굴을 찡그렸다. 한참 뒤 눈을 떠보니, 아버지가 지긋이 웃는 얼굴로 일화를 바라보고 있었다. 까마득히 오래된 일인데도 그때의 기억은 영화의 한 장면처럼 생생하게 눈앞에 떠올랐다. 그 기억을 놓지 않으려는 그녀의 의지 때문인지도 몰랐다.

어릴 적 아버지는 말했다. 일화야, 네 이름을 짓기 위해 아버지가 사흘 낮밤을 옥편을 뒤적였단다. 잠자리에 들면서도 궁리하고, 아침에 일어나서 앞산을 바라보기도 하고……, 네가 한 송이 꽃처럼 예뻐서 一花라고 지었단다. 한 송이의 예쁜 꽃, 일화는 아버지가 지어준 이름이 마음에 들었다. 일화는 6남매 중 막내딸이었다. 위로 오빠가 셋이고 언니가 둘이었다. 오빠들은 눈이 크고 얼굴이 동그란 여동생을 무척 귀여워했다. 일화는 오빠들이 심부름을 시키면 싫은 내색 없이 잘 했다. 그러나 열네 살 여름 어느 날, 그녀의 운명은 검은 늪 속으로 휩쓸려 들고 말았다. 빠져나오려고 아무리 몸부림쳐도 결코 헤어날 수 없는 깊고 검은 늪 속으로.

일화는 그날, 어머니의 심부름으로 삼촌댁에 갔다가 돌아오는 길이었다. 가로등 하나 없는 골목길에는 어둠이 짙게 깔리고 있었다. 무서움을 참으며 집 근처에 왔을 때, 갑자기 등 뒤에서 누군가가 눈과 입을 틀어막았다. 처음에는 오빠들이 장난을 치는 줄 알았다. 하지만 그렇게 생각하기에는 힘이 너무 세서 숨을 제대로 쉴 수 없었다. 그들은 일화의 손목을 잡고 어디론가 끌고 갔다. 누구냐고, 어디로 가냐고, 물어봐도 막무가내로 끌고 갔다. 있는 힘을 다해 소리를 질러 보았지만 어린 소녀의 목소리는 그들의 두툼한 손에 막혀 입 밖으로 나오지 못했다. 검은색 옷을 입은 두 남자는 어깨에 긴 총을 메고 있었다. 참으로 눈 깜짝할 사이에 일어난 일이었다.

일화는 힘줄이 붉어져 나온 마른 손으로 고추를 한 번 뒤적이고 나서, 숙소 쪽으로 천천히 걸어갔다. 옥선 언니가 거실 창문을 닫고 커튼을 내리고 있는 것이 보였다. 학생들이 안으로 들어와서 이것저것 물을까봐 귀찮아서 그럴 것이라고 일화는 생각했다. 이곳에 사는 할머니들은 대부분 나이가 90이 넘은 노인들이다. 머리가 하얗게 센 할머니들은 이제 말하는 것조차도 힘들어했다. 이가 변변치 못해서 음식도 홀홀하게 해주는 것만 먹을 수 있다. 말이 어눌해지고 기억력이 떨어져서 증언을 제대로 하는 사람도 별로 없었다. 옥련 언니는 원래 숫기가 없어 말을 잘 못했고, 석순 언니는 중풍이 와서 아예 드러누워서 지낸다. 밥도 가져다 먹이고 똥도 받아 내고 있다. 그나마 초등학교를 다녔던 일화와 분자가 말을 잘 하는 편이었다. 생각조차도 하고 싶지 않은 그 늪의 세계를 증언하기 위해, 일화는 중국에도 가고 독일도 갔었다. 가는 곳마다 같은 말을 반복하다 보면, 자신의 얘기를 하는 것인지, 아니면 다른 누구의 얘기를 하는 것인지 헷갈릴 때도 있었다. 나이가 많아 비행기 타는 게 겁이 났지만, 그래도 가자고 하면 따라갔다. 꿈에서도 떠올리고 싶지 않은 그 일을 얘기 하면 기금이 나왔다. 일화는 그렇게 받은 돈을 차곡차곡 모아두었다. 다만 멀리까지 간 사람이나 안 간 사람이나 받는 액수가 같다는 게 못마땅했다. 자신은 증언을 위해 힘든 여정을 마치고 왔는데, 침대에 누워 낮잠을 자거나 소파에 앉아서 하릴없이 티브이를 보고 있는 노인들이 마뜩찮았다.

나눔의 집 마당에 어둠이 내리고 있었다. 언제 갔는지 학생들도 보이지 않았다. 일화는 식당으로 가서 배추된장국에 밥을 말아 먹었다. 배추가 푹 무르지 않아 국물만 떠먹었다. 자신의 방으로 돌아온 그녀는 다른 날처럼 장롱에서 요를 꺼내 바닥에 깔았다. 그리고 베개를 안고 요 위에 엎드려 잠을 청했다. 침대가 있지만 일화는 늘 바닥에서 잠을 잤다. 언제부턴가 그녀에게 엎드려 자는 버릇이 생겼다. 반듯이 누워서는 잠을 잘 수 없었다. 반듯이 누워 있으면 누군가가 자신을 덮칠 것 같은 두려움에 가슴이 답답해지고 숨이 막혀 왔다. 방안에는 분명히 정적과 어둠뿐인데도 이상하게 짓눌리는 느낌이 들곤 했다. 엎드려 자는 습관을 이제는 고치고 싶은데 쉽게 고쳐지지 않았다. 왼쪽 볼을 베개에 묻고 눈을 감아보지만 잠이 잘 오지 않았다. 거실에서 TV를 보는 노인이 있는지 불빛이 문틈을 비집고 들어왔다.

어린 일화는 알지 못했다. 자신이 어디로 가는지. 무작정 트럭에 실려 어디론가 갔다. 배를 타고 이틀 낮밤을 더 갔다. 살려달라고, 집으로 보내달라고, 두 손 모아 애원도 해 보았다. 그러나 조용히 있으라며 거친 주먹이 날아왔다. 배를 타고 사흘 만에 도착한 곳은 무척 어둡고 낯설었다. 배에서 내리는 순간, 아! 먼 나라에 왔구나, 하는 생각이 들었다. 그곳이 중국의 다롄이라는 것을 나중에야 알았다. 그날 함께 끌려온 조선 소녀는 다섯 명이었다. 올해 여든여덟이 되었지만, 그때의 일은 지워지지 않고 흑백의 그림으로 선명하게 남아있다.

푸르스름한 어둠 속에서 희미하게 낮은 막사가 보였다. 낯선 남자들이 소녀들을 막사 쪽으로 데리고 갔다. 방은 어둡고 좁았다. 벽 쪽에는 간이침대 하나가 놓여 있었다. 일화는 뜬눈으로 어서 날이 밝기를 기다렸다. 아침이 되자 누군가가 거칠게 문을 열고 들어왔다. 몸집이 뚱뚱한 일본 장교였다. 일본 장교는 음흉한 웃음을 흘리며 일화 옆으로 다가왔다. 일화는 온몸이 덜덜 떨리기 시작했다. 하지만 일본 장교는 반항하는 일화의 몸을 강제로 덮쳤다. 일을 끝내고 바지를 끌어올리면서 일본 장교가 말했다.

"오늘부터 네 이름은 하나코야!"

버려진 인형처럼 몸과 마음이 찢어진 채로, 일화는 좁은 침대에 널브러져 있었다.

하나코는 그날부터 다다미 넉 장 크기의 방에서 살았다.

좁고 어두운 방에서 짧은 치마를 입고 누군가를 기다려야 했다. 문 밖에서는 군인들이 내뱉는 걸쭉한 농담소리와 웃음소리가 들렸다. 길게 줄을 서서 기다리던 젊은 군인들은 무척 거칠었다. 들어오자마자 옷도 벗지 않은 채 하나코를 강탈했다. 그들은 두껍고 거친 손으로 하나코의 젖가슴을 마구 주물렀다. 아직 다 솟아오르지도 못한 젖가슴은 단단한 몸에 짓눌리고 일그러졌다. 하나코는 두 눈을 감고 이를 악물었다.

날이 밝으면 하나코는 스무 명이 넘는 남자를 상대해야 했다. 주말에는 수십 명의 군인들이 줄지어 찾아왔다. 심지어 초경을 하던 날도 하나코는 다리를 벌려야 했다. 무릎에 힘을 주고 안쪽으로 오므려보았지만, 그들은 강제로 관계를 가졌다. 하나코는 세찬 파도에 휩쓸린 양 온몸이 아프고 뒤틀렸다. 어느 날 하나코는 문을 걸어 잠그고 울음을 터뜨렸다. 한번 터진 울음은 좀처럼 그쳐지지 않았다.

그러나 거칠게 문을 열고 들어오는 군인들을 막을 수 없었다. 아프다고 하면 의무대 군인이 와서 진통제라며 주사를 놓아주었다. 주사를 맞고 나면 정신이 몽롱해졌고 고통이 사라졌다. 하나코는 죽고 싶은 순간이 많아졌다. 이 주에 한 번씩 검사를 받으러 가는 곳에는 조선 군의관 한 명이 있었다. 하나코는 그 군인에게 머리가 아프다고 말하고 진통제 두 알씩을 얻어왔다. 얼마가 지나자 30알의 약이 모였다. 이 약을 한꺼번에 먹는다면 죽을 수 있겠지, 하나코는 그 약을 물과 함께 한 입에 털어 넣었다. 그리고 정신을 놓아버렸다. 그러나 죽는 것도 마음대로 되지 않았다. 사람 목숨은 왜 이렇게 질긴 걸까? 15살 하나코는 천장을 바라보고 누운 채 긴 한숨을 토해내곤 했다.

군인들이 전쟁터로 나가서 오지 않는 날이면, 하나코는 막사 근처에 있는 강둑에 올랐다. 야트막한 둔덕에는 자주색 물봉선화가 피어 있었다. 하나코가 살았던 고향 개울에도 물봉선화가 무리지어 피어 있었다. 하나코는 언덕에 서서 고향의 물봉선화를 바라보았다. 물봉선화의 짙은 자주색이 어머니의 발목에 나 있던 상처의 색깔과 닮아 있었다. 들에 나갔다가 뱀에 물린 어머니의 발목에는 자주색 상처가 있었다. 오빠와 언니들이 나를 얼마나 찾아다닐까. 하나코는 어서 집으로 돌아가고 싶었다. 그곳에서 빠져나와 집으로 갈 수만 있다면……. 물봉선화를 바라보고 있는 그녀의 양 볼로 하염없이 눈물이 흘러내렸다. 하나코가 자주 올랐던 강둑에는 겨울이 되면 하얗게 눈이 쌓였다.

긴 강둑이 눈에 덮여 있던 그 겨울은 무척 길고도 추웠었다.

일화는 다른 날처럼 아침 산책을 시작했다. 잔디가 깔린 마당을 지나 사무실 건물을 돌았다. 누렇게 변해가는 풀잎을 바라보며 한 바퀴, 잔디가 깔린 마당을 보며 한 바퀴, 걸음을 멈추고 하늘을 한 번 보고 또 한 바퀴 돌았다. 아무리 펴려고 해도 펴지지 않는 허리 때문에, 이제는 하늘을 쳐다보는 것도 쉽지 않았다. 마당을 몇 바퀴 돌고 나서, 일화는 줄 맞춰 세워져 있는 할머니들의 동상 앞에 걸음을 멈추었다. 이곳 나눔의 집에서 살다가 먼저 저 세상으로 간 위안부들의 흉상이었다. 흉상에 새겨진 할머니들의 표정은 하나같이 어둡고 무거워 보였다. 일화는 손으로 학순 형님의 얼굴을 한 번 쓰다듬었다. 딱딱하고 차가운 금속감촉이 손바닥에 와 닿았다. 머지않아 자신의 흉상도 이곳에 세워질 것이라고 일화는 생각했다.

"우리는 죄인이 아니야, 시국을 잘못 만났던 거야, 그러니까 기죽을 필요 없어!"

언제나 씩씩하고 목소리가 크던 형님이었다. 학순 형님의 당당하고 용기 있는 발언이 있고 나서, 위안부라는 이름이 세상에 알려졌다. 그때부터 일화에게도 위안부 할머니라는 이름이 붙었다. 흉상 옆에 있는 향로에는 까맣게 불이 꺼진 향 서너 개가 꽂혀 있었다. 일화는 향에 불을 붙인 다음 학순 형님 앞에 놓인 향로에 꽂았다. 그리고 애써 허리를 펴고 다시 마당을 돌았다. 다른 노인네들은 여전히 밖에 나오지 않고 거실에 있는 모양이었다. 가끔 동갑내기인 분자가 동행을 했는데, 이제는 분자마저도 산책하는 것을 귀찮아했다. 일화는 아픈 무릎 때문에 걷는 것을 포기하고 그대로 잔디에 주저앉았다. 아침공기는 맑고 선선했다. 바로 옆에는 하얀 꽃잎에 속이 노란 망초 꽃이 피어 있었다.

몇 십 년 만에 찾아간 고향마을에도 하얀 망초 꽃이 피어 있었다. 일화는 그날 어린 시절을 떠올리며, 골목을 걸어다녔다. 동네와 뒷산은 그대로 변함이 없었다. 산은 그대로인데 나만 초라한 늙은이로 돌아왔구나. 하는 생각이 들었다. 다행인지 불행인지 그녀를 알아보는 사람은 없었다. 아버지와 오빠들이 고추전을 먹던 마루는 무너지고 집은 텅 비어 있었다. 어머니도 언니들도 보이지 않았다. 다들 어디로 간 것일까. 도대체 어디로 가야 만날 수 있을까? 열네 살 여름으로 돌아간 일화는 집주변을 헤매고 다녔다. 어린 일화를 끌고 갔던 골목은 그대로 남아 있었다. 지나가는 사람을 붙잡고 물어보고 싶었다. 식구들이 모두 어디로 갔냐고? 내가 길가 모퉁이집의 막내딸 일화라고. 한 송이의 예쁜 꽃 일화라고. 하지만 그럴 수 없었다. 위안부였다는 사실이 드러날까 봐. 일화는 아는 사람을 만나는 것조차도 두려웠다. 주춤주춤 옛날 집으로 들어가 무너진 마루 끝에 주저앉았다. 토란이 심어져 있던 뒤란에서 바람 한 줄기가 나와 어머니의 손길처럼 일화의 어깨를 쓰다듬고 지나갔다. 순간 가슴에 뭉쳐있던 서러움과 그리움이 솟구쳐 올라와 두 눈에 눈물이 고였다. 일화는 조용히 일어나 그저 지나가는 사람인 양 말없이 마을을 빠져나왔다.

일화는 잠을 깨고도 움직이지 않았다. 몸을 모로 세우고 누워 켜지도 않은 티브이 화면을 물끄러미 바라보았다. 검은 화면 속에는 짧은 치마를 입은 소녀가 다리를 벌리고 누워 있었다. 일화는 세차게 고개를 가로 저었다. 그녀를 괴롭히는 기억이 다시 고개를 들려고 했다. 일화는 이불을 걷어내고 일어났다. 그러나 다른 날처럼 산책을 나가지 않고 방안을 맴돌았다. 열네 살 그날, 심부름을 가지 않았더

라면 자신의 삶이 이렇게 기구하지는 않았을 거라고 일화는 생각했다.

접어놓았던 고추를 다시 햇볕에 내다놓았다. 오늘은 날씨가 좋은 편이었다. 일화는 고추를 펼쳐놓고 도로를 따라 걸어갔다. 사무실 직원들이 볼까봐 몰래 빠져나왔다. 직원들은 노인들이 나다니는 것을 달가워하지 않았다. 나눔의 집에서 조금만 걸어 내려가면 마을이 있었다. 기다랗게 생긴 마을에는 일정한 간격을 두고 주택들이 서 있었다. 가끔 마주치는 동네 사람들과는 인사를 나누지 않았다. 초록색 대문이 있는 집 앞에서 일화는 걸음을 멈추었다. 그리고 그 자리에 서서 안쪽을 살펴보았다. 담장 안에는 감나무 한 그루가 서 있고, 가지에 달린 감이 노랗게 익어가고 있었다. 담장 밖에는 까만색 승용차가 한 대 서 있었다. 그 집에는 일화와 나이가 비슷한 할머니가 살고 있었다. 그 할머니는 아들과 며느리 손자들과 같이 살고 있었다. 가끔씩 아들은 까만 승용차에 가족과 할머니를 태우고 어디론가 떠났다. 일화는 먼발치에 서서 그들 가족이 탄 차가 안 보일 때까지 바라보았다. 일화는 자식들과 함께 살고 있는 그 할머니가 세상에서 제일 부러웠다. 어떤 때는 그 집에서 손녀와 함께 살고 있는 자신의 모습을 떠올려 보기도 했다.

"할머니는 어디서 살다가 왔어요?"

할머니랑 같이 자겠다며 어느 날 일화의 방으로 건너온 어린 손녀가 물었다. 일화는 선뜻 대답을 못하다가 "중국에서 살다가 왔지."라고 말했다.

하마터면 나눔의 집에서 살았지, 라고 말할 뻔했다. "또 가실 거예요, 할머니?" "아니, 이제는 여기서 우리 소윤이랑 살아야지." 손녀의 하얀 피부며 동그란 눈이 자신을 닮았다고 일화는 생각했다.

소윤이 또래의 아가씨가 대문을 밀고 마당으로 들어가는 것이 보였다. '우리 손녀도 저렇게 예쁜 여대생으로 자랐겠지.' 일화는 위안부 할머니가 아닌 소윤이 할머니로 살고 싶었다.

거실에 들어서자 할머니들이 소파에 앉아 티브이를 보고 있었다. 노인들의 인상은 굳어 있고 입을 꾹 다문 채, 눈에 힘을 주고 화면을 노려보았다. 방으로 들어가려던 일화도 티브이 쪽으로 시선을 돌렸다. 화면에는 머리가 하얀 여성장관이 나와서 연설을 하고 있었다. 여성장관은 위안부들의 목소리에 귀를 기울여 명예회복을 돕겠다고 했다. 또한 진실을 밝히고 손해배상과 사과도 받아내겠다고 목소리를 높이고 있었다. 할머니들은 티브이 속으로 들어갈 것처럼 바짝 다가앉아 화면을 노려보았다.

"거 티브이 좀 꺼 삐리라. 이제는 꼴도 보기 싫다 마."

소파에 앉아 티브이를 보던 옥련 언니가 소리를 질렀다.

"보기 싫으면 본인이 방으로 들어가소. 나는 봐야 쓰것소."

석순 언니가 티브이 화면에 시선을 박은 채로 퉁명스럽게 말했다.

"늙고 병들어서 살날도 얼마 남지 않았는데, 언제 사과를 받아낸다는 말이고…… 돈을 억만금 준다캐도 내 가슴에 박힌 상처는 나을 수가 없다!"

옥련 언니가 무릎을 짚고 일어나면서 중얼거렸다. 방으로 들어가는 옥련 언니의 굽은 등을 바라보면서, 분자가 말없이 고개를 끄덕였다. 옥련 언니의 말에 대꾸를 하는 사람은 아무도 없었다. 노인들은 여전히 티브이만 뚫어져라 들여다보고 있었다. 사과는 고사하고 아베가 무슨 경제보복을 가했다는 내용만 이어지고 있었다. 일화는 소파에 앉으려다말고 화가 나서 방 쪽으로 걸어갔다. 일본이 어떤 보상을 하면 그 치욕스럽고 수치스러운 과거가 치유될 수 있을까. 일화는 참참한 심정으로 불도 켜지 않은 컴컴한 방에 요를 깔고 엎드렸다.

어느 날 저녁 무렵인가, 키가 작은 군인 하나가 하나코의 방문을 밀고 들어왔다. 그는 서두르지 않고 조용히 하나코를 바라보았다. 몇 살이니? 파란 군복을 입은 군인이 침대에 걸터앉으며 물었다. 열다섯 살. 내 여동생 미야코와 동갑이구나. 두상이 동그란 군인이 하나코를 바라보았다. 빨리 하고 나가. 하나코는 치마를 걷어 올렸다. 그러지 마, 나는 하지 않을 거야. 그냥 내 옆에 그대로 누워 있어. 하나코는 무표정하게 말하는 군인의 얼굴을 가만히 들여다보았다. 내일 전쟁터에 나가. 아마 돌아오지 못할 거야. 두상이 작고 동그란 군인이 하나코의 치마를 내렸다. 내가 가지고 있던 인형인데 너에게 주고 싶어. 싫어. 내가 그걸 왜 가져. 하나코는 인형을 받고 싶지 않았다. 내일 어디로 끌려갈지도 모르고 언제 죽을지도 몰라. 군인의 얼굴에 어두운 그늘이 감돌았다. 그는 자신도 고향을 떠나 멀리에 와 있는 몸이라 하나코와 같은 처지라고 했다. 어쩌면 우리 둘 다 투망 속에 든 물고기 같은 신세인지도 몰라. 그는 침대에 나란히 누운 채 손끝으로 하나코의 어깨를 쓰다듬기만 했다. 숨소리가 아주 고요했고, 숨을 쉴 때마다 슬픈 냄새가 목구멍에서 나오는 것 같았다. 그의 조용한 숨소리와 부드러운 손길 때문에 하나코는 오랜만에 포근하다는 느낌을 받았다.

오늘은 일본 대사관 앞에서 집회가 있는 날이다. 직원들이 옥련 언니와 분자를 차에 태워 서울로 데리고 갔다. 다들 나이가 많아서 수요 집회에 갈 수 있는 노인도 별로 없다. 일화는 이제 수요 집회에 나가지 않는다. 몇 년 전에 일본대사관 앞 집회에 한 번 나간 적이 있었다. 일화는 교복을 입은 학생들과 단체에서 나온 사람들 사이에서 깃발을 들고 외쳤다.

"일본은 위안부 사실을 인정하고 사죄하라!"

그 모습이 신문에 나고 티브이에 나왔다. 그 모습은 시간이 지나도 가끔씩 뉴스에 나왔다. 세상 사람들이 그 뉴스를 보았고, 며느리 친구가 보았다. 어느 날 며느리 친구가 달려와서 혹시 이 사람이 소윤이 할머니 아니야? 라고 물으면서 눈을 동그랗게 뜨고 물었단다. 며느리는 아니라고 딱 잡아뗐지만, 친구는 믿지 않는 눈치였다고. 사실 며느리가 일화의 과거를 모르고 있었던 건 아니었다. 겉으로 드러내놓고 말한 적은 없지만 몰랐을 리가 없었다. 그런데도 며느리의 행동이 눈에 띄게 까칠해졌고, 아들은 안절부절 못하는 눈치였다. 어느 날 같이 밥을 먹는 자리에서 며느리는, 이웃들이 이 사실을 알게 될까봐 두렵다고 했다. 일화는 아무 대꾸도 할 수가 없었다. 아들의 표정은 어두워졌고 갈수록 말수가 적어졌다. 까칠한 며느리 앞에서 일화는 죄인처럼 몸을 낮추고 눈치를 살피는 입장이 되었다.

소윤이가 예쁜 여고생이 되고 얼마 지나지 않았을 때였다. 안방에서 아들내외가 다투는 소리가 들렸다.

"아는 사람이 없는 동네로 이사를 가든지, 어머니를 만남의 집으로 보내든지……. 어떤 결단을 내려야 될 것 같아요." 며느리의 목소리는 차분하면서도 결연했다.

"그럴 수는 없어." 아들의 힘없는 목소리가 들렸다.

"우리 소윤이가 위안부 손녀라는 사실이 알려지면, 친구들한테도 창피하고, 결혼하는 데도 지장이 있을 게 뻔한데, 어떻게 어머니와 같이 살 생각을 해요? 당신이 고집을 부린다면, 내가 소윤이를 데리고 나가겠어요!"

며느리의 야무진 목소리가 건넌방에 누워 있는 일화의 귀에 또렷이 들렸다. 며느리가 일부러 목소리를 높이는 것 같은 느낌도 들었다. 일화는 그날 한숨도 자지 못하고 뜬 눈으로 밤을 새웠다. 장래가 창창한 손녀를 생각하면 자신이 숨는 수밖에 다른 도리가 없다고, 일화는 결심했다. 자신이야 이미 구십을 바라보는 노인인데 어디서 어떻게 산들, 무슨 소용이 있을까. 오늘 밤에 자다가 죽는다 해도 아무런 미련이 없다고 일화는 생각했다. 분명한 것은 소윤이의 장래에 피해를 주는 할머니는 되고 싶지 않다는 것이었다. 일화는 불도 켜지 않은 어두운 방에서 소지품과 옷가지를 챙겨 가방에 넣었다. 그리고 다음날 새벽, 날이 채 밝기도 전에 택시를 타고 나눔의 집으로 돌아왔다. 그 뒤로 단 한 번도 아들네 집에 간 적은 없었다. 일화가 이곳에 와 있다는 사실을 아들 내외는 알고 있었다.

일화는 세수를 하고 들어와 화장대 앞에 앉았다. 아침밥도 먹지 않고 정성들여 화장을 하기 시작했다. 주름진 얼굴에 하얗게 분을 바르고, 눈썹을 그리고 입술에는 분홍색 루주를 발랐다. 화장을 하는 동안 일화는 가슴이 뛰고 기분이 좋았다. 오늘 아들이 온다고 사무실 여직원이 아침

일찍 알려주었다. 화장을 마친 그녀는 산호반지를 꺼내 굵은 손가락에 낀 다음, 장롱 속에 아껴 두었던 핑크색 스웨터를 꺼내 입었다. 마지막으로 머리를 빗고 나서 거울을 들여다보았다. 예뻐 보였다. 이만하면 아들이 좋아하는 모습이 아닐까. 일화는 거울을 한 번 보고나서 방을 나왔다.

"일화야, 니 오늘 애인 만나러 가나, 화장은 와 그래 곱게 했노?"

거실에서 티브이를 보고 있던 분자가 농담을 던졌다.

"그리던 애인이 오늘 나를 보러 온다네."

일화는 오랜만에 웃는 얼굴로 대답했다.

아들이 몇 시에 오는지 잘 모르지만, 일화는 벌써부터 마당에 나가 도로 쪽을 바라보고 있었다. 말린 고추가 든 자루 하나가 그녀 옆에 놓여 있었다. 아들은 거의 점심때가 되어서야 나눔의 집 앞에 도착했다. 차에서 내려서는 아들의 얼굴은 검고 피곤해 보였다.

"자주 못 와서 죄송해요."

일화를 차에 태우고 시내로 나가면서 아들이 말했다. 구불구불한 국도가 낯설어서 그런지 아들은 운전을 천천히 했다. 오랜만에 아들 옆자리에 앉은 그녀는 뭐라 표현할 수 없는 심정이 되었다. 그토록 기다리던 아들과 만났는데도 마음이 편하지만은 않았다.

“가게에 손님은 좀 들고?”

“만두집에 손님이 들어봐야 그렇죠, 뭐.”

아들의 대답이 시큰둥했다. 모자는 시내에 있는 고기집에서 마주 앉았다. 아들은 연한 부분으로 고기를 시킨 다음 정성들여 구웠다. 오랜만에 얼굴을 마주한 모자는 구워지고 있는 고기에 시선을 던져두고 있었다. 그토록 보고 싶었던 아들이 앞에 있는데도, 그녀는 무슨 말부터 해야할지 잘 생각이 나지 않았다. 아들은 구워진 고기를 가위로 자른 다음 어머니 앞으로 옮겨놓았다.

“어서 드세요.”

아들은 어머니가 식사하는 모습을 가만히 바라보았다. 먹는 속도가 너무 느리자 고기의 크기를 더 잘게 잘라놓았다.

“소윤이는 대학교 잘 다니고 있지?”

“예, 내년에 졸업이에요.”

아들은 짧게 대답했다.

“왜 그렇게 못 드세요?”

아들이 원망과 간절함이 담긴 눈빛으로 일화를 바라보

았다.

"먹고 있어. 자네도 어서 먹어."

아침부터 먹은 것도 없는데 일화는 목이 메여와 고기를 잘 먹을 수 없었다. 아들은 고기를 굽던 손을 놓고, 맞은편에 앉아 있는 어머니의 얼굴을 물끄러미 바라보았다.

"어머니도 이제 많이 늙으셨어요. 중국 도문에 있을 때만 해도 참 고왔는데……."

일화는 대답 대신 바구니의 상추 한 잎을 집어 들었다.

해방이 되고 나서 일화는 중국의 한 병원에서 일했다. 사실 그녀는 조국에 해방이 온 줄도 몰랐다. 외모가 참하고 똑똑한 편이었던 일화는 환자들에게 친절했고 인기가 있었다. 일화는 중국말도 금방 배웠다. 그곳에서 얻은 이름이 쉬옌이었다. 인심이 좋았던 원장의사가 지어준 이름이었다.

"자꾸 부르다 보면 소원이 이루어 질거야. 쉬옌이 소원이라는 뜻을 가지고 있거든." 외모가 수려하고 인품이 있었던 의사가 그녀에게 말했다. 쉬옌은 의사 부인의 소개로 한국 남자를 만나 사귀다가 결혼까지 했다. 병원에서 허드렛일을 했던 남편과의 사이에서 지금의 아들을 얻었다. 하지만 그 남편과 오래 살지는 못했다. 아들이 두 돌을 넘겼을 무렵, 아침을 먹고 나간 남편은 돌아오지 않았다. 남편이 왜 집을 나갔는지 어째서 돌아오지 않는 것인지, 이유를 알지 못했지만, 쉬예은 남편을 기다리지 않았다. 왠지 남편이 돌아오지 않을 것이라는 생각이 들었다.

아들을 낳던 날도 쉬옌은 병원에서 일했다. 불룩한 배를 안고 하루 종일 일을 하다보면 발이 퉁퉁하게 부어올랐다. 뱃속 아기의 무게 때문에 골반 뼈가 욱신거리고 아팠다. 통증이 길게 이어지고 숨이 가빠 왔다. 원장의사에게 달려가 아이가 곧 나올 것 같다고 말했다. 의사는 그녀를 병원 침상에 눕게 했다. 하지만 노산인데다가 초산이라 진통이 오래 갔다. 길고 짧은 진통이 오후 내내 이어지고 해질 무렵에야 아들이 태어났다. 멀고 먼 낯선 땅에서 일화는 그렇게 엄마가 되었다. 갓 태어난 애기의 피부는 빨갛고 몸집은 작았다. 하지만 참으로 오랜만에 평온함을 느꼈던 날이기도 했다. 엄마를 닮아서인지 갓난아기의 눈이 유난히 컸던 기억이 났다.

옛날 생각에 잠겨 있던 일화는 마주앉은 아들의 얼굴을 바라보았다. 이제 오십 중반에 접어든 아들의 머리카락은 희끗희끗하고 이마에는 주름살까지 보였다. '아들도 벌써 늙기 시작하는구나!' 일화는 티나지 않게 한숨을 삼켰다. 오랜만에 만난 모자는 비싼 고기를 시켜놓고도 잘 먹지 못했다. 고기가 까맣게 식어가고 있었다.

"저는 도문에서 어머니와 둘이 살 때가 참 좋았어요."

아들은 구운 고기를 자꾸만 어머니 앞으로 밀어놓았다. 하지만 일화는 잘 먹을 수가 없었다. 이가 없어서 못 먹는다는 말을 할 수는 없었다. 아들에게 보탬은 못줄망정 짐이 되고 싶지는 않았다.

"지금 생각해 보면 그때가 좋았지."

일화가 입가에 미소를 지으면서 대답했다. 사실 그녀는 그때가 좋았는지 어땠는지 잘 기억도 나지 않았다. 아들과 살기 위해 정신없이 뛰어다녔던 기억만 떠올랐다. 여자 혼자서 자식을 키운다는 것은 여러 가지로 힘들었다. 남편이 집을 나가고 나서 쉬옌은 함지박 장사를 시작했다. 옷가지와 화장품, 성냥과 비누 같은 것을 함지박에 담아 머리에 이고 다니면서 팔았다. 온종일 무거운 물건을 이고 다니다 보면, 정수리가 아프고 다리가 아팠다. 하지만 커가는 아들을 보고 있으면 강한 힘이 다시 생기곤 했다. 가끔 하루 일을 마치고 아들과 함께 공원에 나가기도 했다. 공원벤치에 앉아 모래를 가지고 노는 아이의 모습을 바라보고 있으면 마음이 편안했다. 그 시간, 그곳에서 만큼은 일화도 여느 여자들과 같은 한 아이의 엄마였다.

그래, 그때는 내 이름이 쉬엔이었고, 상규 엄마였지. 일화는 지금까지 자신이 누구의 삶을 살아왔는지 알 수 없었다. 아버지와 오빠들의 귀여움을 받았던 일화였는지, 하루에 스무 명이 넘는 남자를 상대했던 하나코였는지, 병원 간호사로 일했던 쉬엔이었는지, 자식을 키우기 위해 물건을 팔러 다니던 상규 엄마였는지. 도무지 정리가 되지 않았다. 도대체 누구의 삶을 살아왔는지 그녀 자신도 알고 싶었다. 분명한 것은 지금은 늙어서 죽을 날만 기다리고 있는 위안부 할머니라는 사실이었다. 위안부! 그것은 참으로 오래 전 일인데도 지금까지도 자신의 생을 고문하고 있다는 생각이 들었다.

"어머니를 모시고 가야 하는데……."

나눔의 집 앞에 어머니를 내려놓고 시동을 걸다 말고 아들이 걱정스러운 얼굴로 일화를 바라보았다.

"쓸데없는 소리 하지 마, 난 여기가 좋아. 친구들도 많고, 밥도 아주 잘 나와. 내 걱정은 하지 말고, 아범이나 밥 잘 챙겨먹고 다녀."

일화는 고추 포대를 아들에게 안겨주었다. 포대 속에는 말린 고추와, 그동안 일화가 모은 돈이 들어 있었다. 아들은 지갑을 꺼내 뒤적거리더니 용돈을 주려는지 어머니의 손을 잡았다. 그녀는 받지 않으려고 아들의 손을 밀쳤다.

"길 막힐라, 어여 서둘러서 가."

따라가고 싶은 속을 들킬까봐 일화는 큰 목소리로 무뚝뚝하게 말했다. 아들이 운전석에 앉아 시동을 걸었다. 일화는 어서 떠나라는 손짓을 했다. 아들은 고개를 숙여 꾸벅하고는 차를 몰고 떠났다. 일화는 아들이 타고 가는 차의 뒷모습이 보이지 않을 때까지 그 자리에 서 있었다.

그녀는 아들과 오랫동안 이야기를 나누고 싶었다. 하지만 식당일 때문인지 아들은 여유가 없어 보였다. 빨리 가야 하는 눈치였다. 벌써 늙기 시작하는 아들의 얼굴을 이제 몇 번이나 더 볼 수 있을까. 일화는 아들을 낳은 것이 잘한 일인지, 잘못한 일인지 알 수 없었다. 그녀는 안으로 들어가지 않고, 나무 아래 놓여있는 벤치로 가서 앉았다. 옆에는 가지가 찢어진 오래된 단풍나무 한 그루가 서 있었다. 아들은 오늘 어미를 만난 일을 누구한테도 말하지 못하고 가슴속에 묻어둘 것이다. 며느리는 물론이고 손녀에게조차도. 일화는 목구멍으로 올라오는 슬픔을 억누르며 작게 흐느껴 울기 시작했다. 그녀는 고개를 숙이고 앉은 채 스웨터 앞자락에 붙어있는 보풀만 뜯고 또 뜯어냈다. 한참 뒤 고개를 들고 나눔의 집 마당을 바라보았다. 느릿느릿 떨어지는 석양 아래, 아무 색깔도 없는 오후가 있을 뿐이었다.

홀시어머니와 함께 사느라 우리는 신혼이라고 할 만한 시절도 없었다

목욕 가던 날

목욕 가던 날

나는 샴푸와 린스를 챙겨 목욕바구니에 담으면서 말했다.

"여보 목욕 좀 갔다 올게요."

"어머니하고 같이 가지."

내 말이 미처 끝나기도 전에 남편이 잘라 말했다.

"어머님하고요?"

"응, 어머니가 시골에서 오랫동안 목욕을 못하셨을 거야. 어머니, 저 사람하고 같이 목욕 다녀오세요."

남편은 거실 소파에 앉아서 TV를 보는 시어머니에게 목욕 갈 것을 권했다.

"목욕을?"

시어머니가 고개를 돌리고 현관 앞에 서 있는 나를 쳐다보았다.

"어머니, 가실래요?"

생각에도 없던 일이라 나는 당황해서 엉거주춤한 자세로 물었다.

"목욕탕이 가깝냐?"

"좀 멀어요."

"멀어? 그럼 니나 갔다 온나, 나는 그냥 집에서 헐란다."

시어머니가 다시 TV쪽으로 시선을 옮기면서 중얼거렸다. 사실 목욕탕이 좀 멀긴 했다. 가까운 곳에도 목욕탕이 있지만 지은 지가 오래 되어 샤워기도 고장난 것이 많고 냄새도 났다. 그래서 나는 길 건너 새로 생긴 사우나로 단골을 바꾸었다.

"어머니, 그렇게 안 멀어요. 어머니도 충분히 가실 수 있어요."

남편은 아까보다 더 적극적으로 어머니를 부추겼다.

"그래? 그럼 가보까."

시어머니가 손으로 무릎을 짚고 일어나서 윗옷을 걸치기 위해 작은방으로 들어갔다.

"여보, 갑자기 왜 그래요! 내가 언제 어머님하고 같이 목욕간다고 그랬어요?"

나는 불만스러운 표정으로 시어머니 귀에 들리지 않도록 낮게 말했다.

"당신이 불편할 줄 알아, 하지만 어머니도 목욕하실 때가 된 것 같아서 그래."

남편은 평소와 다르게 낮고 부드러운 목소리로 말했다.

"그래도 난 같이 가기 싫단 말이에요."

코트 단추를 여미며 짜증스럽게 말하자, 남편은 같은 여잔데 뭐가 그리 싫으냐며 퉁명스럽게 말했다. 그러나 여전히 마음이 내키지가 않아서 남편을 쳐다보고 서 있는데, 시어머니는 벌써 두툼한 코트를 걸치고 현관을 향해 걸어가고 있었다. 남편이 잰 걸음으로 현관 앞으로 가서 어머니의 신발을 가지런히 놓아주었다. 어쩔 수 없이 시어머니 뒤를 따라 나가면서 남편을 쏘아보았다. 하지만 남편은 내 기분 같은 건 아랑곳하지 않고 시어머니 등에 대고 잘 다녀오시라며 인사를 했다. 시어머니는 현관문을 열지 못해 이리저리 돌리고 서 있었다. 나는 현관문을 열어 시어머니를 먼저 나가게 하고, 다시 한 번 남편을 쳐다보았다. 남편은 아무 일도 없었다는 듯이 소파에 가서 앉았다. 아내의 입장을 배려하는 사람이 아닌 줄 알면서도 나는 화가 치밀었다. 시어머니와 사이가 좋지 않다는 걸 뻔히 알면서 불쑥 나서서 일을 이렇게 만드는 남편을 이해할 수 없었다. 그러나 시어머니가 바로 앞에 있어서 내색도 못하고 현관을 나왔다.

시어머니는 엘리베이터를 기다리지 않고 계단으로 내려가고 있었다. 시골에 사는 어머니는 어지럽다며 엘리베이터 타는 것을 꺼려했다. 우리가 높은 층에 살지 않고 3층에 살아서 좋다고, 시어머니가 중얼거렸다. 나는 못 들은 체 아무런 대꾸도 하지 않았다. 시어머니와 같이 목욕하러 가고 싶은 생각은 조금도 없었다. 고부지간이지만 알몸을 보여주는 것도 불편하고, 아들만 소중하고 며느리는 플라스틱 바가지쯤으로 여기는 시어머니와는 대화조차 나누기가 싫었다. 플라스틱 바가지도 거칠게 다루면 깨진다는 사실을 시어머니는 모르는 것 같았다. 마음이 내키지도 않는 일을 해야 된다는 사실에 울화가 치밀었지만 시어머니 앞이라 속으로 삭이며 계단을 내려갔다. 어머니는 그런 며느리의 마음은 아랑곳 하지 않고 난간을 짚어가며 천천히 발을 내려놓고 있었다.

아파트 문을 열고 나서자 12월의 찬바람이 옷 속을 파고 들어와 나는 어깨를 움츠렸다.

"어데로 가노?"

아파트 마당으로 내려서면서 시어머니가 나를 보고 큰 소리로 물었다.

"이쪽으로요."

나는 시어머니보다 한 발 앞서 걷기 시작했다. 시어머니가 내 뒤를 따라왔다. 나는 고개를 들고 하늘을 쳐다보았다. 하늘에는 회색 구름이 넓게 펼쳐져 있었다. 그렇다고 눈이 올 날씨는 아닌 것 같은데 하늘은 우중충하기만 했다. 잔뜩 찌푸린 날씨는 내 기분을 더욱 우울하게 만들었다. 사람이 해를 볼 수 없으면 우울증에 걸리고, 우울증은 절망을 불러온다는 어느 철학자의 말이 생각났다. 나는 입을 꼭 다문 채 아파트 마당을 지나서 놀이터 후문까지 걸어갔다. 후문 경비실 앞에 가서 뒤를 돌아보았다. 시어머니는 아직도 저만치에 따라오고 있었다. 시어머니의 걸음걸이가 예전보다 많이 느려졌다는 생각을 하며 시어머니를 기다렸다. 경비실 수위가 나를 보고 인사를 했다. 나도 가볍게 고개를 끄덕였다.

토요일인 어제가 시아버지의 기고(忌故) 일이었다. 사실 나는 제사다 뭐다 하는 것이 부담스러워서 맏며느리가 아닌 둘째로 시집왔다. 평생 집안의 맏며느리로 살아온 친정 엄마는, 딸에게만큼은 그런 수고를 덜해도 되는 둘째를 골라 시집보냈다. 그러나 언젠가부터 큰집이 교회에 나가기 시작하면서 그 일을 모두 내가 떠맡게 됐다. 남편은 나에게 한 마디 의논도 없이 큰집이 내 놓은 제사를 모두 가져왔고, 제기 셋트를 사 들고 왔다. 남편은 친척들에게 이제부터 모든 제사는 우리 집에서 모십니다. 라며 자랑스럽게 떠벌리고 다녔다. 처음에는 그 문제로 남편과 많이 다투었다. 일 년에 대여섯 번 지내야 하는 제사와 명절, 그때마다 모이는 친척들의 수발을 들 생각을 하니 나는 도저히 자신이 없었다. 시아버지가 5형제의 맏이였기 때문에 친척들이 모두 우리 집으로 모였다. 한 번 모였다하면 삼십여 명이나 되는 사람들의 식사와 뒷설거지는 제사 준비보다 더 번거로웠다. 일을 치를 때마다 나는 몸살로 며칠씩 앓아누워야했다.

하지만 남편은 아내의 입장보다는 집안 사정이 중요했고, 시어머니의 말이 우선이었다. 제사가 다가올 때마다 우리 부부는 다투었고, 그래서 한 번은 제사를 건너뛴 적도 있었다. 한 번 맡으면 언제까지고 해야 하는 일이라 나로서는 쉽게 받아들일 수가 없었다. 시어머니와 남편은 내 입장은 조금도 헤아려 주지 않고, 오히려 나를 책임을 다하지 않으려는 나쁜 여자로 몰았다.

"시집온 며느리가 제사를 못 지내겠다니, 어디서 배운 행동 머리냐?"며 시어머니는 나를 나무랐다. 조상님들을 굶길 수도 없는 노릇이었고 피할 수 없는 일이라면 받아들이자고 내 자신을 달랬다. 그게 벌써 10년도 더 지난 일이었다. 하지만 나는 연세가 그리 많지도 않으면서 제사와 명절음식을 나에게 떠맡기고 홀가분하게 사는 시어머니가 마뜩찮았다.

시어머니는 영감님 제사에 참석하기 위해 일주일 전에 올라왔다. 무슨 일이 있을 때마다 한번 올라오면 보통 보름씩 있다가 내려가곤 했다. 우리가 단칸방에 살 때도 시어머니는 일주일 이상을 머물다 내려가곤 했다. 큰 아들네서는 불편하다며 하룻밤 이상을 머물지 못하면서, 어떻게 아들과 며느리가 자는 단칸방에는 며칠이고 와 있는지, 나로서는 도저히 이해가 되지 않았다. 남편은 출근하면서 "어머니 오셨는데 소고기 사다가 국 끓여드려." 라고 명령하듯이 말했고, 아이 둘이 학교에 가고 나면 단칸방에는 두 고부만 남았다. 마주 보고 앉아서 할 말도 없고 어색해서 나는 부엌으로 나와 괜히 손빨래를 했다. 식사준비를 하면서 나는 시어머니는 도대체 무슨 생각으로 저렇게 방에 앉아 있는 것일까. 하는 생각이 들었다. 저녁에 남편이 퇴근을 해오면 두 사람은 그리운 이산가족이라도 만난 것 같은 분위기를 연출했다. 남편은 "오신 김에 푹 쉬었다가 내려가세요." 라고 말했고, 시어머니는 아들의 말에 고개를 크게 끄덕였다.

시어머니는 시아버지의 말을 좋게 하는 법이 없으면서도 제사에는 꼭꼭 참석했다. 차려놓은 제사상 앞에서 어머니는 꿩알처럼 새끼를 올망졸망 까놓고 혼자만 편하게 가버린 사람이라며, 아버님을 원망하는 말만했다. 아버님이 앞에 앉아서 듣기라도 하는 것처럼 혼자 살아온 세월이 억울하다고 중얼거렸다. 매 번 자신이 그렇게 힘들게 살았노라고 원망 섞인 말을 하는 것은, 며느리인 나에게 새겨두라는 의미로 받아들여졌다.

사실 따로 사는 시어머니가 와서 며칠씩 있는 것도 부담스럽고 신경 쓰이는 일이었다. 아무리 편하게 지내려고 해도 그게 잘 되지 않았다. 시어머니가 와 있으면 왜 그런지 긴장이 되고 마음이 편치 않았다. 시어머니 앞에 있으면

늘 압도당하는 듯한 느낌이 들고, 그래서 긴장할 수밖에 없다. 며느리에게 시어머니는 영원히 불편한 존재임에 틀림없는 것 같았다. 그렇게 긴장하면서 일주일을 보내고, 어제는 제사 준비로 밤늦게까지 서 있었더니 몸 상태가 말이 아니었다. 아침을 먹고 나서 뒷설거지까지 끝내고 나자 열이 나고 몸살이 날 것 같았다. 그래서 목욕탕에 가서 뜨거운 물에 몸을 담그고 조용히 쉬고 싶었다. 그리고 잠시나마 머릿속에서 시어머니라는 존재를 잊어버리고 싶었다.

"아직 멀었냐?"

어느새 시어머니가 내 앞에 와 서며 물었다.

"예."

짧게 대답하고 나서 나는 후문을 빠져나가 길 우측을 일직선으로 걸어갔다. 시어머니가 다시 내 뒤를 따라 왔다. 겨울 거리는 연무가 낀 듯 온통 회색빛으로 흐릿했다. 휴일 오전이라 그런지 사람들도 별로 없었다. 썰렁하고 을씨년스러운 거리를 시어머니와 나는 저만치 떨어져서 걸어가고 있었다. 회색 거리를 바라보면서 나는 사람의 마음을 색깔로 나타내는 카메라가 있다면, 지금의 내 마음은 아마도 짙은 회색일거라고 생각했다. 나는 뒤를 한 번 돌아보고 나서 계속 땅을 내려다보며 걸어갔다. 키가 작은 시어머니가 저만치서 자박자박 발소리를 내며 내 뒤를 따라오고 있었다.

천천히 길을 걸으면서 시어머니와 나 사이를 멀어지게 한 원인에 대해 생각해 보았다. 그것은 아마도 시골 살 때 생긴 일 때문인 것 같았다. 신혼 초 나는 시골에서 시어머니와 5년을 함께 살았다. 사실 홀시어머니와 함께 사느라 우리는 신혼이라고 할 만한 시절도 없었다. 결혼하고 나서 서너 달쯤 지났을 무렵, 남편은 아무 연락도 없이 외박을 하고 들어왔다. 휴대폰으로 전화를 해 봤지만 전원이 꺼져 있다는 기계 음성만 나왔다. 나는 밤새 귀뚜라미 소리를 들으며 남편을 기다렸다. 새벽녘에야 남편은 몹시 피곤한 얼굴로 나타났다. 일주일 전에도 외박을 한 일이 있었던 터라 나는 좀 화가나 있었고, 그래서 약간 따지는 듯한 어투로 물었다. "누구와 무엇을 하며 밤을 보냈어요?" 그러자 남편은 "지금 피곤하니까 다음에 얘기해." 라며 이불 속으로 쏙 들어가버렸다. 미안해하는 기색라고는 조금도 없이 되레 큰소리를 내뱉고 누워버리다니, 남편의 행동을 이해할 수 없었다. 나는 치밀어 오르는 분노를 참을 수가 없어서 남편을 향해 소리를 질렀다.

"지금 당장 일어나서 대답해! 왜 이 시간에 들어왔는지!"

남편은 여전히 이불 속에서 미동도 없었다.

그런데 내 목소리가 시어머니 방에까지 들렸는지 시어머니가 곧바로 우리 방으로 건너왔다. 그리고 큰소리로 야단을 쳤다.

"남자가 놀다 보면 밖에서 자고 올 수도 있지, 그런 일로 새벽부터 여편네가 큰소리냐? 이웃에서 들을까봐 겁난다. 어디서 배운 행동머리냐? 아범이 피곤할 텐데 자도록 놔두고 나가서 밥이나 해라!"

시어머니는 이불을 끌어당겨 남편의 어깨를 덮어주면서 못마땅한 표정으로 나를 나무랐다. 순간, 나는 망치로 뒤통수를 세게 맞은 것처럼 머릿속이 아득했고, 절벽 위에 선 것처럼 온몸이 후들거렸다. 나는 시어머니가 잘잘못을 가려 남편을 따끔하게 혼낼 줄 알았다. 어른으로서 다시는 이런 일이 없도록 하라고. 분명히 그래야 되는 상황이 아닌가? 그런데 오히려 나를 나무라며 나가서 밥이나 하라니, 이해할 수 없는 어른의 처사에 나는 벽에 부딪힌 것처럼 앞이 캄캄했다.

물론 젊은 나이에 혼자되어 아들을 집안의 가장으로 여

기며 살아온 시어머니를 모르는 것은 아니었다. 더구나 모든 것이 남자 중심인 가부장적인 지방에서 아들이 얼마나 소중한 존재였을지도 미루어 짐작이 갔다. 하지만 잘못을 저지른 아들을 감싸고 아무 잘못도 없는 며느리를 야단치는 것에 대해서는 도저히 납득이 되지 않았다. 게다가 시어머니의 역성을 무슨 자장가쯤으로 생각했는지, 금방 코를 골며 잠들어버린 남편에게 나는 뭐라고 말도 제대로 못한 채 앞치마를 찾아들고 밖으로 나왔다.

마루를 내려와 부엌으로 들어서면서 나는 분노와 서운함에 눈물이 핑 돌았다. 그리고 시어머니에 대한 서운한 감정이 뾰족한 유리처럼 가슴에 박혔다. 시어머니를 이해하자고 내 자신에게 타일러 보아도 시어머니가 원망스럽고 야속했다. 그리고 아버지라는 가부장에서 벗어나, 남편이라는 가부장에 편입한 것 같은 현실이 내 어깨를 무겁게 눌러왔다. 원래 내성적이었던 나는 그 일로 인해 적지 않은 상처를 입었고, 시간이 지나도 그 일은 잊혀지지가 않았다. 그 뒤로도 시어머니는 무슨 일이 있을 때마다 아들을 역성들었고, 한 번도 며느리인 내 편을 들어주지 않았다. 심지어 시어머니는 남편이 내 일을 도와주는 것조차도 기겁을 하며 달려와 말리곤 했다. 그런 시어머니는 식사

때마다 상 위에 놓인 반찬 그릇을 모조리 아들 앞으로 밀어 놓았다. 나는 앞이 텅 빈 밥상을 내려다보며, 민망스러움과 소외감에 수저를 놓고 일어선 적이 한두 번이 아니었다.

"어머니, 왜 그러세요? 저 사람도 먹게 그냥 놔둬요."

한두 번도 아니고 보다 못한 남편이 짜증을 내도 시어머니의 그런 습관은 20년이 지난 지금도 크게 달라지지 않았다. 남편도 몇 번이고 시어머니에게 말해도 소용이 없자, 오히려 나를 보고 시골에 사는 노인네라 뭘 몰라서 그러니 이해를 하라는 식이었다. 그럴 때마다 서운한 파편이 가슴에 꽂혔고 그 덩어리는 가슴 밑바닥에 단단하게 똬리를 틀고 있었다. 그 딱딱한 덩어리는 지금까지도 그대로 뭉쳐있어서 나와 시어머니 사이를 껄끄럽게 만들고 있다는 생각이 들었다.

나는 땅을 내려다보며 걷다가 길옆 슈퍼마켓 앞에서 걸음을 멈추고 뒤를 돌아보았다. 시어머니가 허리를 구부린 채 부지런히 걸어오고 있었다. 같이 어디를 갈 때면 항상 나보다 더 앞서 걸으면서, 젊은 것이 저래가지고 뭐에 쓰냐며 혀를 끌끌 차던 시어머니도 이제는 허리가 많이 굽었다는 생각을 하며, 가게 앞에 진열돼 있는 과일들을 바라보았다. 경기가 좋지 않아서 그런지 말랑말랑해 보이는 홍시 위에는 하얀 먼지가 얇게 앉아 있었다. 비닐봉지에 다섯 개씩 한 줄로 들어있는 단감이 먹음직스러워 보였다. 어두컴컴한 가게 안은 손님이라고는 없어서 썰렁해 보였고 주인여자는 한쪽 무릎을 세우고 앉아 졸리는 듯한 눈으로 TV를 들여다보고 있었다. TV에서는 오늘 주식이 연중 최저치로 떨어졌다는 속보를 전하고 있었다.

나는 거실에 앉아 TV 뉴스를 보고 있을 남편을 떠올렸다. 지난해 말 친구가 주식을 해 번 돈으로 새 차를 뽑았다며, 남편은 아파트를 담보로 대출을 받아 주식에 투자했다. 그러나 그 뒤로 주식은 계속 떨어졌고 지금은 원금이 절반으로 줄어든 상태라고 했다. 뿐만 아니라 집을 살 때 받은 대출금 일억 원을 합쳐 원리금을 갚느라 힘이 든다며 볼멘소리를 했다. 그런 푸념 끝에 남편은 시골집을 팔면 못 받아도 7천은 넘을 거라며, 나를 돌아보았다. 나는 그런 남편의 말에 아무런 대꾸도 하지 않았다. 한 술 더 떠 남편은 어머니를 모셔오고 시골집을 처분해버리는 건 어떠냐며, 은근히 내 속을 떠보는 말을 하곤 했다. 그럴 때마다 나는 입을 꼭 다물고 옆으로 고개를 설레설레 저었다. 시어머니와 한 집에 사는 것은 생각조차 하고 싶지 않았다. 경기 침체가 당분간 지속될 거라는 뉴스를 보며 나는 어깨를 옹송그리고 서서 시어머니가 오기를 기다렸다. 골목을 서성이던 겨울바람이 볼을 스치고 지나갔다.

"다 왔냐?"

"조금만 더 가면 돼요."

나는 시어머니와 사이가 벌어지지 않도록 조금 전보다 느린 걸음으로 걸었다. 우리는 배달 사원들이 서서 한가한 시간을 보내고 있는 피자집 앞을 지나, 신호등 앞에 멈춰 섰다. 신호등에는 빨간불이 들어와 있었다. 마른 낙엽들이 뒹구는 사거리를 바라보며 몹시 스산한 날씨라고 생각하고 있을 때 신호가 바뀌었다. 나는 길을 건너기 위해 발을 옮겨 놓았다. 그런데 시어머니가 갑자기 내 손을 잡았다. 시어머니에게 손을 잡힌 나는 영문을 몰라 잠시 어리둥절했다. 지금까지 시어머니가 내 손을 잡아 준적은 한 번도 없었으므로. 뭐라고 설명하기 어려운 기분이었고 무척 어색하게 느껴졌다. 시어머니에게 손을 잡힌 채, 나는 얼떨떨한 기분으로 신호등을 건너갔다. 신호등을 건너는 동안 시어머니 손에서 따뜻한 온기가 내 손으로 전해져왔다. 그 따뜻한 온기 때문에 나는 무척 당혹스러웠다. 시어머니의 걸음이 느려서 우리는 천천히 신호등을 건너야했고, 그 따뜻한 온기는 점점 더 깊숙이 느껴졌다. 시어머니에게서 전해져오는 그 따뜻한 온기는 그야말로 나를 곤혹스럽게 만들었다. 그러나 나는 시어머니가 내 손을 잡은 이유를 금방 알아버렸고, 그 때문에 냉소하지 않을 수 없었다. 시어머니가 사거리에 줄지어 달리는 차량행렬들을 보고, 겁먹은 표정으로 다시 한 번 내 손목을 꽉 잡았기 때문이었다. 시어머니가 신호등을 건너기 위해서 그랬다는 사실을 알았지만, 나는 금방 손을 빼낼 수는 없었다. 신호등을 건너면서 시어머니가 빨리 내 손을 놓아주기를 바랐다. 그러나 시어머니는 신호등을 다 건너고 나서도 내 손을 놓아주지 않았다. 그런 상태가 나는 편하지 않았고 빨리 손을 빼내고 싶었다. 그러나 목욕탕이 보이는 건물 앞에 가서야 겨우 내 손목을 시어머니 손에서 빼낼 수 있었다.

"두 사람이에요."

내가 목욕탕 매표구 안으로 만 원 권 지폐 한 장을 들이밀며 말했다.

"야야, 나는 때 안 민대이, 때 미는 값은 내지 마래이."

시어머니는 때 미는 값을 내는 줄 알고 손사래까지 쳐가며 나를 바라보았다.

"목욕 값 내는 거예요." 나는 시어머니를 돌아보며 말했다.

"손은 뒀다가 뭣에 쓸라꼬 아까운 돈을 주고 때를 밀어."

시어머니는 아들이 시킨 대로 자신을 때 미는 사람한테 맡길까봐 신경이 쓰였는지 필요 이상으로 거절의 뜻을 나타냈다.

"알았으니까 어서 들어가기나 하세요."

나는 신발을 벗어들고 시어머니보다 먼저 붙박이 옷장 앞으로 걸어갔다. 카운터에서 분홍색 티켓을 주고받은 두 개의 열쇠 중 하나로 아래쪽 옷장 문을 열며 말했다.

"어머니, 옷은 여기다 넣으세요."

"오냐."

나는 시어머니 옷장이 있는 곳으로부터 서너 칸 건너에 가서 옷장 문을 열었다. 시어머니와 가까이서 옷 벗는 것이 싫어서 일부러 열쇠 번호를 떨어진 것으로 골라왔다. 옷을 벗어 옷장에 넣고 문을 잠그면서 시어머니 쪽을 보았다. 시어머니는 옷장 앞에 주저앉아 옷을 벗고 있었다. 아직까지도 분홍색 내복을 벗지 않고 있었다. 춥다고 이것저

것 껴입은 데다가 옆 사람들을 둘러봐가며 벗느라 한참은 걸릴 것 같았다. 나는 수건을 펼쳐 아래로 늘어뜨린 채 평상에 앉아 시어머니가 옷을 다 벗기를 기다렸다. 혼자서 먼저 들어갈까 하는 생각도 했지만, 이곳이 처음인 노인네 때문에 아무래도 같이 들어가야 할 것 같았다.

"야야, 이게 왜 안 잠기노?"

시어머니가 옷을 벗은 채로 몸을 구부리고 서서 문이 걸리지 않자 열쇠를 이리저리 돌리면서 나를 불렀다.

"이리 주세요. 제가 잠글게요."

나는 시어머니 옷이 들어 있는 옷장 문을 잠그고 나서 열쇠를 시어머니에게 건네주었다. 열쇠를 건네주면서 시어머니의 벗은 몸을 슬쩍 훔쳐보았다. 시어머니의 알몸을 바로 앞에서 보는 것은 처음이었다. 실오라기 하나 걸치지 않은 알몸 탓인지 시어머니가 시선 둘 데 없이 민망해 했다. 그런데 내 눈에 들어온 시어머니의 몸은 너무나 작고 초라했다. 피부는 마른 낙엽처럼 건조해보였고, 말라붙은 가슴 아래로는 윗배 아랫배 할 것 없이 모두 배꼽 아래로 처져 있었다. 가느다란 다리는 탄력이라고는 없어 보였다. 주름지고 야위어서 한없이 무기력해 보이는 목덜미까지 보고 나자, 나는 잠시 가슴이 먹먹해졌다. 지금까지 내가 긴장하며 대항했던 시어머니가 이렇게 늙고 조그만 노인네였단 말인가? 오랜 세월 단단한 감정의 덩어리를 품고 대했던 어른이 이렇게 형편없이 늙어버린 할머니에 불과했는가? 나는 먹먹해진 가슴으로 시어머니가 살아 온 흔적들을 살피느라 잠시 생각에 빠져있었다.

"꼭 잠갔냐?"

"예, 어서 들어가세요."

어머니는 착한 아이처럼 나를 따라왔다. 목욕탕 문을 열고 들어서자 뜨거운 열기가 얼굴에 확 와 닿았다. 일요일이어서 그런지 목욕탕 안은 사람들로 가득했다. 사람들이 떠드는 소리와 물소리로 귓속이 먹먹했다. 물기가 있어서 목욕탕 바닥이 미끄러웠다. 나는 얼른 시어머니 손을 잡았다. 잘못하다가 바닥에 넘어지기라도 하면, 괜한 걱정을 하며 나는 한가해 보이는 구석으로 가서 자리를 잡아 시어머니를 앉게 했다. 그리고 샤워기의 물을 틀어 시어머니 등에 뿌려주었다. 시어머니는 어린아이처럼 플라스틱 의자에 가만히 앉아 있었다. 나는 목욕 타월에 비누질을 해 시어머니 등과 주름이 깊게 팬 목덜미를 문질러주었다. 이번에는 시어머니가 돌아앉아 내 등에 비누질을 하기 시작했다.

"다른 사람들은 등허리가 통통한데 에미 니는 뼈가 다 나온다. 뭘 좀 마이 먹잖고."

시어머니가 거친 손바닥으로 내 등을 어루만지며 혼잣말처럼 중얼거렸다. 시어머니의 말에 잠시 가슴 한 쪽이 찡해오는 것 같았다.

"어머니, 저기 한방 사우나에 들어가 보실래요?"

"그래, 들어가보자."

몸에 거품을 씻어 낸 후 시어머니 손을 잡고 사우나실로 들어갔다. 사우나실 안에는 네댓 명의 여자들이 머리에 수건을 두르고 앉아 있었다. 나도 머리에 젖은 수건을 감고 사람들 틈에 끼어 앉았다. 시어머니는 찬물에 헹군 수건을 입에 대고 내 옆에 앉았다. 더운 열기가 뼛속으로 스며들자 몸살이 날 것 같던 몸이 편안하게 풀리는 것 같았다. 뜨거운 기운이 모공 속을 파고 들어와 혈관까지 따뜻해지는 것을 느끼며 나는 눈을 감은 채로 앉아 있었다.

"야야, 나는 숨이 차서 나갈란다."

얼마 지나지도 않았는데 시어머니는 숨이 차다며 나가겠다고 했다.

"그럼 어머니 먼저 나가세요. 저는 조금 더 있다 나갈게요."

"그래, 니는 좀 더 있다 나온나."

시어머니가 나가고 나는 몸에 땀방울이 송골송골 맺힐 때까지 앉아 있었다. 한참을 더 앉아 있다가 밖으로 나왔을 때 시어머니가 자리에 없었다. 좌우로 고개를 돌려가며 시어머니를 찾아보았다. 시어머니는 맞은편 냉탕 옆에 가 있었다. 나는 어머니가 다치기라도 할까봐 얼른 그쪽으로 걸어갔다. 시어머니는 냉탕 앞에 앉은 채로 네댓 살 먹은 남자아이를 보고 있었다. 남자 아이는 두 손으로 고추를 감싸 쥔 채 울상을 하고 서 있었다.

"이놈아 좀 만져보면 어떠노?"

"싫단 말이에요. 엄마! 이 할머니가 내 고추 만져요."

눈이 커다란 남자아이가 금방이라도 울음을 터트릴 것 같은 표정으로 소리쳤다.

"할머니, 남의 아이는 왜 만지고 그러세요!"

옆에서 고개를 숙이고 머리를 감던 젊은 여자가 어머니를 쳐다보고 인상을 찌푸렸다.

"죄송해요. 어머니가 귀여워서 그러셨나 봐요."

눈을 치뜨고 화를 내는 아이 엄마에게 나는 진심으로 사과를 했다. 그리고 어머니 손을 잡고 자리로 돌아왔다.

"어머니, 남의 아이 고추는 왜 만지고 그러세요?"

플라스틱 의자에 앉으면서 내가 말했다.

"왜, 좀 만지면 어떠노? 내사 아들 키울 때 만날 고추 만지는 재미로 살았다."

어머니는 자신이 뭘 잘못했냐는 식으로 퉁명스럽게 대꾸했다.

"어머니, 지금은 그때가 아니잖아요. 요즘은 그렇게 하면 큰일나요."

"내참, 알았따. 등따리나 밀어다고."

시어머니는 별일을 다 보겠다는 듯 못마땅한 표정으로 등을 돌리고 앉았다. 나는 초록색 때수건으로 어머니의 등과 팔을 밀어주었다. 남편 말대로 시어머니가 목욕한 지가 오래 됐는지 시커먼 때가 둘둘 밀려 나왔다. 시어머니의 오른쪽 다리에는 검고 깊은 흉터가 나 있었다.

"어머니 이 흉터 자국은 뭐예요?"

나는 어머니의 몸의 때를 물로 씻어내면서 물었다.

"아들 어릴 때 밭에 나갔다가 뱀한테 물려서 그렇다."

어머니는 아무렇지도 않게 대답했다. 나는 어머니 등에 비누칠을 해준 다음 바로 옆 자리에 앉았다. 내 오른쪽에는 젊은 여자가 딸아이 셋을 데리고 씻고 있었다. 목욕이 거의 끝났는지 여자는 500미리 우유팩 한 통을 열어서 아이들에게 입을 벌리라고 했다. 아이들이 제비새끼처럼 입을 벌리자 각자의 입 안에 우유 한 모금씩을 부어주었다. 여자는 조금 남은 우유를 아이들의 얼굴에 골고루 발라주었다. 애들을 씻기느라 여자도 목이 말랐을 텐데 자신은 한 모금도 마시지 않았다. 그런 여자를 보고 있자 시어머니도 어린 육남매를 키우느라 저렇게 살아오지 않았을까 하는 생각이 들었다.

나는 자리에 앉으면서 시어머니 앞에 부착되어 있는 거울을 들여다보았다. 거울 속에는 몸집이 자그마한 노인이 앉아 있었다. 노인은 나이 마흔에 남편과 사별하고 오로지 자식들을 위해 정신없이 살아왔다. 육남매 모두는 짝을 지어 떠나가고 노인은 칠순이 넘은 나이에도 시골에서 혼자 살고 있다. 노인은 무엇을 대가로 그 외롭고 쓸쓸했을 수많은 날들을 견디어 왔을까? 저 노인도 자식들을 내팽개치고 달아나고 싶었을 때가 있었을 것이다. 그리고 가끔은 솟아오르는 욕정 때문에 잠 못 이루는 밤도 있었을 것이다. 평생 자식들을 위해 살다가 하얗게 늙어버린 노인의 삶에 어떤 연민의 정이 느껴졌다.

나는 샤워기의 물을 틀어 머리에서부터 발끝까지 피부

었다. 슬픔이라고 하기에는 좀 부족한 후회와 회한 같은 것들이 가슴 밑바닥에서 일렁거렸다. 내가 시어머니를 외면하며 감정의 덩어리를 품고 살아온 지 15년, 그동안 어머니는 하얗게 늙고 마른 수수깡처럼 가벼워졌다. 나는 샤워기의 물줄기를 세게 틀어 가슴으로 가져갔다. 가슴속에 단단하게 박혀있는 오래된 감정의 덩어리들을 씻어내버리고 싶었다. 눈을 꼭 감은 채로 물줄기를 가슴에 대고 오래오래 몸을 씻어 내렸다. 한참동안을 그렇게 하고 나서야 속이 좀 시원해지는 것 같았다.

"어머니, 이것 좀 드세요."

"뭐로?"

카운터에서 시원한 음료수를 가지고 들어와 뚜껑을 따서 시어머니에게 주었다.

"시원하다. 너도 마셔라."

시어머니가 갈증이 났는지 음료수를 쭉 들이켜고 나서 나에게 권했다. 나도 캔을 따서 한 모금 마셨다. 서울은 답답해서 못 산다며 혼자 시골을 고집하는 시어머니의 말이, 어디까지가 진심이고 어디까지가 자식들을 위한 배려였을까를, 나는 처음으로 생각하며 마지막으로 몸을 헹구었다.

"내 얼굴이 빨갛재? 사우나에 들어갔다 나오니까 그래 진다."

목욕을 마치고 나온 시어머니가 분홍색 내의를 입으면서 말했다. 빨개진 시어머니의 양쪽 볼이 잘 익은 복숭아처럼 고왔다. 나는 옷을 다 입고 나서 빗으로 시어머니의 머리를 빗겨주었다. 가늘고 하얀 머리카락이 힘없이 빠져나와 내 손바닥에 내려앉았다.

"이거 니가 입어라, 어째 옷을 얇게 입고 왔냐."

시어머니가 입고 왔던 두툼한 코트를 내게 걸쳐주었다. 어머니 것은 작아서 못 입는다고 해도 막무가내로 입으라고 했다. 할 수 없이 나는 시어머니의 코트를 입어 보았다. 생각보다 그렇게 작지는 않았다. 나오면서 카운터에 음료수 값을 지불하고 시어머니의 신발을 가지런히 놓아주었다.

목욕탕 문을 열고 나오자 건물 밖에 서 있던 찬바람이 커다란 몸을 내밀었다. 몸에 열기가 남아 있어서 그런지 그렇게 춥지는 않았다. 왔던 길을 걸어가면서 오늘 시어머니와 같이 목욕하러 오기를 잘했다는 생각이 들었다. 나는 시어머니와 걸음을 맞추기 위해 천천히 걸음을 옮겨 놓았다.

길을 건너기 위해 사거리의 신호등 앞에 섰을 때, 총알처럼 빠르게 달리는 차량이 무서운지 어머니가 몸을 웅크렸다. 어머니가 내 손을 잡기 전에 내가 먼저 시어머니의 손을 잡았다. 시어머니의 손가락 마디마다 굳은살이 단단하게 박혀있는 것이 느껴졌다. 손을 잡은 것이 올 때처럼 어색하다는 생각은 들지 않았다. 오히려 마음이 편안했다. 신호등을 건너는 동안 시어머니의 손에서 전해오는 따뜻한 온기를 느끼며 건널목을 건넜다. 나는 시어머니의 손을 잡은 채로 가구점 앞을 지나고 꽃집 앞을 지났다. 도로 옆 슈퍼마켓 앞에 왔을 때, 과일을 사기 위해 잡고 있던 시어머니 손을 놓았다. 나는 가게 안에 진열된 과일들을 둘러보았다. 어머니가 좋아하는 말랑말랑한 홍시 위에 내 눈길이 멈추었다.

"홍시 굵은 것으로 다섯 개만 주세요."

부스스한 얼굴로 TV를 보던 아줌마가 빨간 홍시 다섯 개를 빠르게 골라 비닐봉지에 담았다. 나는 검은 비닐봉지를 받아 들고 오천 원 권 한 장을 아줌마에게 건네주었다.

"그런 거는 왜 사노? 비싼데."

"어머님이 좋아하시잖아요."

내가 시어머니 옆으로 다가가며 말했다.

"어서 가요, 어머니."

"어데, 잠깐 있어보자."

시어머니가 내 발길을 잡았다.

"저어기, 사과 굵은 놈으로 댓 개만 주소. 우리 아들이 사과를 잘 먹어요."

시어머니의 손가락이 빨간 사과가 가득 담긴 상자를 가리켰다. 그 옆에는 내가 좋아하는 노란 단감이 놓여 있었다. 하지만 어머니는 단감 같은 것에는 관심이 없어보였다. 그러면 그렇지, 시어머니는 오로지 아들만 중요하시지. 나도 모르게 허탈한 웃음이 입술사이로 비어져 나왔다. '저는 단감이 먹고 싶어요.' 라는 말을 입술 안에 머금은 채, 나는 사과 값을 지불하려고 지갑을 열었다.

"사과는 내가 살란다."

시어머니는 내가 지갑을 열지 못하도록 내 손을 꾹 누르며 말렸다. 시어머니가 속바지 주머니에서 꼬깃꼬깃한 돈을 꺼내 아줌마에게 주고 사과 봉지를 받아 들었다.

"얼른 가자. 애비 배고프겠다."

집 쪽으로 옮겨 놓는 시어머니의 발걸음이 빨라졌다. 나는 시어머니 손에서 비닐봉지를 받아들고 집으로 향했다. 내 옆에서 걸어가는 시어머니의 표정이 무척 밝아 보였다.

나는 고개를 들고 하늘을 쳐다보았다. 하늘은 어느새 환하게 개이고 있었다.

시간을 확인해가며 종종걸음 칠 필요가 없어졌다

부서진 계절

부서진 계절

잣나무 숲에 가려고 나선 발걸음이 폐교에 와 있다. 교문에는 쇠고리를 쳐 놓았고 정원에는 측백나무들이 삐죽삐죽 제멋대로 자라 있다. 창문마다 커튼이 쳐져 있어 교실 안이 잘 보이지 않는다. 교실이 전부 세 칸밖에 안 되는 작은 분교다. 나는 발뒤꿈치를 들고 교실 안을 들여다본다. 맞은편 벽에 커다란 액자 두 개가 보인다. 창틀을 꼭 잡고 붙어 서서 계속 안을 살펴본다. 뜻밖에도 사람이 있다. 오십대 후반으로 보이는 여자는 창 쪽을 등진 채 앉아 있다. 분명히 인기척을 느꼈을 법한데도 여자는 반응을 보이지 않는다. 뭐라고 말을 걸어볼까 하다가 그만두고 건물을 나온다. 폐교를 나와 집으로 가는데 여자의 모습이 자꾸만 눈앞에 어른거린다.

하늘이 뿌옇더니 어느새 눈발이 날린다. 이곳은 기온이 낮아서 흐리다 싶으면 곧바로 눈이 내린다. 이 지역 사람들은 포도에 비를 안 맞히기 위해 철재로 아치형 지붕을 만들고 그 위에 비닐을 덮어 두었다. 비닐하우스 위로 내리는 눈송이가 점점 더 굵어진다. 나는 날벌레처럼 날아드는 눈을 맞으며 언덕길을 오른다. 언덕 위에는 붉은 벽돌집 한 채가 서 있다. 남편이 저 집에 나를 데려다놓고 간 지 두 달이 넘었다. 주말마다 오겠다던 남편은 벌써 3주째 오지 않았다. 처음 이곳에 왔던 날도 오늘처럼 하얀 눈발이 휘날렸다. 옷가지를 챙긴 가방을 차에 싣고 구불구불한 시골길을 두 시간 가량 달려서 이 집에 도착했다.

"다 왔어."

경사진 언덕길을 올라와 차를 세우며 남편이 말했다. 마당에는 하얀 눈이 낙엽을 덮고 있었고 북향으로 지은 집은 왠지 을씨년스러워 보였다. 차에서 내려서자 세찬바람이 내 얼굴을 할퀴고 지나갔다. 나는 손으로 양 볼을 감싸 쥐고 주변을 살펴보았다. 시야에 들어오는 것이라고는 잣나무가 빼곡히 서 있는 산뿐이었다. 그리 멀지 않은 곳에 집이 두 채 보였지만 사람이 살고 있는 것 같지는 않았다.

집안으로 들어서자 퀴퀴한 냄새와 서늘한 공기가 나를 맞았다. 실내는 어두웠고 가구 하나 없이 텅 비어 있었다. 벽 한쪽에는 벽지가 떨어져 너덜거렸다. 남편은 짐 가방을 아무데나 내려놓고 보일러부터 틀었다. 나는 신발을 신은 채 천천히 걸어가 방안을 들여다보았다. 죽은 벌레들이 방바닥에 널브러져 있었고, 살아서 기어가는 녀석도 보였다. 나는 들고 온 가방을 어디에 내려놓아야 할지 몰라 손에 든 채로 거실을 서성거렸다. 차고 서늘한 냉기가 내 종아리를 더듬고 올라왔다.

환기를 시키기 위해 나는 베란다 창문을 열었다. 창문에는 새카맣게 때가 낀 방충망이 쳐져 있고 창틀에는 하얀 나방 한 마리가 죽은 듯이 엎드려 있었다. 가까이 다가가 나방을 들여다보았다. 날개 끝이 부서지고 몸에는 까맣게 먼지가 묻어 있었다. 손가락으로 나방의 날개를 살짝 건드려보았다. 더듬이를 미세하게 움직였다. 죽은 줄 알았던 나방은 아직 살아 있었다. 차가운 창틀에 엎드린 채 몸을 꿈틀거리는 나방을 보자, 지네라도 만난 것처럼 섬뜩했다.

"주말에 올게."

다음날 새벽 남편은 바쁘다며 아침밥도 먹지 않고 차에 시동을 걸었다. 차 위에는 하얗게 서리가 덮여 있었다. 남편은 춥더라도 잣나무 숲에 자주 올라가라며, 차 유리를 내리고 말했다. 나는 어깨를 웅송그리고 서서 고개를 끄덕였다. 날씨가 너무 추워서 차의 시동이 잘 걸리지 않았다. 몇 번의 시도 끝에야 겨우 차가 움직였다. 나는 팔짱을 끼고 서서 언덕을 내려가는 남편의 차를 바라보았다. 천천히 언덕을 내려가던 차의 뒷모습은 이제 보이지 않았다. 텅 빈 마당에 나는 멍하니 혼자 서 있었다. 오롯이 혼자. 사방을 둘러봐도 사람이라고는 보이지 않았다. 서울에서 이곳까지는 차로 불과 두 시간 거리, 하지만 나는 세상 밖으로 멀리 던져진 기분이었다.

나온 김에 나는 집 뒤로 돌아가 보았다. 집 뒤에는 누군가가 버리고 간 항아리가 여러 개 있었다. 아가리가 깨진 것도 있고, 뚜껑이 얌전하게 덮여 있는 것도 있었다. 항아리 뚜껑을 열어보았다. 속이 텅 빈 항아리 속에는 거미줄이 쳐져 있고, 작은 항아리에는 고추장이 마른 쇠똥처럼 굳어 있었다. 또 다른 항아리에는 까맣게 마른 된장이 현무암처럼 구멍이 숭숭 뚫려 있었다. 주인은 왜 이 항아리들을 버리고 갔을까? 한때는 가족들에게 한없이 소중했을 것들을……. 나는 그 자리에 선 채로 버리진 항아리들을 오래 바라보았다.

언덕길을 올라온 탓인지 나는 몹시 숨이 가쁘다. 목도리를 두르고 장갑을 꼈는데도 바깥바람에 노출되었던 얼굴과 손목이 얼얼하다. 어깨에 내린 눈을 털고 집안으로 들어서자 텅 빈 거실이 썰렁하게 느껴진다. 보일러의 온수 버튼을 눌러놓고 화장실로 들어간다. 아는 사람이 없어서 종일 세수도 하지 않고 지냈다. 샤워 꼭지의 물을 틀어 몸에 뿌리면서 벽에 붙어있는 거울을 들여다본다. 거울 속에는 창백한 얼굴에 눈 밑이 거무스름한 여자가 서 있다. 퀭하니 들어간 눈, 윤기라고는 없이 푸석한 피부, 알몸을 하고 서 있는 여자는 왼쪽 가슴이 없다. 유방이 잘려나간 자리에는 길게 수술 자국이 나 있고, 붉고 긴 수술 자국은 해마가 꿈틀거리는 것처럼 흉측스럽다. 여자는 손을 들어 천천히 가슴으로 가져간다. 폭신한 젖무덤 대신 앙상한 갈비뼈가 손끝에 와 닿는다. 순간 여자의 얼굴이 경직되면서, 그 자리에 손이 멈춘다. 이런 몸으로 남편을 기다리다니……. 나는 샤워기의 물줄기를 틀어 거울에 확 뿌려버린다. 거울 속 여자의 몸이 마구 일그러진다.

작년에 나는 암으로 왼쪽 가슴을 도려냈다. 마흔 다섯 번째 생일을 이틀 앞둔 날이었다. 가슴을 잘라내기 싫어서 울기도 했지만 소용없었다. 암이 많이 진행된 상태라 달리 방법이 없다고, 의사가 잘라 말했다. 수술을 하고 한 달 만에 퇴원 했지만, 몸은 예전으로 돌아가지 않았다. 게다가 조금만 써도 퉁퉁 부어오르는 팔 때문에 아무것도 할 수가 없었다. 잠시만 돌아다녀도 몸은 금방 피곤해졌고, 가슴에는 늘 가짜 유방을 달고 다녀야 했다.

학원에서 아이들을 가르치던 일을 그만두고, 나는 집에만 있었다. 낮이면 식구들이 모두 나가고 텅 빈 집에서 멍하니 창밖을 내다보았다. 도로에는 여전히 차들이 쌩쌩 달리고 사람들은 어디론가 부지런히 걸어가고 있었다. 나만 집에 갇혔다는 생각이 들었다. 시간이 갈수록 점점 심술이 나기 시작했다. 하필이면 내가 왜? 내가 뭘 잘못했는데? 나는 억울하다는 생각이 들었고, 부글부글 끓어오르는 분노를 참을 수 없었다. 시어머니와 남편 때문이라고 주변 사람들을 나쁜 사람으로 몰아 붙였고, 암이 아닌데 괜히 가슴만 잘라낸 것은 아닐까, 하는 의심도 들었다. 이러면 안 된다고 고개를 가로 저으면서도 나는 감정을 조절할 수가 없었다. 나는 내가 암에 걸릴 거라고는 생각조차 하지 않았다. 태풍이 어느 마을을 비켜가듯 그런 불행은 나를 비껴갈 거라는 근거도 없는 믿음을 가지고 살았다.

산속의 겨울 하루는 짧다. 가로등 하나 없는 집 주변을 깜깜한 어둠이 에워싼다. 나는 설거지를 밀어 둔 채, 방으로 들어가 스위치를 누른다. 창문에는 칙칙한 커튼이 쳐져 있고 방바닥에는 가지고 온 책 몇 권과 이불 한 채가 놓여 있다. 할일이라고는 없는 나는 아무거나 책 한 권을 집어 든다. 이곳에서 읽는 책이라야 『암을 이긴 사람들』 『암 극복할 수 있다』 『유방암』 등, 건강을 되찾는 데 도움을 얻기 위한 것들뿐이다. 정말이지 이런 책들은 읽고 싶지 않았다. 책을 펼치긴 했지만 내용은 눈에 들어오지 않고 머릿속에는 다른 생각들로 가득하다. 나는 책을 방바닥에 도로 던져버리고 이불 속으로 들어가 눕는다. 나는 왜 혼자 산속에 와 있어야 하는가? 나에게 남은 시간은 얼마인가? 예전의 일상으로 돌아갈 수는 있는 것일까? 결코 해답이 분명치 않은 질문들만 꼬리에 꼬리를 물고 일어난다. 방안은 무덤 속처럼 어둡고 조용하다. 이따금씩 집 모퉁이에서 뚝, 하고 나무 기둥이 틀어지는 소리가 들릴 뿐 사위는 고요하다.

나는 캄캄한 천장을 바라보고 누운 채, 아! 하고 신음 같은 소리를 내뱉는다. 소리는 천장까지 닿지도 못한 채 짧은 여음을 남기고 사라진다. 사업을 하는 남편은 요즘 업무가 바쁘다며 전화마저 뜸하다. 그렇다고 내가 먼저 전화를 걸고 싶지는 않다. 바쁘다는 사람을 붙잡고 꼭 해야 할 말도 없다. 대화란 하지 않으면 않을수록 할 말이 없어지는 법이다. 수술을 하고 나서 나는 한동안 남편에게 가슴을 보여주지 않았다. 남편은 괜찮다고 했지만 왠지 보여주기 싫었다. 남편과 섹스를 안 한 지도 오래 됐다. 항암제를 맞은 탓인지 언젠가부터 생리는 끊어졌고, 자궁 속은 마른 화분처럼 건조했다. 도무지 성욕이라고는 일어나지 않았다.

수술 후, 정기검진은 꼬박꼬박 받아왔고, 처방 받아온 약은 정성들여 챙겨 먹었다. 하지만 시간이 갈수록 얼굴이 창백해지고 몸무게가 줄어들었다. 어느 날 퇴근해온 남편이 유방암 환자에게는 잣나무 숲이 제일이라며 이곳에 가 있으라고 했다. 이곳은 잣나무가 많기로 유명하고 잣나무에서 나오는 피톤치드가 면역성을 기르는 데는 최고라고 했다. 나에게 다른 선택의 여지는 없었다. 미세먼지로 가득한 도시를 떠나기 위해 나는 약봉지와 옷가지를 챙겼다.

남편이 처음 이 집을 얘기했을 때는 제법 괜찮은 것처럼 말했다. 친척이 쓰던 집인데 그분들은 외국으로 나가고 비어 있다고 했다.

빨리 잠들고 싶지만 잠은 쉽게 오지 않는다. 깜깜한 방 안은 무덤 속처럼 조용하다. 무거운 정적이 두려움과 공포로 모습을 바꾸고 나를 짓누른다. 눈을 감으면 문 쪽에서 죽음의 그림자가 팔을 내밀고 다가오는 것 같다. 몸집이 거대한 검은 형상은 조금씩 더 가까이 다가온다. 공포와 두려움에 내 몸은 뻣뻣하게 굳어가고 점점 숨이 가빠진다. 나는 두 눈을 부릅뜨고 검은 형상을 노려본다. 어느새 잠은 달아나고 예민한 의식이 꼿꼿하게 날을 새운다. 나는 이불을 밀쳐내고 벌떡 일어나 자리에 앉는다. 깜깜한 벽을 더듬어 불을 켠 다음, 수면제 두 알을 물과 함께 삼킨다. 이렇게 밤을 새우고 창문으로 뿌연 빛이 들어올 무렵에야 잠이 든 적이 한두 번이 아니다. 수면제 덕분인지 꼿꼿하기만 하던 의식이 점점 허물어져 내린다.

윙, 하고 보일러 돌아가는 소리에 눈을 떴다. 산속이라 기온이 많이 내려간 모양이다. "여기는 서울에 비해 온도가 7, 8도쯤 더 낮아……." 처음 이곳에 왔던 날 남편이 했던 말이 생각난다. 나는 카디건을 걸치고 베란다로 나가본다. 나방은 그대로 창틀에 엎드려 있다. 자세히 보니 먼지가 묻어 있긴 하지만 날개에 동그란 창이 나 있다. 아이들에게 가르쳐주기 위해 곤충도감에서 찾아보았던 그 나방이다. 유리처럼 맑고 투명한 창이 있어 이름이 유리나방이라고 했던가. 그 나방도 이렇게 날개에 투명창이 있었다. 동그란 창을 보고 신기해하던 아이들의 모습이 떠오른다. 유리나방은 이따금씩 부서진 날개를 들어 올리려다가 힘겨운 듯 다시 내려놓는다. 떨어져 나가고 없는 다리, 끝이 부서진 날개, 먼지투성이의 몸, 나는 나방의 날갯짓이 한심하고 구차스러워 보인다.

책상을 정리하고 마지막으로 학원을 떠나오던 날, 내 뒤를 졸졸 따라오던 아이들이 생각난다.

"선생님이 아파서 잠시 학원을 못나오게 됐어. 너희들 공부 열심히 하고 있어야 돼."

아이들 앞에 서서 아무렇지도 않은 척 나는 담담하게 말했다. 하지만 목소리는 떨리고 눈에는 눈물이 고였다. 나를 따르던 아이들 몇 명이 계단까지 따라 내려오면서 물었다.

"선생님, 많이 아파요? 어디가 아파요?"
"응, 좀 많이 아파."
"그럼 언제 오시는 데요?"
"글쎄……."

천진스럽게 묻는 아이들에게 나는 어떤 대답도 해줄 수 없었다. 한 발 한 발 계단을 내려오는 내 머릿속에는 지금 이곳을 나가면 내가 살아서 다시 올 수 있을까? 하는 생각으로 가득했을 뿐이다.

목도리를 찾아 두르고 집을 나선다. 집 뒤로 잣나무가 빼곡히 들어찬 산이 눈에 들어온다. 하늘에는 회색 구름이 작은 섬처럼 군데군데 떠있다. 날씨가 무척 춥지만 나는 가끔 잣나무 숲에 올라간다. 자신이 없어서 정상까지 간 적은 없지만 산중턱까지는 여러 번 갔다 왔다. 목도리로 코와 입을 가려 눈만 겨우 내놓은 채 부지런히 산을 올라간다. 시커멓게 썩은 고사목이 시체처럼 길을 가로막고 누워 있다. 등산로나 사람의 발자국은 보이지 않는다. 고라니나 토끼 같은 산짐승들이 다닐 것 같은 좁고 가파른 길이다. 땅이 딱딱하게 얼어 있어서 자꾸만 발이 미끄러진다. 나는 아예 엎드려서 손으로 땅을 짚으면서 산을 올라간다.

"하아, 하아."

가쁜 숨을 몰아쉬며 산을 올라간다. 나뭇가지들이 제멋대로 뻗어있어 잘못하다가는 눈을 찔리기 십상이다. 나는 목까지 차오르는 숨을 고르기 위해 잠시 걸음을 멈춘다. 옆에 서 있는 나무 기둥을 붙잡고 서서 바튼 숨을 고르며 올라온 길을 되돌아본다. 겨울 오후의 기운 없는 햇살이 산비탈에 누워 있다. 산속의 겨울 해는 짧아서 금세 어두워 질 것이다. 나는 있는 힘을 다해 잣나무가 빼곡한 산을 오르고 또 오른다. 숨을 내 쉴 때마다 하얀 입김이 나온다.

정상에 오르면 무엇이 보일까 했는데 거대한 산들이 겹겹이 누워 있다. 숨을 고르며 멀리 아래를 내려다본다. 아득히 멀고 낮은 곳에 마을 하나가 보인다. 조용한 마을은 하늘에서 쏟아지는 오후의 햇살 속에 신기루처럼 놓여 있다. 환하게 밝은 마을은 도저히 닿지 못할 아득한 세계처럼 느껴진다. 나는 마을을 바라보며 길게 숨을 들이쉬었다가 내쉰다. 숨을 들이쉴 때마다 맑고 차가운 공기가 목으로 들어오는 것이 싸하게 느껴진다. 마을의 지붕들을 보고 있으니 집에 혼자 있을 딸아이가 생각난다.

"엄마, 나 오늘 학교에 못 갔어. 열나고 아파……."

오전에 통화할 때 모기소리처럼 가느다란 윤서의 목소리가 귀에 들리는 것 같다. 올해 중3인 딸아이는 집안 살림 해가며 학교에 다니는 것이 힘들다며 울먹거렸다. 웬만해서는 아프다는 말을 하지 않는 성격인데 많이 힘들었던 모양이다. 아무도 없는 집에서 혼자 앓고 있을 딸아이를 생각하니 가슴이 아려온다. 모시고 살던 시어머니는 내가 퇴원하던 날 큰시누이가 모셔갔다. 시누이는 그날 "몸 관리 하나 제대로 못해서 시어머니도 못 모신다며." 나를 옆에 두고 싸늘한 어조로 말했다. 나는 입이 얼어붙은 사람처럼 아무 말도 하지 못했다. 그저 시누이 몸속에는 붉고 따뜻한 피가 아닌, 차고 파란 피가 흐르고 있을 거라는 생각만 했다. 임파선 수술까지 한 상태라 수저도 제대로 들 수 없는 나에게, 시누이는 끝내 몸조리 잘하라는 말 한마디 하지 않았다.

산골 마을의 겨울 해는 짧다. 해는 일찌감치 산을 넘어가고 컴컴한 어둠이 서서히 집 주위를 에워싼다. 날이 완전히 어둡기 전에 저녁 준비를 해야 한다. 나는 저녁 반찬으로 먹을 김치를 가지러 베란다로 나간다. 냉장고가 없는 탓에 김치통이나 과일은 베란다에 두고 먹는다. 바닥에 놓아둔 김치통을 들자 까만 벌레들이 기어 나온다. 무슨 벌레인지 이름은 알 수 없지만 여간 징그럽게 생긴 게 아니다. 벌레들은 열심히 기어가다가도 나를 보는 순간, 동작을 멈추고 납작 엎드린 채 죽은 척 한다. 나도 놀라서 가만히 녀석을 보고 있으면 어디론가 재빨리 사라져버린다.

청국장을 데우기 위해 가스레인지 불을 켠다. 녹슨 가스레인지는 불꽃이 쉽사리 점화되지 않는다. 손에 힘을 주고 몇 번이고 버튼을 돌려본다. 한참만에야 파란 불꽃이 올라온다. 전기밥솥 뚜껑을 열고 현미밥 한 공기를 푼다. 어제 저녁에 해 놓은 밥이라 색깔이 누렇게 변했다. 나는 밥 한 공기와 된장찌개를 내려놓고 상 앞에 앉는다. 집안에는 고장난 벽시계의 불안한 초침소리만 들릴 뿐 조용하기만 하다. 어디에서도 사람 소리 하나 들리지 않는다. 오래된 형광등의 창백한 불빛만이 나를 내려다보고 있다. 너무나 조용해 상 위에 숟가락 놓는 소리가 거실 가득 울린다. 나는 마치 어떤 동굴 속에 들어와 있는 것 같다. 밥맛이 없지만 밥 한 숟갈을 떠서 입안에 넣는다. 모래를 한 입 문 것처럼 밥알이 와삭거린다. 된장국물을 떠 넣고 밥을 꾹꾹 씹어 삼키려고 하는데, 갑자기 목구멍 저 안에서 뜨끈한 것이 밀고 올라온다. 어느새 눈에도 눈물이 고였는지 눈앞이 흐릿해진다. '이렇게 약해져서는 안 되는데…….' 나는 고개를 옆으로 세차게 흔든다. '두 아이를 위해서라도 살아야 해!' 나는 입안에 밥을 가득 퍼 넣고 꼭꼭 씹어 삼킨다.

두툼한 점퍼를 찾아 입고 집을 나선다. 내려가는 길 옆에는 머리에 눈을 수북이 인 잣나무들이 목을 구부리고 서 있다. 멀리 보이는 나무도 가까이에 있는 나무도, 모두 머리에 하얀 눈을 이고 있다. 언덕에도 눈이 쌓여 있어 바닥이 미끄럽다. 나는 넘어지지 않으려고 한 발 한 발 조심하면서 경사진 길을 내려간다. 비스듬한 언덕길을 내려가자 넓은 도로가 나온다. 도로에는 지나가는 차라고는 없이 한산하기만 하다. 산으로 갈까하다가 폐교 쪽으로 발걸음을 옮겨놓는다. 폐교로 가는 육교 아래에는 하얀 얼음이 두껍게 얼어 있다. 얼음의 두께로 보아 봄은 아직도 멀리에 있는 것 같다.

폐교 정원에는 고양이 두 마리가 놀고 있다. 나를 보고 놀란 듯 노란 눈을 똑바로 뜨고 쳐다보더니 별거 아니라는 듯 나무를 오르락내리락한다. 나는 고양이에게서 시선을 거두고 교실 앞으로 가 본다. 창문에는 여전히 커튼을 쳐 놓아서 안이 보이지 않는다. 지금도 여자가 교실 안에 있을까? 나는 창문 앞으로 다가가서 안을 훔쳐본다. 이틀 전에 왔을 때도 여자는 교실 안에서 무엇인가를 하고 있었다. 창을 등지고 앉은 여자는 그림을 그리는 것 같았다. 하지만 눈을 크게 뜨고 살펴봐도 교실 안에 여자는 없다. 책상과 빈 이자만 놓여있다. 여자는 어디에 간 것일까?

나는 교실 앞에 서서 눈이 쌓인 운동장을 바라본다. 넓은 운동장에는 사람 발자국 하나 없이 깨끗하다. 한참을 서 있어 봐도 한적한 폐교에 오는 사람이라고는 없다. 나는 발목까지 쌓인 눈을 밟으며 천천히 운동장 바퀴를 돌기 시작한다. 하얀 발자국이 내 뒤를 따라온다. 남아도는 시간을 보내기 위해 나는 어디든 걸어 다닌다. 시간을 확인해가며 종종걸음 칠 필요도 없고, 달력에 일정표를 표시할 일도 없다. 정상 궤도를 이탈해버린 시간들은 이제 부서진 낙엽처럼 주위를 굴러다닌다. 잣나무가 서 있는 산에 올라가기도 하고, 양지바른 묘지에 앉아 있기도 한다. 눈을 뜨면 하루의 계획을 세우고, 그것을 완벽하게 실천하기 위해 조바심을 낼 필요도 없어졌다. 나는 가끔 낯선 마을 앞을 지나면서 동네를 구경한다. 내가 머무는 집에서 언덕을 내려가 도로를 따라 올라가면 작은 마을이 있다. 10여 호 될까 말까 한 시골 마을은 언제나 조용하고 고즈넉하다. 그러나 내가 마을 앞을 지나갈 때면 이방인의 발소리를 아는지 개들이 마구 짖기 시작한다. 한 마리가 짖기 시작하면 여러 마리의 개들이 한꺼번에 짖어댄다. 그러면 나는 빠른 걸음으로 마을 앞을 지나가버린다.

교문 옆 우편함에 편지가 꽂혀 있는 걸 보면 누군가가 사는 것도 같은데, 사람은 보이지 않는다. 조그마한 사택 건물도 조용하기는 마찬가지다. 나는 벌써 다섯 바퀴째 운동장을 돌고 있다. 지금은 조용한 이 운동장에도 한때는 아이들이 뛰어 놀았을 것이다. 그들은 모두 어디서 살고 있을까? 알지도 못하는 그들의 안부가 궁금해진다. 두꺼운 장갑을 꼈는데도 점점 손가락이 시려 온다. 운동장을 나가려고 하는데 사택 건물에서 목발을 짚은 여자가 나온다. 갈색 카디건을 걸친 여자는 천천히 걸어와 내 앞에 걸음을 멈춘다. 여자 옆을 따라오던 개가 어느새 내 앞으로 와서 꼬리를 흔든다.

"며칠 전에도 오셨죠?"

여자의 목소리는 차분하면서도 다정하다. 평온해 보이는 얼굴, 부드러운 목소리, 나는 왠지 여자가 좋은 사람처럼 느껴진다.

"알고 있었나 봐요."

나는 시린 손등을 비비며 웃는다. 앞발이 두툼한 개가 두 사람 사이를 왔다 갔다 한다. 맑고 까만 눈동자를 가진 녀석은 눈꼬리가 처져 있어서 무척 순해 보인다.

"제가 데리고 온 개에요. 이름은 장군이고요."

얼굴이 갸름한 여자가 개를 내려다보며 웃는다. 녀석은 기분이 좋다는 듯 연신 꼬리를 흔들며 두 사람 주변을 맴돈다. "장군아." 하고 나는 다정스러운 목소리로 불러본다. 장군이가 알아듣고 나를 쳐다보며 꼬리를 흔든다.

"아프칸 하인드는 원래 가족들한테는 상냥하지만 타인에게는 아주 무심한 편인데 이상하게 잘 따르네요."

여자가 내 앞을 왔다 갔다 하는 장군이를 내려다보며 웃는다.

"들어가서 차 한 잔 하고 가세요."

교실 쪽으로 발걸음을 옮겨놓으면서 여자가 말한다. 그렇지 않아도 교실 안이 궁금했던 터라 나는 여자 뒤를 따라 교실로 들어간다.

교실 안은 밖에서 보던 것보다 그리 어둡지 않다. 벽에는 그림들이 걸려 있고 식탁으로 쓰는 듯한 테이블 위에는 하얀 종이와 책 몇 권이 놓여 있다. 나는 여자가 권하는 난로 옆 의자에 가서 앉는다. 창문 쪽으로는 포인세티아 화분이 놓여있고, 빨갛고 노란 꽃들이 피어있는 화분도 여러 개 보인다. 커다란 무쇠난로에는 발갛게 불이 달아오르고 있다. 난롯불 때문인지 얼었던 손발이 금세 녹는 것 같다.

"차 좀 끓여 올게요."

여자가 주전자를 집어 들고 교실 미닫이문을 나간다. 여자는 목발을 짚고도 편안하게 걸어 나간다. 나는 의자에서 일어나 벽에 걸린 그림들을 들여다본다. 아이를 안고 있는 여자도 있고, 식탁에 앉아 멍하니 밖을 내다보고 있는 여자의 그림도 있다. 허공을 바라보고 있는 여인들의 눈빛은 모두 회색으로 가득하다. 나는 그림들을 보면서 어디선가 많이 본 것 같다는 느낌이 든다. 그것은 바로 지금까지 내가 살아온 과거라는 걸 깨닫는 데 시간이 그리 오래 걸리지 않았다.

"차 드세요."

어느새 들어왔는지 여자가 찻잔에 물을 따르면서 말한다. 나는 난로가로 가서 의자에 앉는다. 찻잔에서 올라오는 향긋한 솔향기가 코끝에 와 닿는다.

"솔향기가 좋은데요."

나는 차 한 모금 마시고 찻잔을 내려놓으면 말한다. 지난봄에 어린 솔잎을 따서 담근 거라며 여자가 낮은 톤으로

조곤조곤 말한다. 누군가와 이렇게 마주앉아 대화를 해본 지가 얼마만인가. 나는 여자의 말이 인절미처럼 쫄깃쫄깃하고 달콤하게 느껴진다. 여자와 나는 난로를 사이에 두고 마주 앉아 따뜻한 솔잎차를 마신다. 타닥타닥 이따금 송진에 불이 붙는 소리가 난다.

"작년에 교통사고를 당했어요."

묻지도 않았는데 여자가 먼저 말을 꺼낸다. 그녀의 왼쪽 다리 대신 헐렁한 바짓가랑이가 맥없이 늘어져 있다. 사실은 나도 가슴 한쪽을 도려냈다는 말을 하려다가 말을 삼켜 버린다.

"꽃이 많아서 화원에 온 기분이에요."

나는 화분들이 놓인 창 쪽으로 시선을 돌린다. 보라색 시클라멘을 비롯해 얼핏 보기에도 화분의 숫자가 스무 개는 넘을 것 같다. 오랜만에 예쁜 식물들을 보고 있으니 마음이 평온해진다.

"얼마 전에 하얀 차가 언덕으로 올라가는 걸 봤어요. 밤이면 캄캄하던 집에 불빛이 흘러나오더군요. 누군가 맑은 공기가 필요해서 왔구나. 했지요."

입가에 잔잔한 미소를 지으며 여자가 찻잔을 내려놓는다. '다 알고 있었구나.' 나는 속으로 생각하면서 고개를 끄덕인다. 나보다 한두 살 위로 보이는 여자는 친언니처럼 편하게 느껴진다. 두 사람은 이미 오래 전부터 알고 지내온 사이처럼, 어떤 공감대를 느끼며 솔잎차를 마신다. 여자는 자신이 어릴 때 이 학교를 다녔노라고 했다. 여자의 얘기를 들으면서 나는 고개를 끄덕여준다. 말동무가 필요했는지 여자의 이야기가 길어진다. 하지만 나는 체력이 떨어진 탓인지 자꾸만 눈이 감긴다.

"그만 가 봐야겠어요."

내가 일어서자 그녀도 목발을 짚고 따라 일어난다. 산책 가는 길에 언제라도 들러서 차 한 잔하고 가라며 그녀가 미닫이문을 열어준다.

신발을 벗고 집안으로 들어서자, 나는 유리나방이 궁금하다. 베란다로 나가서 슬리퍼를 찾아 신고 나방 가까이 가본다. 유리나방은 그대로 창틀에 엎드려있다. 이따금씩 나방이 부서진 날개를 파닥거려본다. 날갯짓이라기보다는 어떤 경련에 가까운 움직임이다. 마치 무엇에 저항이라도 하듯이. 나방은 지금 무슨 생각을 하고 있을까? 이런 꼴을 하고도 아직도 죽음에 저항하고 있은 것일까? 창틀에 엎드린 채 더듬이를 움직이는 나방을 보자, 문득 나방이 애

처롭다는 생각이 든다. 나는 안으로 들어가 사과를 잘게 썬 다음 나방 앞에 갖다 놓는다.

"산에 잘 가고 있지?"

"응, 가고 있어."

남편은 전화로 요즘 들어 일이 많아졌다며, 자주 못가서 미안하다고 했다. 잘 지내고 있으니 내 걱정은 말라고 하자, 이번 주말에는 꼭 오겠다며 전화를 끊었다. 전화를 끊고 나서 나는 멍하니 서서 창밖을 바라보았다. 이번 주말에도 남편은 오지 않을 것이다. 나는 약봉지에서 알약을 꺼내 물과 함께 삼킨다. 내가 이곳에서 하는 일이란 하루 두 끼 식사와, 약을 챙겨먹는 것뿐이다. 가끔씩 군데에 가 있는 아이들에게서 전화가 오기도 한다.

"엄마, 끝까지 포기하지 말고 잘 해야 돼. 엄마는 착하게 살았으니까 하느님이 봐 주실 거야."

아들은 씩씩한 군인의 목소리로 용기를 불어넣어준다.

나는 휴대폰의 충전기가 제대로 꼽혀있는지 들여다본다. 어디를 나갈 때도 휴대폰을 꼭 들고 다닌다. TV도 신문도 없는 이곳에서 휴대폰은 나와 세상을 연결해주는 유일한 통로이다.

문을 열고 나오자 언제 와 있었는지 장군이가 꼬리를 흔든다. 나는 장군이의 머리를 한 번 쓰다듬어준 다음 언덕을 내려간다. 길옆에 서 있는 잣나무에는 눈이 쌓여 가지들이 아래로 휘어져 있다. 이따금씩 툭, 하고 무게를 못이긴 눈뭉치가 아래로 쏟아져내린다. 나는 교실 안의 따뜻한 난로를 떠올리며 도로를 따라 내려간다. 도로 옆 빈 밭에는 철 잃은 허수아비가 비스듬히 누워 있다. 넘어져 있는 허수아비를 조롱이라도 하듯, 새떼들이 주변을 폴짝폴짝 날아다닌다. 나는 옆구리에 과일봉지를 끼고 쌓인 눈을 밟으며 육교를 건너간다. 저만치 앞서 가던 장군이가 뒤를 돌아 나를 한번 보고는 폐교로 들어간다.

나는 복도 쪽으로 걸어가 옆으로 난 미닫이문을 노크한다. 노크하는 소리를 들었는지 창가에서 그림을 그리고 있던 여자가 고개를 돌린다. 나는 고개를 조금 숙여 여자에게 인사를 한다. 여자가 손에 들고 있던 붓을 내려놓고 문 쪽으로 걸어온다.

"어서 와요."

미닫이문을 열어주며 여자가 무척 반가워한다.

"또 왔어요."

나는 들고 온 과일봉지를 테이블 위에 내려놓는다. 화실 안의 따뜻한 공기가 캐시미어 망토처럼 내 어깨를 감싸준다. "사과 빛깔이 너무 고와요." 여자가 사과를 손에 들고 냄새를 맡아본다. 여자가 잠시 교실을 나간 뒤, 나는 창 쪽으로 걸어가 여자가 그리던 그림을 들여다본다. 이젤 위에 비스듬히 누워 있는 여인은 속살을 훤히 드러내놓고 있다. 여자가 누드화를 그린다는 사실에 놀라면서 그림을 들여다본다. 이젤 위에 누워 있는 여인은 르노아르 그림 속의 여인처럼 피부가 하얗고 통통하다. 여인의 오른쪽 유방은 탄력이 있어 보이고 유두는 핑크빛이 감돈다. 왼쪽 가슴에는 나비 한 마리가 그려져 앉아있다. 여자는 나비의 날개에 유난히 공을 많이 들이는 것 같다. 지금까지도 그 부분의 물감이 마르지 않은 상태다.

"차 드세요."

여자가 테이블 위에 찻잔을 옮겨 놓으면서 마주 앉는다.

"누드화를 그리는 줄 몰랐어요."

이젤 쪽을 돌아보면서 내가 말한다.

"아직 서툴러요."

여자가 입가에 미소를 띠면서 사과를 깎아 쟁반에 나란히 놓는다.

"저는 직장에 다니면서도 손에 붓을 잡고 싶어서 안달을 했어요. 그런데 생각뿐이지 쉽지가 않았어요. 결국 다리 한쪽을 잃고 나서야 그 꿈을 이룬 거예요. 인간의 어떤 결핍은 그 사람을 살아가게 하는 에너지를 주는 것 같아요."

희고 고요한 얼굴, 담담하게 마주보는 안정된 눈빛. 여자의 몸은 어떤 평온한 기운에 에워싸여 있는 것 같다. 나는 천천히 찻잔을 들어 한 모금 마셔본다. 뜨거운 솔잎차를 마시자 따뜻한 기운이 온 몸에 퍼진다.

여자가 갑자기 생각이라도 난 듯이, 그동안 그린 그림으로 전시회를 할 계획이라고 한다.

"초대장을 보낼 테니 꼭 와 달라."며 나를 바라본다.

"축하드려요!"

나는 고개를 끄덕이면서 진심으로 축하한다고 말해준다. 차를 다 마시고 찻잔이 비었는데도 나는 일어설 생각을 하지 않고 난로 앞에 앉아 있다.

아침에 일어나 나방을 들여다보던 나는 눈을 크게 뜬다. 유리나방이 과즙을 빨아먹는 것이 분명해 보인다. 나는 가까이 다가가 나방을 들여다본다. 하지만 나방은 움직임이 없다. 손끝으로 나방의 옆구리를 살짝 건드려 본다. 아무런 반응이 없다. 자세히 보니 나방의 더듬이는 쭉 뻗어 있고, 양쪽 날개는 바닥에 축 늘어져 있다. 나방의 날개를 잡고 살짝 들었다가 놓아본다. 미세한 움직임조차도 없다. 나는 멍하니 나방을 들여다보고 있다가 창문을 열어젖힌다. 기다렸다는 듯이 세찬바람이 밀고 들어온다. 나방을 집어 들고 팔을 창밖으로 길게 뻗는다. 밖에는 늘 그렇듯이 눈발이 흩날리고 있다. 나는 하얀 눈송이 사이로 나방을 날려 보낸다. 유리나방이 눈바람을 타고 공중으로 솟아오르더니 한 점 먼지로 사라진다.

눈 덮인 폐교 지붕을 바라보며 육교를 건너간다. 산 아래 집들은 흰 눈에 덮여있어 바닥으로 가라앉아 있는 듯하다. 움직이는 사물이라고는 없어서 시간이 정지한 듯 마을은 조용하기만 하다. 날씨가 추운 탓인지 내린 눈이 육교 위에 그대로 쌓여 있다. 나는 쇠고리가 걸려 있는 교문을 지나 교실 쪽으로 걸어간다. 교실 앞에서 장군이가 고개를 곧추 세우고 나를 쳐다본다. 웬 일인지 녀석이 반갑다고 꼬리를 흔들지도 않는다. 나는 교실 앞으로 가서 미닫이문을 노크한다. 아무런 기척이 없다. 몇 번이나 문을 두드리며 인기척을 내보지만 교실 안은 조용하기만 하다.

나는 미닫이문을 열고 안으로 들어간다. 화실 안에도 여자의 모습은 보이지 않는다. 난롯불을 피워 놓은 걸 보면 멀리 간 것 같지는 않다. 여자는 어디에 간 걸까? 나는 난로 옆에 놓인 의자에 앉아 여자를 기다린다. 불을 쪼이면서 고개를 들자 맞은편 테이블 위에 놓인 하얀 메모지가 보인다. 하얀 편지지에는 흘림체로 이렇게 쓰여 있다.

당분간 이곳을 비우게 됐어요.
난롯불을 따뜻하게 피워
꽃들을 보살펴주세요.
초대장을 보내겠습니다.

나는 의자에서 일어나 천천히 창가로 걸어간다. 이젤 위에는 하얀 도화지가 놓여 있고, 바닥에는 색색의 물감들이 놓여 있다. "그림을 그려보세요." 며칠 전에 여자가 했던 말이 귀에 들리는 것 같다. 어느새 창가에 있는 물감과 붓을 집어 들고 이젤 앞에 선다. 그림을 그리려고 진작부터 별렀던 사람처럼 나는 유리나방을 그리기 시작한다. 나방의 몸은 하얗게, 다리는 빨갛게, 날개는 파란색으로. 내 손이 지나가는 곳마다 나방의 몸통과 다리가 생겨난다. 유리나방이 점점 모습을 갖추어 간다. 나는 손끝에 힘을 주고 나방의 날개를 그린다. 날개 끝에는 동그란 창을 그린다. 될 수 있으면 크고 투명하게. 하얀 도화지 위에 유리나방 한 마리가 날개를 펼치기 시작한다.

두루미의 붉은 정수리를 보자 태어날 아기의 머리가 떠올랐다

그해 겨울

그해 겨울

정일은 쌓인 눈을 밟으며 가리에서 건초를 한 뭉치씩 빼내 트랙터에 싣고 있었다. 축사 쪽에서는 젖소들의 울음소리가 요란했다. 저녁 시간이 되었던 모양이었다. 녀석들은 시간을 몰라도 기가 막히게 밥 때를 알았다. 오전에는 아내와 같이 분만실 앞에서 배불뚝이 젖소를 들여다보았다. 분만실이라고 해야 판자로 칸막이를 친 다섯 평 공간이 전부지만, 여러 마리가 같은 공간에서 움죽거리는 것에 비하면 그나마 넓고 깨끗한 편이었다. 아내와 둘이서 통풍창에 허리를 기울이고 지켜보았지만 별다른 기미가 없었다. 외음부에 점액이 흐르고 유방이 팽대해진 것으로 보아 때가 임박한 것 같은데, 금방 낳을 것 같지는 않았다. 출산 예정일을 넘긴 지가 언젠데 왜 안 낳는 거야? 젖소의 엉덩이 쪽을 보고 있던 은서가 중얼거렸다. 출산 예정일 같은 건 우습게 여기는 녀석들이잖아. 정일이 웃으면서 대꾸했다. 오늘 물구유 통은 내가 채울게. 분만실에서 돌아서며 은서가 말했다. 정일은 건초 옮기는 일을 그만두고 젖소들에게 저녁을 주어야겠다고 생각했다. 결혼하고 나서 3년 만에 임신한 아내에게 소 밥 주는 일을 시키고 싶지는 않았다.

정일은 축사 옆에 건초를 내려놓고 사료를 가져오기 위해 창고로 향했다. 은서가 두꺼운 점퍼를 걸치고 물구유를 채우고 있는 것이 보였다. 정일은 은서가 젖소를 아끼고 돌보는 것이 고마웠다. 처음에는 덩치가 커다란 젖소들 곁에 가는 것조차도 무서워했다. 은서는 젖소들 중에서도 갈색 얼룩무늬가 있는 건순이를 유독 좋아했다. 젖소 대부분이 검은색 얼룩무늬인데 건순이만 목과 등에 둥근 갈색 무늬가 있었다. 이름이 왜 하필이면 건순이야? 라고 정일이 묻자, 건순이는 건초를 진짜 좋아하거든, 건초를 안고 가면 저만치 있다가도 얼른 달려와. 라며 은서가 웃었다. 은서가 건초를 주면서 건순아, 하고 부르면 건순이는 크고 순한 눈망울로 은서를 바라보았다. 창고에는 몇 포 남지 않은 사료 포대가 바닥에 놓여 있었다. 정일은 또 사료를 구입해야겠다고 생각하며 리어카에 포대를 옮겨 실었다. 사료를 다 싣고 나서 창고 문을 닫으려는데, 은서가 걱정스러운 얼굴로 달려왔다.

"젖소가 거품을 물고 주저앉아 있어!"

정일은 머릿속이 하얘지면서 다리가 휘청거렸다. 오전에 외양간 청소를 할 때까지만 해도 별다른 이상이 없었다. 녀석들은 건초를 씹으면서도 정일이 하는 일을 도우려는 듯 요리조리 몸을 비켜주었다.

"어떻게 해?"

은서가 숨을 고르며 당황스러운 눈빛으로 정일을 쳐다보았다.

"설마……."

축사 쪽을 바라보는 정일의 눈동자에 불안함이 서렸다. 은서는 남편의 얼굴이 경직되면서 어두워지는 것을 보았다. 그러나 정일은 애써 태연한 척하면서 축사 쪽으로 리어카를 끌었다. 은서는 아무 말 없이 정일의 뒤를 따랐다. 한 달 동안 일체 외부와 발걸음을 끊은 채 철저히 방역을 해 왔는데, 여기까지 구제역이 침범했단 말인가. 정일은 머릿속이 젖은 모래가 가득 찬 것처럼 무겁고 아득했다. 예방 접종을 철저히 해야 혀, 괜히 남한테 피해주지 말고.

언덕 너머에 사는 황씨의 말이 생각났다. 황씨는 언덕 좌측 골짜기 쪽에서 기업 규모로 젖소를 키우고 있었다. 착유우만 해도 150두나 되고 육성우와 송아지까지 합치면 모두 300두가 넘었다. 트랙터와 결속기는 물론 자동 착유 시설까지 갖춰놓고 있었다. 만약에 황씨가 이 사실을 알게 된다면……. 생각만 해도 정일은 부르르 몸서리가 쳐졌다. 구제역이 전국으로 확산되고 있었지만, 아직까지 황사리 안골은 안전한 상태였다. 그깟 예방접종 꼬박꼬박 안 혀도 괜찮혀. 기종저(급성 전염병)하고 고창증 정도만 하고 축사만 깨끗이 하면 돼야. 나도 복잡한 절차 다 안하고 소 먹이지만 여직꺼정 아무 일도 없었어. 정일의 귀향을 기특하게 여기고 있는 석포어른은 절차대로 다 안 해도 괜찮다며 정일을 안심시켰다. 석포어른은 정일의 친구 준호 아버지의 택호였다. 그러나 정일도 기종저와 고창증은 물론 탄저와 부제병까지 접종시켰다. 그밖에 자질구레한 것들을 맞추지 않았을 뿐이었다. 어쨌거나 축사로 가고 있는 정일의 발걸음은 무거웠다. 과수원 건너편에 있는 축사 앞에는 석포어른과 석포댁이 사료 포대를 들고 서 있는 것이 보였다. 젖소들에게 저녁을 주는 모양이었다. 황사리 안골에는 석포어른네처럼 생계형으로 목장을 하고 있는 집이 서너 집 되었다.

축사에 다다른 정일은 멈칫 걸음을 멈췄다. 500킬로그램이 넘는 젖소가 허연 거품을 물고 주저앉아 있었다. 젖소는 만사가 귀찮은 듯 눈을 내리감고 혀를 입 밖으로 늘어뜨리고 있었다. TV에서 보았던 바로 그 구제역에 걸린 소의 모습이었다. 정일은 심장이 멎는 것 같았다. 비록 우승은 못했지만 지난번 전국 품평대회에 나갔던 녀석이었다. 정일은 무엇을 어떻게 해야할지 몰라 그 자리에 선 채로 뚫어져라 젖소만 바라보고 있었다. 불안에 떨기는 아내도 마찬가지였다.

"신고해야 되는 거 아니야?"

옆에 서 있던 은서가 여전히 사색이 된 얼굴로 물었다.

"안 돼."

정일은 고개를 가로로 저었다. 그리고 옆으로 가서 다른 젖소들의 상태를 살펴보았다. 다행히 다른 젖소들은 별 이상이 없어 보였다. 젖소들은 배가 고팠는지 사료통에 머리를 박고 열심히 건초를 우물거렸다. 정일은 사료를 부어주면서도 주저앉아 있는 젖소를 어떻게 해야할지 몰라 머릿속이 복잡했다. 만약에 신고를 한다면 자신이 기르는 젖소는 물론 이웃집 젖소들까지 모두 살처분을 당하고 말 것이다. 그렇게 된다면, 최초 발생지라는 이유로 황씨네를 비롯해 안골 사람들의 원망을 듣게 될 것이다. 정일은 무슨 일이 있어도 그것만은 피하고 싶었다. 정일이 기르고 있는 젖소는 모두 43두였다. 그중에서 수컷과 송아지를 빼면 착유우는 30마리 정도였다. 목장 일을 시작한 지 두 해가 지났지만 이런 경우는 처음이라 정일은 당황스럽기만 했다. 경비를 해서 먹고 살망정 시골에 와서 소똥 치우며 살 생각은 하지 말라던 아버지의 말이 문득 생각났다.

마을에 어둠이 내리고 있었다. 정일은 곡괭이와 삽을 찾아들고 축사 옆 둔덕으로 갔다. 동네에는 사람의 그림자조차도 얼씬대지 않았다. 들리는 소리라고는 오직 정일의 발소리뿐이었다. 정일이 산자락 끝에 다다랐을 때 날은 아직도 완전히 저물지 않은 상태였다. 정일은 자신도 모르게 두세 차례 주변을 돌아보았다. 완전히 인적이 끊긴 것을 확인한 다음 정일은 땅을 파기 시작했다. 땅은 차갑고 딱딱했다. 겉면이 벌써 조금 얼어 있어서 삽을 꽂아도 쉽게 들어가지 않았다. 그러나 정일은 곡괭이로 찍고 삽으로 흙을 퍼냈다. 차가운 눈발이 날리기 시작했지만 정일의 이마에는 땀방울이 맺혔다. 금방이라도 누군가 나타나서 구덩이를 왜 파느냐고 소리 칠 것만 같았다. 아래로 내려갈수록 바위처럼 단단한 석벽이 버티고 있었다. 정일이 살아오면서 지금처럼 긴장해 본 적은 없었다. 정일은 쉬지 않고 땅을 파내려갔다. 어디선가 사람들의 말소리가 들리는 것 같았다. 정일은 삽질을 멈추고 그 자리에 앉았다. 언덕 아래 도로에 서너 명의 사람들이 모습을 드러냈다. 지나가는 사람들인지, 동네 사람들이 시장에 갔다 돌아오는 것인지 알 수 없었다. 정일은 사람들의 발소리가 들리지 않을 때까지 앉은 채로 기다렸다. 고개를 들자 어두운 하늘 끝자락에 작은 별 두 개가 바들바들 떨고 있는 것이 보였다.

지난 한 달 동안 정일은 하루도 마음 편한 날이 없었다. 11월말 안동에서 시작된 구제역이 하루하루 정일의 목을 조여 왔다. 뉴스 채널에서는 날마다 구제역에 관한 보도를 했고, 구제역은 바람을 타고 전국적으로 확산되고 있었다. 하루에도 수 백 마리의 살아 있는 젖소들이 차가운 땅속에 묻히고 있었다. 대출을 받아서 두수를 늘려놓은 상태라 정일은 더욱 불안했다.

이곳으로 오기 전 정일은 귀향과 도시생활을 놓고 오래도록 저울질 했다. 한평생 농사일을 하면서 살아온 아버지는 아들만큼은 대학을 나와 번듯한 회사의 직원으로 살기를 바랐다. 방학에 집에 내려와 있어도 외양간 청소는 물론 소 밥 주는 일조차도 시키지 않았다. 그러나 정일이 대학을 졸업하고 일 년 남짓 다닌 회사는 여러 가지로 어려웠다. 몇 달씩 월급이 나오지 않았고, 일거리조차 들어오지 않았다. 회사를 그만두고 다른 일을 알아보았지만 쉽게 직장을 구할 수 없었다. 선배가 운영하는 일식집에서 주방일을 배워 보기도 하고, 서울역에서 노숙자를 관리하는 일도 해 보았지만 오래가지 못했다. 작은 회사의 경리로 일하는 은서가 월급을 받아오기는 했지만 생활비는 턱 없이 모자랐다. 그 무렵 회갑을 막 넘긴 아버지가 뇌졸증으로 쓰러졌고 어머니는 병원과 집을 드나들면서 아버지와 젖소를 돌보느라 밥 먹을 시간조차 없다고 했다. 아버지가 나을 때까지만 내려가 있자고 정일이 어렵게 말을 꺼냈고, 은서가 고개를 아래위로 끄덕였다. 하지만 아버지의 병은 시간이 지나도 별 차도가 없는 상태였다. 아버지의 병간호 때문에 어머니는 아예 시내에 있는 병원에서 살다시피 하고 있었다.

정일이 아내를 데리고 처음 이곳에 왔을 때 계절은 5월이었다. 언덕에는 파릇파릇 새싹이 돋아나고 있었고 풀 냄새가 시원하다고 은서가 말했다. 그해 가을 정일은 고향에 정착하기 위해 이 집을 현대식으로 고쳤다. 부엌에는 싱크대를 들여놓고 창 밖에는 방부목으로 테라스도 설치했다. 은서와 둘이서 직접 페인트를 칠하고 대문도 바꿔 달았다. 점심을 먹고 나서 테라스에 앉아 커피를 마시며 휴식을 취하기도 했다. 하얀 사과 꽃을 바라보며 차를 마실 때면 서울에 있는 친구들이 오히려 안됐다는 생각마저 들었다. 텃밭 뽕나무에서 까맣게 익은 오디를 따서 갖다 주면 은서는 어린아이마냥 함박웃음을 웃었다. 그럴 때면 정일은 저도 모르게 어깨가 으쓱해졌다. 다음해 봄 따뜻한 햇살이 목장에 내리 쪼이던 날 은서가 말했다. 있잖아, 정일씨. 우리 열심히 노력해서 젖소 수를 더 많이 늘리자. 한 100두로. 자동화 시스템도 마련하고, 치즈 공방실도 만들고, 인터넷 카페를 개설해서 회원들을 모은 다음 치즈 만들기 프로그램에 참여시키는 거야. 그날 은서는 입가에 미소를 지으며 파스텔 톤 꿈 조각을 짜 맞추느라 들떠 있었다.

"어디 갔다 온 거야?"

놀란 토끼처럼 은서가 눈을 동그랗게 뜨고 물었다. 정일은 아무 대꾸도 하지 않았다.

"왜 대답이 없어?"

은서가 정일의 얼굴을 쳐다보았다.

"젖소 끌어내자!"

정일이 밧줄을 들어 보이며 낮은 목소리로 말했다. 정일의 팔과 바지에는 흙이 묻어 있었다. 그제야 눈치 챘는지 은서가 빠르게 신발을 찾아 신고 정일의 뒤를 따랐다. 정일은 젖소가 쓰러져 있는 축사 안으로 들어갔다. 젖소는 만사가 귀찮은 듯 꿈쩍을 하지 않았다. 검고 커다란 눈망울은 힘이 없어 보였다. 젖소의 몸에 밧줄을 묶고 있는 정일은 몹시 허둥대고 있었다. 정일과 은서는 장갑을 끼고 밧줄을 잡아당겼다. 두 사람은 장갑을 꼈는데도 불구하고 손바닥이 아프고 불이 나는 것 같았다. 자신의 최후를 짐작한 것인지 젖소는 도무지 움직일 기미를 보이지 않았다. 정일이 주변을 둘러보았다. 이 시간에 혹시 누가 오기라도 한다면……. 정일은 불안했다. 주변을 살피던 정일이 작대기를 집어 들고 젖소의 엉덩이를 두어 번 내리쳤다. 그제야 젖소가 힘겹게 몸을 움직이기 시작했다. 정일과 은서는 뼈가 으스러지도록 용을 쓴 끝에 간신히 젖소를 끌어내는 데 성공했다.

지난 봄, 정일은 아버지가 농사를 짓던 과수원의 나무를 베어내고 초지를 넓혔다. 호밀을 심고 축사도 하나 더 지었다. 농협에서 대출을 받아 비교적 관리가 수월한 홀스타인 20두를 구입했다. 흑백 얼룩무늬의 홀스타인은 성격이 온순하고 추위에도 강한데다가, 무엇보다도 우유가 많이 나왔다. 풍뎅이만 나타나도 엄마야! 하고 놀라던 은서도 젖소에게 다가가 얼굴을 만지며 얘기를 나누기도 했다. 파란 언덕에는 젖소들이 한가로이 풀을 뜯었고 밭에는 호밀싹이 바람에 흔들리고 있었다. 기다리던 아기도 생겨 차츰 배가 불러오고 있었다. 정일은 막막하기만 하던 자신의 미래가 희미하게나마 그려지는 것 같아, 고향에 내려 온 것에 대해 한 번도 후회한 적이 없었다.

이제 날은 완전히 저물어 있었다. 둔덕으로 가는 길조차 보이지 않았다. 정일은 젖소를 끌고 파놓은 구덩이 쪽으로 걸어갔다. 그러나 젖소가 걸음을 잘 옮겨놓지 않았다. 병으로 인해 젖소는 몹시 쇠약해져 있었다. 어쩔 수없이 정일은 들고 있던 작대기로 젖소의 엉덩이를 내리쳤다. 젖소가 울음소리를 내며 다시 걷기 시작했다. 정일은 젖소가 우는 소리를 누군가가 들을까봐 가슴이 조마조마했다. 집으로 들어가라고 해도 은서는 한사코 정일의 뒤를 따라왔다. 젖소는 거의 끌고 가다시피 해야 했다. 손바닥이 아프고 화끈거렸지만 젖소를 끌고 가는 일을 멈출 수는 없었다. 자신으로 하여금 동네 젖소들이 땅속으로 들어가는 일은 없어야 했다. 정일은 파놓은 구덩이까지 가는 길이 한없이 멀게 느껴졌다. 눈가루가 섞인 차가운 바람이 정일의 얼굴을 때렸다.

목적지에 도착한 정일은 잠시 머뭇거리다가 구덩이 안쪽으로 힘껏 밧줄을 잡아당겼다. 퍽, 소리를 내면서 덩치가 커다란 젖소가 궤짝 떨어지듯이 바닥으로 떨어졌다. 컴컴한 구덩이 안에 떨어진 젖소가 몸을 버둥거렸다. 그러나 젖소는 멀고 먼 길을 돌아와 지쳐버린 것처럼 이내 조용했다. 정일은 퍼내놨던 흙을 한 삽 퍼서 젖소의 몸 위에 끼얹었다. 차가운 흙이 몸에 닿자, 젖소가 몸을 움찔하며 고개를 번쩍 쳐들었다. 하지만 정일은 고개를 돌리고 다시 흙을 퍼 넣기 시작했다. 정일은 애써 젖소의 모습을 보려고 하지 않았다. 차가운 바람은 점점 더 거세게 불었고 눈보라까지 휘날렸다. 정일이 구덩이 안으로 계속 흙을 밀어 넣자 젖소가 다리를 버둥거리며 몸을 일으키려고 했다. 정일이 잠시 삽질을 멈추고 구덩이 안을 들여다보았다. 얼룩덜룩한 젖소의 몸이 아직도 보였다. 정일은 다시 삽질을 하기 시작했다. 젖소가 흐느끼듯 가느다란 울음소리를 냈다. 그러나 정일은 구덩이 안으로 흙을 밀어 넣는 일을 멈출 수 없었다. 땀인지 눈 녹은 것인지 모르는 물방울이 정일의 얼굴을 타고 흘러내렸다. 은서는 팔짱을 낀 채로 저만치 어둠속에 서 있었다.

"여기는 괜찮은가 봐요."

다음 날, 오전 10시쯤 되자 어김없이 우유회사 직원이 탱크로리를 실은 차를 몰고 왔다.

"예, 아직까지는……."

정일이 애써 웃으면서 냉각기 쪽으로 걸어갔다. 하지만 지난밤 정일은 한숨도 자지 못했다. 땅에 묻은 젖소의 울음소리가 계속 귀에 들려왔고, 선하기만 하던 젖소의 검은 눈망울이 분노에 찬 눈으로 변해 정일을 노려보았다. 귀를 막고 이불을 뒤집어썼지만 젖소의 울음소리는 밤새 정일의 귀를 파고들었다. 잠을 못 들기는 옆에 누운 은서도 마찬가지였다. 은서는 핏물이 비치고 배가 아프다며 밤새 화장실을 들락거렸다. 새벽 세 시가 넘도록 두 사람은 똑바로 누웠다가 옆으로 돌아 누웠다가를 반복하였다. 시계가 네 시를 가리킬 무렵 정일은 잠자는 것을 포기하고 축사로 나갔다. 전등을 켜고 건초를 넣어주면서 한 마리 한 마리 젖소들을 살펴보았다. 다행히 특별한 증상을 보이는 젖소는 없었다. 정일은 가슴을 한 번 쓸어내리고 나서 다른 날처럼 착유를 시작했다. 착유한 우유를 냉각기에 보관해 두고 분만실로 가보았다. 분만실에는 배불뚝이가 산고를 치르느라 안간힘을 쓰고 있었다. 송아지가 벌써 머리를 조금 내밀고 있었다. 배불뚝이는 잠시 뒤 송아지를 낳았고 혓바닥으로 새끼를 핥아주었다. 송아지가 일어서려고 다리를 버둥거렸다. 하지만 몸이 축축한 송아지는 끝내 일어서지 못했다. 정일은 송아지를 안아 송아지 전용 칸으로 옮기고, 어미 젖소에게서 초유를 짜내 송아지에게 갖다 먹였다.

"내일 또 오겠습니다."

기사가 의례적인 인사를 하고 운전석에 올라앉았다. 정일은 언덕을 내려가는 수송차를 바라보며 주머니에서 담배 한 개비를 꺼내 물었다. 은서를 데리고 병원에 가 봐야 하는 건 아닐까. 지난밤 일이 신경 쓰였다. 마당 쪽을 보았지만 은서는 여태 나오지 않고 있었다. 정일은 연기와 함께 길게 숨을 내쉬고 나서 축사 안으로 들어갔다. 삽으로 똥을 치우면서도 눈은 여전히 젖소들을 점검해나갔다. 눈을 크게 뜨고 자세히 보았지만 구제역 증세를 보이는 놈은 없었다. 배가 고픈지 연신 사료통을 핥아대거나 지푸라기를 질근질근 씹고 있었다. 정일은 다른 날보다 더 열심히 소똥을 긁어냈다.

축사 청소를 마치고 나서 정일은 도로 옆에 있는 당숙부네 축사 쪽을 바라보았다. 축사 안에 서 있는 젖소들의 등만 보일뿐 주변은 조용했다. 고향이라고 해야 가까운 친척은 오촌 당숙 한 분 뿐이었다. 자식 삼남매를 도시로 보내고 두 분이 젖소를 기르고 있었다. 황사리 안골은 원래 박씨들 집성촌이었다. 하지만 정일이 어렸을 때 어른이었던 사람들은 이미 죽은 사람도 많았다. 젊은 친구들은 모두 도회지에 나가 있었고, 타지에서 들어온 사람들도 있어서 터놓고 대화를 하거나 친하게 지낼 만한 상대는 없었다. 황씨도 5년 전에 이곳으로 들어 온 사람이었다. 사과밭 옆에 있는 율촌어른네 축사도 조용하기는 마찬가지였다. 만약 무슨 일이 있으면 공무원들이 들락거릴 텐데 별 일이 없는 모양이었다. 율촌어른은 과수원을 하면서 까만 염소 30여 마리를 기르고 있었다. 율촌댁은 정일의 어머니와 가장 절친하게 지냈던 사람이었다. 정일을 만나면 율촌댁은 아버지의 안부보다 어머니의 안부를 더 많이 물었다. 율촌댁은 어머니가 자신을 보고 싶어 하지도 않는 것 같다며 서운해 했다. 예전 같으면 당숙이나 율촌어른이 벌써 몇 번씩 와서 축사를 들여다보면서 동네 돌아가는 이야기를 했을 것이다. 그러나 요즘은 무슨 감정싸움이라도 하는 것처럼 서로 오고가지 않았다. 구제역이 오고 나서부터는 혹시 이웃에게 피해라도 주게 될까봐, 각자 자신들의 축사를 돌보는 일에만 몰두하고 있었다.

하루 일과를 마친 정일은 TV 앞에 앉았다. 아홉 시 뉴스가 시작되고 있었다. 용인과 김포에 이어 이번에는 경기도 가평에서 구제역이 발생했다는 뉴스였다. '가평군 하면에 있는 한 축산 농가에서 구제역 증상을 보이는 젖소가 발견돼 주변 농가의 젖소들이 모두 살처분 명령을 받았습니다.' 남자 앵커가 굳은 표정으로 뉴스를 전하고 있었다. 화면에는 굴착기가 동원돼 땅을 파는 장면이 나왔다. '오늘 하루만 해도 전국에서 살처분된 소와 돼지의 수가 수백 마리에 이르고 있어, 축산 농가들이 긴장하고 있습니다.' 살처분, 살처분, 정일은 그 놈의 살처분이라는 말이 듣기 싫어 리모컨을 꾹 눌러 채널을 돌려버렸다. 살처분만이 무슨 능사인양 멀쩡하게 살아 있는 소들을 땅속에 묻어버린단 말인가. 하지만 다른 방송에서도 여전히 구제역에 관한 소식을 전하고 있었다. 눈이 하얗게 쌓인 도로 가에서 투명

비닐옷을 입은 공무원들이 지나가는 차량에게 방역 작업을 하는 장면이 나왔다. 정일은 TV를 꺼버리고 담배를 찾아들고 밖으로 나왔다.

정일이 직접 부딪혀 본 낙농 생활은 생각보다 힘들었다. 새벽 5시에 일어나 젖소들에게 아침을 주는 것으로 시작해, 하루에 대여섯 번씩 먹이를 주고 저녁 착유까지 끝내고 나면, 시간은 어느새 밤 아홉 시가 훌쩍 넘어 있었다. 아침저녁으로 한 마리씩 착유를 하는 일도 허리가 아프고 고된 작업이었다. 착유한 우유를 곧바로 냉각기에 보관하는 일은 무엇보다도 중요했다. 축사 안의 똥은 날마다 걷어내야 했으며, 걷어낸 똥오줌을 퇴비로 만들어 건초를 생산하는 데 썼다. 축사주변과 목초지를 손질하고 송아지와 젖소들의 건강 체크에 이르기까지, 정일은 하루 종일 쉴 틈이 없었다. 거기다가 끝도 없이 계속되는 투자와 축사 관리가 정일을 지치게 할 때도 있었다.

그러나 순한 성격과 검고 선한 눈망울을 가진 녀석들을 보고 있으면 정일은 마음이 편했다. 무엇보다 은서의 얼굴이 밝아서 내려오기를 잘했다고 생각했다. 실직 걱정을 하지 않아도 된다는 사실 하나만으로도 정일은 고향의 품이 좋았다. 지난 가을에는 은서를 데리고 율촌어른네 사과 따는 일을 도와주었다. 은서는 빨갛게 익은 사과를 따면서 무척 재미있어했다. 그런 날 저녁이면 율촌댁이 흠집이 조금씩 난 사과 한 바가지와 삶은 고구마를 갖다 주었다. 은서는 고구마를 손에 들고 입으로 호호 불면서 껍질을 까서 정일의 입에 넣어주었다. 정일이 깎아 준 사과를 한 입 베어 물고 은서가 달콤한 미소를 지어보였다. 정일은 점점 배가 불러오는 은서의 모습이 사랑스러웠다. 이른 저녁을 먹은 날이면 은서의 손을 잡고 호젓한 고샅길을 산책하기도 했다. 어릴 때 다니던 좁은 골목길을 걷고 있으면 정일은 마음이 편안했다. 그런 날이면 정일은 산다는 게 뭐 별건가 이만하면 됐지. 하는 생각이 들기도 했다.

아침부터 폭설이 내리기 시작했다. 며칠 전에 온 눈이 수북이 쌓여 있는데, 그 위에 또 눈이 내렸다. 정일은 이번 겨울에는 유독 많은 눈이 온다고 생각 했다. 아침을 대충 먹은 정일은 송아지 전용 칸으로 가서 송아지를 살펴보았다. 어제 태어난 송아지가 일어서서 걷고 있었다. 고마운 마음에 정일은 물과 사료를 갖다 주고 한참을 서서 지켜보았다.

안도하는 마음으로 정일은 축사로 가서 안을 들여다보았다. 다행히 거품을 흘리거나 주저앉아 있는 젖소는 보이지 않았다. 한 마리를 묻고 나서 이틀 동안 특별한 증상이 나타나지 않고 있었다. 정일은 그나마 불안한 마음이 조금은 가시는 것 같았다. 제발 이 정도로 넘어가 주기를 바라면서 정일은 젖소들이 좋아하는 건초를 넣어주었다. 젖소들이 기다렸다는 듯이 건초를 한 입씩 물고 우물거렸다. 정일은 물구유를 채우고 나서 착유기를 들고 축사 안으로 들어갔다. 여느 때처럼 축사 바닥에 앉아 한 마리씩 착유를 하기 시작했다. 방에 누워 있던 은서가 언제 나왔는지 축사 옆으로 다가왔다. 그저께 일로 몹시 신경이 쓰였는데 다행히 은서의 얼굴이 밝아 보였다. 두 번이나 유산한 경험이 있던 차라 더욱 마음을 졸이고 있었다.

정일은 안심하는 마음으로 한 마리씩 차례대로 착유를 해 나갔다. 착유를 마친 젖소들의 몸은 한결 가벼워 보였다. 은서도 몸을 아끼지 않고 정일의 일을 도왔다. 은서의 도움을 받으며 서너 마리 째 착유를 하던 정일의 눈이 갑자기 커졌다. 젖소의 유두에 하얀 수포 두 개가 나 있는 것이 보였다. 정일은 바짝 긴장이 됐다. 매일 착유를 하는 젖소라 확실한 건 아니지만 구제역 증상일 수도 있었다. 다른 젖소들을 자세히 살펴보았다. 옆에 서 있는 젖소 한 마리도 같은 증세를 보이고 있었다. 하얀 수포가 벌써 빨갛게 변하고 있었다. 구제역 증상이 틀림없었다. 정일은 온몸의 힘이 한꺼번에 빠져나가는 것을 느꼈다. 정일씨, 왜 그래? 은서가 정일의 표정을 살피며 물었다. 그러나 정일은 아무 말 없이 착유기를 들고 축사를 나왔다. 정일의 머릿속에 컴컴한 구덩이 안에서 버둥거리던 젖소의 모습이 떠올랐다. 그 순간 정일은 자신의 축사가 갑자기 검은 지옥처럼 느껴졌다.

그날 밤, 정일은 지난번에 갔던 산언저리를 다시 가야했다. 어둠속에서 차갑고 딱딱한 땅을 파내려가며 처음으로 귀향한 것에 대해 후회했다. 세차게 쏟아지는 눈보라를 맞아가며 정일은 지난번보다 더 깊이 구덩이를 파내려갔다.

"우유 양이 많이 줄어든 것 같아요?"

우유를 가지러 온 직원이 말했다.

"출산을 앞두고 있는 녀석들이 몇 마리 돼서 그런가 봐요."

"그래도 전에는 이런 적이 한 번도 없었잖습니까?"

우유회사 직원이 고개를 갸우뚱했다. 우유가 줄어든 것은 사실이었다. 정일은 어제 저녁에 구제역 증상을 보이는 젖소를 발견하고 나서는 더 이상 착유를 하지 않았다. 그러나 정일은 구제역이 의심되는 젖소 때문이라는 말은 하지 않았다. 긴장을 숨기려고 손으로 뒷목을 만지는 정일을 보면서, 우유회사 직원이 차에 올라앉았다. 정일은 뭔가 느낌이 좋지 않았지만, 송아지 전용 칸으로 가서 송아지를 돌봤다. 갓 태어난 송아지는 자주 들여다보며 신경을 써주어야 했다. 송아지들은 다행히 별 탈이 없어 보였다. 며칠 째 잠을 설친 상태라 정일은 몸이 무겁고 기운이 없었지만 소똥을 치우기 위해 축사로 향했다. 축사 청소를 단 하루도 미룰 수는 없었다. 축사 청소가 거의 끝날 무렵 갑자기 동네 개가 짖어대기 시작했다. 정일이 고개를 들고 언덕 아래를 바라보았다. 공무원으로 보이는 사람 서너 명이 축사 쪽으로 올라오고 있었다. 정일은 가슴이 쿵쾅거리기 시작했다.

"구제역이 의심된다는 신고를 받고 왔습니다."

키가 크고 말쑥한 차림을 한 공무원이 말했다. 정일은 우유회사 직원이 신고 했을 거라는 생각이 들었다. 그들은 곧바로 축사 앞으로 가서 젖소들을 유심히 살펴보았다. 젖소를 보고 있던 공무원 중의 한 명이 축사 안으로 들어갔다. 동그란 얼굴에 안경을 쓴 공무원이 젖소의 혀를 꺼내 들여다보았다. 혓바닥에 붉게 파인 상처가 나 있는 것이 보였다. 그는 젖소의 젖꼭지도 들여다보았다. 젖꼭지에도 물집이 나 있었다. 축사를 나온 공무원이 정일을 보고 말했다.

"구제역 증상이 맞습니다. 여기 젖소들은 모두 살처분 대상입니다!"

공무원의 말에 사형선고라도 받은 사람처럼, 정일은 눈앞이 흐려지면서 현기증이 일어났다. 그러나 그들은 곧바로 석포댁네 축사로 건너갔다. 정일은 넋이 나간 사람처럼 멍하니 서서 그들이 간 쪽을 바라보았다. 잠시 후 석포어른 내외분이 얼굴이 사색이 되어 좇아왔다.

"이게 무슨 일이여? 멀쩡하게 사료를 먹고 있는 젖소를 살처분하라니."

석포어른이 어이가 없다는 듯이 정일을 똑바로 보고 물었다. 정일은 아무 대답도 할 수 없었다. 머릿속에 왕벌 수십 마리가 들어와 있는 것 같았다. 뒤 이어 당숙 내외분이 달려왔다. 키가 작고 몸집이 당찬 당숙모가 숨도 돌리지 않고 말했다.

"조카네 젖소 때문에 우리 젖소를 전부 땅에 묻어야 된다는데, 도대체 어떻게 된 거여?" 당숙모가 고개를 바짝 들고 정일을 향해 소리를 질렀다. 사람들은 금방이라도 정일의 멱살을 잡을 것 같은 기세였다. 정일은 머릿속이 캄캄해지면서 다리가 후들거렸다. 자신의 젖소가 살처분 되는 것만 해도 감당하기 힘든데, 이웃집 젖소들까지 땅속에 묻어야 된다니, 정일은 몸이 굳어버린 것처럼 그 자리에서 꼼짝 달싹 할 수 없었다. 어떻게 하더라도 이런 상황은 오지 않기를 바랐는데, 이런 사태가 벌어지지 않기를 그토록 바랐는데……. 정일은 몸에 남아 있던 힘이 모두 빠져나가는 것 같았다.

"죄송합니다."

정일은 힘없이 고개를 숙였다. 어른들의 얼굴을 대할 면목이 없었다. 밭갈이 소로 한 마리 기르던 율촌어른은 할 말을 잃은 듯 줄담배만 피워댔다. 봄이면 율촌댁은 앞에서 소를 끌고 어른은 쟁기를 들고 밭을 갈았다. 그분들이 그 소 한 마리를 얼마나 아끼며 길러왔는지 정일은 잘 알고 있었다.

"우리 이제 어떻게 해?"

언제 왔는지 은서가 정일을 쳐다보며 울먹거렸다. 정일은 대답해줄 말이 생각나지 않았다. 입을 꾹 다물고 돌아서서 먼 산만 바라보았다. 불행 중 다행이라고 해야 할까. 언덕너머 황씨네 젖소는 일단 살처분만은 면했다. 구제역으로부터 반경 500미터 밖이라 며칠 예의주시해본다고 했다. 그러나 여기까지 들어온 구제역이 언덕 하나쯤 넘는 일은 시간문제일 것이다. 만약에 황씨네까지 구제역이 번진다면 젖소가 죽는 것은 물론이고 목장에서 일하던 10여 명의 직원들이 일자리를 잃게 될 것이다. 그 사람들이 모두 자신을 책망할 것은 불을 보듯 뻔한 일이었다. 험상궂게 일그러진 황씨의 모습이 정일의 눈앞에 떠올랐다.

다음날, 이른 아침부터 중장비가 동원되어 시끄러운 굉음을 내며 건너편 산 밑을 파기 시작했다. 요란한 기계소리와 돌이 굴러 떨어지는 소리가 온 동네를 뒤흔들었다. 젖소들이 저들의 최후를 짐작한 것인지 머리를 치켜들고 우우 소리를 내며 울부짖었다. 마스크를 끼고 비닐옷으로 중무장한 공무원들이 분주히 오가자, 동네 개들이 마구 짖어댔다. 공무원들이 정일네 축사에 들어가서 젖소를 끌어내기 시작했다. 젖소들은 검은 눈망울을 굴리며 공무원들이 끄는 대로 순순히 걸음을 옮겨놓았다. 며칠 전에 태어난 송아지도 송아지 전용 칸에서 끌려 나왔다. 저만치서 새끼를 발견한 어미 젖소가 걸음을 멈추고 송아지를 바라보았다. 정일은 은서를 밖으로 나오지 못하게 하고 축사 앞에 서서 끌려 나가는 젖소들을 바라보았다. 귀에 번호표를 단 젖소들이 한 마리 한 마리 축사에서 걸어 나왔다. 아내가 좋아하는 건순이도 검고 선한 눈망울을 굴리며 축사에서 끌려 나왔다. 은서가 저 눈망울을 얼마나 좋아했는데……. 정일은 눈가가 뜨거워지고 두꺼운 납덩이가 가슴을 짓누르는 것 같았다. 정일은 고개를 돌리고 건너편을 보았다. 석포댁이 축사 앞에서 송아지를 끌어안고 주저앉아 있었다. 안돼요! 자식 같이 기르던 소를 땅속에 끌어다 묻을 수는 없소. 차라리 내가 묻어 주겠소! 석포댁이 울부짖는 소리가 들려왔다. 석포어른네 축사에서도 젖소들이 끌려 나오고 있었다. 건너편 야산 밑에서는 굴착기 돌아가는 소리가 끊임없이 들려왔다. 공무원들은 축사에서 쓰던 물건들을 모두 들고 나와 불에 태웠다. 어렵게 마련한 연장과 사료포대들이 몽땅 불길 속으로 들어갔다. 젖소들이 있던 축사는 불길에 휩싸였고, 검은 연기가 하늘을 뒤덮었다. 까마귀 떼들이 공중에서 빙빙 돌며 까악까악 소리를 내며 울었다. 정일네 젖소 43두 당숙부네 70두를 비롯해 안골에서 기르던 젖소들이 모조리 끌려 나와 땅속에 파묻혔다. 이틀에 걸쳐 젖소와 염소를 합쳐 모두 250여 마리가 차갑고 딱딱한 땅속으로 들어갔다.

다음날 정일은 천천히 축사 쪽으로 걸어갔다. 건초부스러기들이 어지럽게 흩어져 있는 축사 주변에는 하얗게 눈이 쌓여 있었다. 평소처럼 축사 앞에 서서 안을 들여다보았다. 젖소가 한 마리도 없는 축사 안은 썰렁하고 휑뎅그렁해보였다. 젖소들의 건초 씹는 소리와 하얀 입김으로 가득했던 축사 안은 차가운 바람만 가득했다. 물이 넘실거리던 물구유통도 건초가 들어있던 사료통도 보이지 않았다. 정일은 허방을 딛고 서 있는 것처럼 몸이 휘청거렸다. 아무 일도 없었다는 듯 하얗게 쌓여 있는 눈을 밟으며 정일은 목장으로 올라가 보았다. 그곳에도 아무것도 남아 있지 않았다. 쌓여 있던 건초더미도, 끌고 다니던 리어카도 보이지 않았다. 모든 것은 불길 속으로 사라지고 없었다. 텅 빈 목장은 쓸쓸하고 괴괴한 느낌마저 들었다. 고향에 내려 와서 보낸 3년의 시간들이 허무의 바위로 뭉쳐 자신을 덮쳐오는 것 같았다. 정일은 맥없이 눈 위에 털썩 주저 앉았다. 눈은 그칠 줄 모르고 계속 내리고 있었다. 마치 하늘이 풀어져 눈이라도 된 듯 굵은 눈송이가 끝없이 쏟아져 내렸다.

정일은 몇 날 며칠을 밖으로 나가지 않았다. 온종일 방구석에 처박혀 잠만 잤다. 멍한 상태로 깨어났다가 다시 잠이 들었다. 잠이 오지 않을 때는 냉장고에서 소주를 꺼내 따라 마시고 들어가 누웠다. 차가운 땅속에서 서로 뒤엉키고 짓눌려 있을 젖소들을 생각하면, 도저히 맨 정신으로는 견딜 수가 없었다. 정일은 숨을 내쉴 때마다 한 움큼씩 기운이 빠져나가는 것 같았다. 더군다나 황씨네 젖소 300마리가 어떻게 될지도 모르는 상황이라, 집안 어딘가에 포탄을 숨기고 사는 것처럼 불안하기만 했다. 정일은 밤마다 악몽에 시달렸다. 눈을 감으면 거대한 물체들이 달려들어 정일의 목을 짓눌렸다. 그 손아귀에서 벗어나려고 버둥거리다 깨보면 온몸은 땀으로 흥건히 젖어 있었다. 눈을 감고 있어도 젖소들의 울음소리가 정일의 귀에 들렸다. 배가 불룩한 은서가 밥을 차려놓고 권했지만 밥이 목구멍으로 넘어가지 않았다.

"건순이가 보고 싶어!"

은서가 두 눈에 눈물을 글썽이며 정일을 쳐다보았다. 정일은 입을 꾹 다물고 고개를 옆으로 저었다. 그날 커다란 눈망울을 굴리며 축사를 걸어 나오던 건순이가 떠올랐다. 정일은 아내를 위로해 줄 어떤 말도 생각나지 않았다. 얼룩덜룩한 몸과 검은 눈망울을 생각하면 명치끝이 아파왔다. 정일은 쓰러지듯이 방바닥에 드러누웠다. 요를 깔지 않은 바닥은 차갑고 딱딱했다. 며칠째 끼니를 거른 몸은 끝없이 바닥으로 가라앉았다. 정일은 자신이 마치 커다란 관 속에 누워 있는 것 같았다.

TV에서 새로운 뉴스가 흘러나왔다. 지금까지 살처분만을 해오던 관계당국이 뒤늦게 계획을 바꾸었다는 내용이었다. 청정지국이라는 타이틀을 지키기 위해, 백신처방을 미뤄오던 당국이 백신접종을 시작했다는 뉴스였다. 수 만 마리의 살아 있는 젖소들을 땅속에 묻고 나서야 백신처방을 시작한다는 관계당국에 대해 정일은 부아가 치밀어 올랐다.

"황씨네 젖소는 모두 백신처방을 받았대."

잠시 밖에 나갔다 온 은서가 무슨 뉴스라도 전하듯이 말했다. 그러나 정일은 마음을 놓을 수 없었다. 이미 구제역이 잠복해 있을 수도 있는 일이었다. 정일은 여전히 마을에 나가지 않았고 찾아오는 사람도 없었다. 다행히 황씨네 젖소는 2차 백신까지 맞았고 열흘이 지나도 아무런 증상이 나타나지 않았다. 황씨네 젖소 300두는 모두 살처분을 면하게 됐다. 황씨네가 무사하다는 소식에 정일은 그나마 안도의 한숨을 내쉬었다.

그러나 정일은 밖에 나가지 않았고 여전히 집에만 있었다. 젖소가 없으니 나가도 할 일이 없었고, 사람들을 만나고 싶지도 않았다. 잠에서 깨어나면 마루 끝에 서서 멍하니 밖을 바라보았다. 젖소가 한 마리도 없는 축사는 흉측해 보였고, 평소 자주 바라보았던 건너편 산자락도 낯설게 느껴졌다. 불어오는 바람 속에는 왠지 기분 나쁜 냄새가 섞여 있는 것 같았다. 정일은 하얀 눈으로 덮여 있는 고향의 겨울이 무척 낯설게 느껴졌다. 정일은 말없이 입을 꾹 다문 채 방으로 들어가 누웠다. 더 이상 잠이 오지 않을 때마다 한 컵 가득 소주를 따라 마시고 들어가 누웠다. 황씨네 젖소가 무사하다는 사실도 처음에는 위안이 됐지만, 시간이 갈수록 장이 꼬이듯 심사가 꼬였다. 평소에 직선적이고 이기적이던 황씨의 말투도 싫었고, 타지에서 들어온 황씨가 안골에 축산 왕국을 건설하게 될 것 같아서 오히려 기분이 나빴다. 아침을 먹는 둥 마는 둥하고 정일은 다시 방으로 들어가 누웠다.

설핏 잠이 들었던 정일은 누군가 앓는 소리에 눈을 떴다. 옆에는 아무도 없었다. 거실로 나가는 방문이 조금 열려 있었다. 정일은 건넌방에 귀를 기울여 보았다. 끙끙 앓는 소리는 바로 건넌방에서 들려왔다. 은서가 앓고 있는 소리가 분명했다. 정일은 몸을 일으켜 건넌방으로 가 보았다. 자고 있는 줄 알았던 은서가 배를 움켜잡고 이마에 땀을 흘리며 끙끙 앓고 있었다.

"은서야, 왜 그래?"

정일이 놀라서 물었다.

"산통이 시작됐나봐!"

얼굴을 찡그리며 은서가 말했다. 산통이 시작됐나봐! 은서의 그 말이 정일을 깊은 무력감으로부터 빠져나오게 했다. 정일이 벽에 걸린 달력을 쳐다보았다. 동그라미가 쳐진 출산예정일은 아직 일주일 뒤였다.

"잠시만 기다려!"

정일은 외투를 찾아 걸치고 은서의 손을 잡아 일으켜 세웠다. 은서가 아랫배를 움켜잡고 방을 나왔다. 정일은 아내를 부축해 차에 태우고 운전석에 앉았다. 천천히 마당을 나가면서 고개를 돌리고 축사 쪽을 바라보았다. 뜻밖에도 두루미 한 마리가 앉아 있었다. 하얀 깃털에 정수리가 붉은 두루미였다. 두루미의 붉은 정수리를 보자 태어날 아기의 머리가 떠올랐다. 정일은 천천히 언덕을 내려가 큰 도로 쪽으로 핸들을 틀었다. 도로 가에는 벌써 눈이 녹아내리고 있었다.

"어머니 깨끗하게 씻겨라. 오늘 요양원 들어가니까"

배웅

배웅

어머니와 나는 중앙시장 상가건물 안을 열 바퀴도 넘게 돌았다. 쫓기는 사람들처럼 앞만 보고 걸었다. 햇살이 눈부셨던 탓에 오래된 상가 안은 더욱 어두웠다. 좁은 통로를 따라 지나다니는 동안 가게 주인 몇몇이 눈인사를 보냈다. 어머니는 알아보지 못했고 나는 인사를 주고받을 여유가 없었다. 나를 잡은 손이 땀으로 미끄러질 때마다 어머니는 손아귀에 힘을 주며 다잡았다. 어머니의 악력이 그렇게 센 줄은 예전에는 몰랐다. 가끔 어머니는 쓰러질 것처럼 휘청거렸다. 그럴 때면 걸음을 늦췄지만 나도 모르게 또 빨라졌다. 어머니는 입술을 꾹 다물고 불안한 눈빛으로 표정이 잔뜩 굳어 있었다. 나는 나대로 쿵쿵거리는 가슴이 진정되지 않았다. 심호흡을 하고 스스로 다독여보기도 했지만 자신감이 점점 오그라들었다. 이제 어디로 가야할지, 아무 생각도 나지 않았다. 잠시 걸음을 멈추고 숨을 내쉬었다.

"저 쪽인 것 같십니더. 저번에도 그리로 갔십니더."

급기야 아무 말 없이 나를 따르던 어머니가 손을 들어 빛이 들어오는 건물 입구를 가리켰다. 목소리도 어머니의 것이 아니었다. 윗사람에게 보고할 때나 쓰는 말투처럼 딱딱하고 단호했다. 엎친 데 덮친 격으로 앞이 캄캄했다.

"어, 엄마, 괜찮아. 나도 알고 있어. 잘 안다니까."

나는 태연한 척 말했다. 그러나 이미 어머니의 나침반은 자력을 잃고 헤맸다.

"저번에도 저쪽로 갔다가 이쪽으로 해서 요짝으로 갔십니더. 거기가 저어 쪽으로 가면 나오고…… 또 거기로 돌아서 저어기로 가서……."

어머니는 기어이 눈을 감고 손으로 머리를 누르며 바닥에 주저앉았다. 어머니는 불안을 견디지 못하고 팽팽하게 늘이던 고무줄을 놓치듯 정신을 놓쳐버린 것이다.

"엄마, 머리 아파?"

머리카락이 듬성듬성 빠진 어머니의 머리를 만져보았

다. 두피는 말랑말랑했고 따뜻했다. 역시 손끝으로 불뚝거리는 감촉이 느껴졌다. 또 시작이었다. 손가락만한 애벌레가 두피 아래로 기어다니는 것 같은 섬뜩한 감촉. 아버지는 이 현상을 두고 혈관이 미쳐 날뛰는 거라고 했는데, 정말 이럴 때 어머니는 온전한 정신이 아니었다. 십여 년 전부터 두통을 앓아온 어머니는 정기적으로 뇌 사진을 찍어왔다. 사진 속의 뇌는 벌레가 파먹은 것처럼 군데군데 까맣게 비어 갔다. 의사는 알츠하이머라는 기억장애가 진행중이라고 했다. 지난 봄 정기검진 때 의사는 이제 병원에 오지 않아도 된다고 했다. 말기에는 약을 먹어도 효과가 없다고 했다. 두통이 올 때는 안정제, 잠이 안 올 때는 수면제를 먹는 수밖에 없었다. 이후로 두통은 잦아졌고 머릿속의 피 흐름은 더 격렬해져갔다. 어머니는 무쇠로 된 커다란 집게가 머리를 사정없이 누르고 조이는 것 같다며 고통스러워했다.

아버지는 이런 순간을 가장 두려워했다. 지난 봄 어느 초저녁에 한숨 자고 난 어머니가 옆에 누워있는 아버지를 보고 칼을 들고 덤빈 것도 그런 순간이었다. 경미야! 경미야! 다급하게 부르는 아버지 소리에 나는 집에 불이 난 줄 알았다. 안방으로 뛰어가 보니 아버지가 손에 피를 흘리고 있었고 어머니는 영문을 모르는 표정으로 달달 떨고 있었다. 아버지를 찔러 놓고 피를 보자 정신이 든 것이다. 지난해부터 어머니 머릿속에는 아버지가 사라졌다. 수십 년 동안 한 이불을 덮어온 사람이 머릿속에서 단숨에 깡그리 지워진다는 게 가능한 일일까? 어머니와 아버지는 지워진 기억과 살아있는 현실로 맞부딪쳤다.

시작은 이러했다. 어머니가 방으로 들어서는 아버지를 보고 깜짝 놀라며 누구냐고 물었다. 아버지가 어이 없어하며 웃어넘기자 어머니는 기가 막히고 분했단다. 어머니는 생뚱맞게 나타난 '낯선 침입자'를 잘 타일러 내보내려 했으나 그는 고분고분하지 않았다. 어머니는 '나이도 지긋하고 멀쩡한 사람이 남의 집에 허락도 없이 들어와 앉았다.'며 보이는 사람마다 붙들고 하소연하며 쫓아내 달라고 했다. 어머니에겐 어떤 논리도 설득도 통하지 않았다. 사람들은 어떻게 도와줘야할지 몰랐고 어머니는 혼자 외로운 투쟁을 벌이기 시작했다. 그 뒤로 아버지는 함께 티브이를 보다가, 밭에서 들어오다가, 혹은 자다가 내복바람으로, 떠밀리고 쫓겨났다. 그날은 아버지가 참지 못하고 손바닥으로 어머니 머리를 내리쳤다.

"이 여편네가 왜 이래? 미쳐도 단단히 미쳤구만. 정신

차려!"

평소 같으면 어머니가 쓰러져서 죽은 척하고 있었을 텐데 그때는 달랐다. 이미 어머니의 머릿속에는 피가 흥분하여 우왕좌왕 좌충우돌하고 있었다. 어머니는 벌떡 일어났다. 비틀거리며 주방으로 걸어가서는 싱크대 안쪽에 달린 칼집에서 식칼을 뽑아들었다. 칼을 들고 달려드는 어머니의 모습은 아버지에겐 영락없이 낯선 침입자였다. 나중에 의사한테 들은 얘기지만 배우자를 알아보지 못하는 것이 치매 말기의 첫 증상이었다. 어머니의 행동은 나날이 심해졌다. 그릇을 던지고, 문을 부수고, 낫을 쳐들었다.

"내 집에서 나가, 사람이 염치가 있어야지, 여기가 어디라고 턱하니 들어와 앉았어? 나잇살이나 먹은 양반이 부끄럽지도 않나? 그만큼 살게 해줬으면 됐지, 빨리 나가!"

어머니는 눈을 부릅뜨고 아버지를 향해 소리쳤다. 젊은 시절에 찍은 사진과 옛날 일을 들려주며 남편임을 증명해도 그때뿐이었다. 착하고 순해보이던 어머니의 인상은 증오와 불안으로 일그러졌다. 아버지만이 문제였다. 아버지가 눈에 안 보이면 괜찮았다. 그래서 어머니가 미간을 찌푸리며 눈에 초점이 흐려지는가 싶으면 아버지가 어디론가 숨어버리는 수밖에 없었다. 막무가내로 우리 위에서 군

림해온 아버지가 쩔쩔매는 모습을 보면서 나는 속으로 고소했다. 아버지 눈치 때문에 어머니를 말리는 척 했지만 속으로는 응원하고 있었다. '엄마, 잘하고 있어. 계속해, 계속!'

그런데 지금 어머니는 상가 통로에 주저앉아버렸다. 폭탄을 껴안은 기분이다. "너는 생각이란 걸 좀하고 살아라, 골이 텅 비어설랑은." 아버지가 내게 습관처럼 내뱉던 말이 절로 떠오른다. 그 말이 맞다. 내 골은 텅 비었고 어머니 골은 병들었다. 그러니까 이러고 있지. 짧은 순간에 별별 생각이 다 스친다. 행복요양원에서 어머니의 손을 왜 잡았을까? 그냥 두고 나왔어야 했는데, 어머니가 손을 내밀자 나도 모르게 덥석 잡아버린 것이다.

"경미야, 나는 도저히 여기 못 있겠다. 제발 날 좀 데리고 집으로 가 주라!"

믿기 어려울 정도로 그때 어머니의 모습은 온전했고, 나는 그 간절한 어머니의 눈빛을 외면할 수 없었다. 하지만 요양원에서 나오자마자 어머니의 눈동자는 방향을 잃고 헤매고 있었다.

"엄마, 일어서봐."

엄마 겨드랑이에 손을 집어넣고 일으켜보려 하지만 어

머니의 몸은 바위덩어리처럼 무겁다.

"에구, 그 어른 이리로 모시게."

마침 통로에 있는 이불가게 주인이 나와서 어머니를 부축했다. 가게 안쪽에 작은 마루가 깔려 있었다. 예전에 어머니와 한두 번 들렀던 기억이 났다. 가게 주인은 키가 크고 살집이 넉넉한 여자였다. 예순을 넘긴 것 같았고 어머니보다는 훨씬 젊어 보였다. 주변의 가게 주인들이 어슬렁거리며 다가와 이 작은 소란을 지켜보았다. 더러는 혀를 끌끌 차며 안타까운 시선을 보내기도 했다.

"그 깔끔하던 양반이 어쩌다 이렇게 됐을까. 내 이 어른을 잘 알지. 예의 있고 야무진 사람이었는데."

"장바구니 만날 잊어버리고 헤매 다니더니만…… 아직 한창 나인데, 니가 막둥이지? 어머니 잘 모셔라."

나는 얼굴을 들지 못했다. 무슨 큰 잘못이라도 저지른 기분이었다. 어머니는 오십여 년 동안 이 시장을 이용해왔다. 내가 어릴 때만 해도 중앙시장은 읍내에서 쇼핑 일번지였다. 하지만 대형마트가 들어서고 신시장이 생기면서 사람들의 발길이 뜸해졌다. 상가 건물 안에는 이불집과 야채가게, 잡화점, 그리고 수선집 정도가 남아 있었다. 가게 주인들은 이곳에서 몇 십 년 동안 장사를 해온 사람들로 어머니 또래의 노인들이거나 중년이었다. 몇 년 전부터 어머니는 이곳에서 장을 보고 돌아오다가 물건들을 잃어버리기 일쑤였고, 돈 계산을 잊어버렸고, 나중에는 무엇을 사야할지 몰라서 시장 한가운데서 멍하니 서 있다 돌아오곤 했다. 나는 어머니의 머리를 지압하기 시작했다. 뒤통수로 꽂히는 시선들이 거북스러웠다. 핸드백 속에서 휴대폰 벨이 급하게 울렸다. 액정에 집 전화번호가 떴다. 동시에 아버지와 오빠와 올케언니의 성난 얼굴들이 떠올랐다. 얼결에 휴대폰을 꺼버렸다. 내가 무슨 짓을 한 것인가. 또다시 가슴이 쿵덕거렸다.

어머니는 며칠 전부터 예민해 있었다. 서울에서 오빠 내외가 내려온 것이다. 그저께 화원에서 퇴근해 집으로 와보니 오빠와 올케언니가 있었다. 오빠를 마지막으로 본 것이 사 년 전인지 삼 년 전인지 기억조차 가물거렸다. 오빠는 아버지를 좋아하지 않았다. 누군들 아버지를 좋아할 수 있을까. 아버지는 술이 지나쳤다. 게다가 목재상부터, 정미소, 철물점까지 여러 가지 일에 손을 댔으나, 말만 사업이지 제대로 꾸준히 해 본 일이 없었다. 빚을 내서라도 시작은 거창했고 성실함이라고는 없는 탓에 나날이 빚만 늘어갔다. 친척들도 외면하고 발걸음을 끊은 지 오래였다. 아버지는 주변의 분위기 같은 건 아랑곳하지 않고 수시로 벌거벗은 감정을 드러내는 사람이었다. 어머니와 나는 그럴 때마다 죄라도 지은 사람처럼 숨죽이고 있어야했다. 오빠가 도시 여자와 결혼하여 서울에서 살게 되고 바빠서 자주 내려오지 못하게 되자 아버지는 술을 마시고 밤마다 전화를 해댔다. 처음엔, "애들 잘 크느냐, 일은 잘 하고 있느냐?"면서 점잖게 시작했다. 들어도 그만 안 들어도 그만인 이야기를 한밤중에 삼십 분 이상 들어야 한다는 건 고문일 것이다. 오빠의 반응이 시원치 않으면 본론으로 들어갔다. "아무리 회사 일이 바쁘기로서니 부모 얼굴 볼 시간도 못 낸단 말이냐, 부모를 아예 저버릴 것이냐?"는 등 소리를 지르고 억지를 부렸다. 어머니가 말리다 수화기로 얻어맞은 적도 있었다. 맨정신으로 전화를 하라며, 오빠가 전화기를 뽑아버리거나 거칠게 응대하면, 화살은 어머니와 내게 날아왔다. 나와 어머니는 공벌레처럼 몸을 말고 숨죽여 날밤을 새우곤 했다. 다음날 술이 깨면 아버지는 지난밤의 일을 기억하지 못했다. 오빠가 문제인지 아버지가 문제인지 모르지만 해가 갈수록 오빠가 내려오는 횟수는 줄어들었다.

오빠는 언제나 서먹하고 어려웠다. 오빠와 나는 한집에서 같이 살았던 적이 별로 없었다. 어머니는 나를 마흔 둘에 낳았다. 내가 걸음마를 배울 때 오빠는 벌써 서울에서 유학 중이었고, 공부가 끝난 뒤에는 대학에서 만난 여자와 결혼하여 자리를 잡았다. 원래 오빠와 나 사이에 형제가 더 있었는데, 하나는 갓난쟁이 때 폐렴으로, 하나는 열 살 무렵에 연탄가스로 잃었다 했다. 오빠는 나를 어떤 여동생으로 생각하고 있을까. 아니 동생으로 생각이나 하고 있을까. 어렸을 때 나는 체구가 작고 비쩍 마른 데다가, 어른들이 하는 말귀를 잘 못 알아들어서 형광등이라는 별명을 가지고 있었다. 거기다가 학교 성적표 비고란에는 '성격은 온순하나 이해가 느리고……'라는 문구가 늘 씌어 있곤 했다. 집안에서 똑똑하고 잘 생겼다고 소문난 오빠에 비하면 볼품없고 한심하기 그지없는 아이였다.

나는 오랜만에 내려온 오빠를 똑바로 쳐다보지 못하고 외로 꼬며 슬며시 훔쳐보았다. 오빠는 정수리가 훤히 드러나게 머리가 빠져 있었다. 올케언니는 나잇살이 불어 보기만 해도 숨이 찼다. 결혼 초기에는 수줍어하고 자주 못 와서 미안해하기도 했는데, 지금은 독거노인 집에 봉사하러 온 주부교실 여자처럼 자애롭고 여유로운 얼굴이었다. 아버지는 그리던 님을 만난 듯 벅찬 감동을 사뭇 누르는 기색이 역력했다. 마주 앉아 대화하는 모습도 그렇고 모여 앉은 가족 분위기가 화기애애해 보이는 것도 난생처음 보는 광경이라 당혹스러웠다. 그간 아버지와 오빠의 관계는 늘 위태로웠고 그 사이를 어머니가 요령껏 이어왔다. 그런데 대화를 잠깐 들어보니 어머니는 더 이상 낄 필요가 없었다. 아버지와 오빠는 어머니 얘기를 하고 있었다. 어머니는 한쪽 구석에 깔린 이불 위에 짐짝처럼 다소곳이 앉아 있었다. 대화를 알아듣지도 못했을 텐데 왠지 긴장한 표정이었고 바짝 굳어있었다. 어머니는 오랜만에 온 아들을 알아보기나 했을까. 물론 아주 잘 아는 척 반겼을 것이다. 나는 어머니의 연기가 뛰어나다는 것을 잘 안다. 어머니는 자신이 치매환자임을 감추기 위해 대화를 알아듣는 척 하고, 질문에는 무조건 좋은 쪽으로 대답하거나 웃음으로 받아 넘기고, 주변사람들의 행동을 따라한다. 그러면 대게는 속아 넘어갔다. 엉거주춤 인사만 하고 나오려는데 아버지가 목덜미를 낚아채듯 나를 불렀다.

"경미 거 앉아라. 오늘 같은 날은 좀 일찍 와야지. 생각이 그렇게 없냐. 얼른 가서 차라도 좀 내오고, 뭐 없냐? 맥주라도 사 오든지……."

아니 오빠가 내려오는 날이라고 말이나 했냐고, 내뱉지는 못하고 이빨로 씹었다. 올케언니가 손을 저으며 말렸다.

"괜찮아요. 이제 주무셔야죠."

그러자 아버지는 한결 누그러진 목소리로 말했다.

"그러면 너는 네 방 깨끗하게 치우고 이불이나 깔아 놔라. 오늘밤은 언니 오빠가 거기서 잘 거니까. 넌 이방에서 자고."

괜히 들여다봤나 싶었다. 아버지를 대할 때마다 빨리 돈을 모아서 독립해야겠다는 생각뿐이다. 아버지는 오빠 앞으로 무슨 서류봉투를 건넸다.

"과수원 옆으로 개발한다고 길도 나고 해서 땅 값이 많이 올랐다니까 대출도 꽤 될 거다. 아무튼 니들이 잘 알아서 하겠지만 항상 조심하고. 뭐니 뭐니 해도 월급쟁이가 최고니까 니는 회사에서 나가라고 할 때까지 붙어 있어야 한다. 에미는 그 편의점인지 슈퍼인지 기왕 하기로 했다니까 열심히 해봐라. 하루 이십사 시간 문을 연다니 잠도 못자고 고생은 되겠다만, 네 말대로 경미를 데려다 앉혀도 될 것이고."

"걱정 마세요. 아버님, 다 조사해서 하는 일이라 기본은 할 거에요. 저희들 계속 교육받고 연구도 많이 하고 있어요. 어차피 이이 퇴직도 얼마 안 남았는데 나중에 같이 하게 되면 점포를 두 개로 늘릴 수도 있어요. 그렇게 되면 아버님 용돈은 따블로 될지도 몰라요. 호호."

올케언니 말에 아버지가 흐뭇한 미소를 지었다. 나를 데려간다니……나는 어디를 가겠다고 말한 적이 없다. 그리고 아버지가 오빠에게 건넨 서류봉투는 어머니가 그동안 목숨 걸고 지켜냈던 땅문서 같았다. 그걸 지키느라 아버지의 행패를 다 받아내고 어떤 땐 도망도 다니고 며칠씩 집 밖으로 떠돈 적도 있었다. 그 땅은 어머니가 젊었을 때 배를 내다 팔아서 샀다고 들었다. 어머니는 한 푼이라도 더 받기 위해 도매상에 넘기지 않고 종이에 싼 배를 노점에 놓고 직접 팔았다. 뿐만 아니라 상품가치가 떨어지는 배는 즙을 내서라도 알뜰하게 돈을 만들었다고 했다. 그런 생각이 들자 나는 갑자기 머릿속이 복잡해졌다.

방을 치운 뒤 식구들은 곧 잠자리에 들었다. 나는 안방으로 가서 어머니 옆에 누웠다. 그런데 어머니가 잠을 자지 못하고 계속 뒤척거렸다. 화장실도 몇 번 들락거렸고 어둠 속에 홀로 우두커니 앉아 있었다. 밤에 잠을 푹 자지 못하면 어머니 상태가 분명히 좋지 않으리란 걱정을 하며 나는 잠을 청했다.

집 앞의 과수원에 하얀 배꽃이 피기 시작하면 어머니는 배밭에서 살았다. 거름을 주고, 풀을 뽑고, 조롱조롱 달린 배를 솎아내고, 그 많은 배를 종이로 싸주었다. 어머니는 온종일 뜨거운 햇볕아래서 일하면서도 그늘을 찾아 한 번 앉는 법도 없었다. 종이주머니 속의 배들이 나날이 굵어지면, 어머니의 얼굴이 배꽃처럼 환하게 밝아졌다. 어떤 날은 하얀 달빛이 배밭에 내려앉을 때까지 일을 하곤 했다. 종이주머니가 불룩해지면 아버지도 배밭에 나와 사다리에 올라가 배를 따는 일을 도왔다. 그때만큼은 여느 부부들처럼 두 사람이 두런두런 얘기를 나누기도 했다. 어머니는 열일곱 꽃다운 나이에 이 마을로 시집와서 평생 배밭에서 살다가 할머니로 늙었다.

다음날 아침 밥상머리에서 아버지가 말했다.

"어머니 깨끗하게 씻겨라. 오늘 요양원 들어가니까."

뜬금없는 소리였다.

"에? 요 요양원이 어디에요? 어머니 혼자 들어가요?"

아버지는 언제나 그렇듯이 내 말 따위는 무시하고, 무슨 선언문 낭독하듯이 하고 싶은 말만 했다.

"너희 오빠하고 언니가 어렵게 자리 마련했다. 그러니까 사람이 노릇하려면 배워야한다. 노인요양보험이라는 법이 새로 생겨서 이제 네 어머니도 요양시설에 들어갈 수 있게 됐다. 나라에서 비용을 대폭 대주고 나머지는 언니가 알아서 다 대기로 했다. 그런 좋은 법이 생긴 줄도 모르고, 네 엄마는 엄마대로 나는 나대로 고생이 말이 아니었다. 언니가 서울에서 많이 알아보고 준비해왔으니 너는 언니 말 잘 듣고 하란 대로 잘해라. 요양시설도 제일 좋다고 소문난 행복요양원이다. 대기자가 줄을 섰다는데 네 언니가 기술적으로 다 잘 알아봐서 한자리 뚫어 놨다. 그러게 사람은 죽을 때까지 배워야 하는 거다. 아무리 세상이 좋아져도 눈귀가 깜깜하면 생고생이다. 얘, 에미야, 뭐 준비할 거 있으면 경미한테 시켜라."

어떤 곳에 가더라도 이 집구석보다는 낫겠지만 뭔가 찜찜했다. 무슨 깜짝 이벤트도 아니고 이게 뭐람. 게다가 요양원으로 들어가는 사람은 어머니인데 정작 어머니는 무슨 일이 벌어지는지도 모르고 앉아 있었다. 아버지는 아버지대로 평소와 달리 뭣에 씌운 사람처럼 목소리가 들떠 있었다. 아무래도 정상 컨디션이 아닌 듯했다. 어머니 때문에 혈압도 높아지고 우울증 약도 처방받았다더니 거짓은 아닌 모양이었다. 그때였다.

"그게 무신 말이여? 날 어디로 보낸다는 거여? 너희들 나를 보내려고 꿍꿍이 하는 거 다 알지. 난 절대로 이 집에서 안 나간다."

어머니가 잔뜩 화난 얼굴로 단호하게 말했다. 그러면 그렇지, 어머니가 이십사 시간 내내 정신이 나가 있는 건 아니다. 특히 자신의 신상에 대한 눈치는 치매와 상관없이 백단이다. 이가 없으면 잇몸으로 먹는다고 어머니는 사라진 기억들의 빈자리를 눈치로 때운다. 모두 무슨 음모를 꾸미다 들킨 얼굴이었다. 오빠와 언니는 당황한 기색이었으나 아버지는 가차 없이 어머니를 윽박질렀다.

"쓸데없는 소리 작작해! 이 기회 놓치면 당신이나 나나 방법은 하나밖에 없어. 나는 당신 손에 죽을 것이고 당신은 굶어 죽을 것이야. 직장 다니는 애들이 어렵게 시간 만들어서 내려왔는데 골치 아프게 그러지 마. 애들이 오늘 서울 올라가야하니까 서둘러. 경미야, 빨리 니 엄마 옷 입혀라!"

"이 영감탱이가 나를 쫓아내고 이 집 차지하려고 애들까지 불렀구만. 절대 그렇게는 못해! 너희들 나를 병신으로 알고 마음대로 하지만 나도 알건 다 알지. 내가 이,

이……뭐냐(어머니는 두 주먹으로 가슴을 쾅쾅 쳤다.) 그것을 마음대로, 나를 멀리 보내고, 안 돼, 내가…… 그 많은 배를 리어카에 싣고 힘들게 끌고 가서 팔아 산 땅인데……절대로 안 돼. 맞다. 저 영감탱이, 저 영감탱이가 내 자는 사이에 도둑놈같이 이 집에 들어와버린 거지."

어머니는 생각대로 말이 나와 주지 않자 얼굴 핏줄이 터질 것처럼 벌게지며 답답해했다. 머릿속이 또 꼬여버린 모양이다. 잘 나가다가 옆길로 새더니 레퍼토리가 시작됐다. 눈엔 핏발이 서고 콧구멍이 벌름거리고 이빨이 으르렁 드러난다. 침입자가 나갈 때까지 이어질 것이다. 올케언니가 어머니를 달랬다.

"그러면 어머니, 오늘은 그냥 요양원이 어떤 덴가 구경만 하고 오십시다. 나들이 삼아 가보자고요. 어머니 마음에 안 들면 그냥 돌아올 거예요."

그러나 어머니 귀에 그런 말이 들릴 리가 없었다. 어머니는 계속 악다구니를 쓰며 아버지를 때리려 하고, 아버지는 어머니 등을 쿡쿡 밀며 문 밖으로 몰아댔다. 오빠는 곤혹스러운 표정으로 어머니를 바라보다가 소란을 피해 밖으로 나가버렸다. 올케는 한 손으로는 어머니 어깨를 다른 한 손으로는 어머니 손을 잡고 마당으로 데리고 나갔다.

아버지가 어머니를 승용차 안으로 밀어 넣자 시동이 걸리고 이내 차가 출발했다. 뒷좌석에 아버지와 올케언니 사이에 어머니가 앉았다. 오빠는 입을 굳게 다문 채 차를 몰고 마당을 나갔다. 나는 넋이 나간 사람처럼 차의 뒷모습을 바라보고 서 있었다.

어머니는 이상하게도 오빠 앞에서는 순한 양이 되었다. 무슨 종교의 교주 대하듯 절대적이고 맹목적이다. '남편 복은 없어도 아들이 있어서 지옥 같은 생을 살아낸다'는 말을 나는 지겹게 들어왔다. 정신이 오락가락 하면서도 오빠 앞에서는 있는 체면 없는 체면 다 차리며 어려워하고 조심했다. 아버지와 그렇게 티격태격할 때도 나를 끌어들였지 오빠는 절대 끌어들이지 않았다. 오빠에게 궂은 꼴 안 보이려 애쓰는 걸 보니 나는 심통이 났다. 오빠는 고개만 돌리고 있으면 되었다. 그래도 떠나고 보니 씻겨드리지 못한 것이 마음에 걸렸다. 아침저녁으로 어머니가 꼭 씻어야하는 곳이 두 군데 있다. 입속과 항문이었다. 어머니는 틀니를 끼고 있어서 입 냄새가 심했다. 게다가 이제는 뒷일을 본 뒤 닦는 것도 잊어버렸다. 첫인상이 중요한데 냄새 때문에 시설에 있는 사람들이 코를 틀어막고 어머니를 함부로 대하면 어쩌나 신경이 쓰였다. 왠지 치울 의욕이

나질 않아서 밥상도, 어질러진 방도 그대로 두고 나는 화원으로 출근했다.

어머니는 이불집 안에서 내쳐 삼십 분쯤 단잠을 잤다. 이불집 주인이 사다준 우황청심원까지 먹고 나니 무슨 일이 있었는지 다 잊어버리고 평온한 모습이었다. 우리는 시장을 빠져나왔다. 시장 앞 로터리 중앙에 서 있는 시계탑이 보였다. 시계는 세 시를 가리키고 있었다. 이불집 주인이 끓여준 국수를 먹은 덕분에 배까지 든든했다. 그냥 가겠다고 해도 점심때가 됐다며 기어코 상을 내왔다. 로터리에서 길은 세 갈래로 갈라졌다. 동쪽과 서쪽, 그리고 안동으로 가는 남쪽, 집으로 가려면 서북쪽으로 한 시간은 족히 걸어야했다. 서쪽으로 버스를 타고 삼십 분쯤 가면 어머니가 들어갔던 행복요양원이 있다.

내가 요양원으로 가야겠다고 결심한 것은 냄새 때문이었다. 출근해서 화원 안을 정리하는 내내 꽃에서 어머니 특유의 역한 냄새가 풍겨 나왔다. 나중에는 냄새가 화원에 가득 차서 욕지기가 치밀었다. 그 때문에 손을 놓쳐 비싼 화분까지 하나 깨고 말았다. 아침부터 당숙한테 야단을 맞았다. 당숙네 화원서 일을 한 지는 삼 년째 접어든다. 당숙에게 요양원에 가겠다고 말했다. 당숙은 어련히 알아서 잘하는데 네가 왜 나서느냐며 못마땅해 했지만 어쩔 수 없었다. 나는 하던 일을 내던지고 요양원으로 가는 버스를 탔다. 어머니의 냄새를 맡아보지 않은 사람은 이해할 수 없을 것이다. 입에서는 녹 냄새와 상한 음식이 뒤섞인 냄새가 나고, 몸에서는 지린내와 똥 냄새가 풀풀 풍긴다. 아무도 어머니 옆자리를 참지 못한다. 어머니는 왕따를 당할 것이고 어쩌면 매질을 당할지도 모른다. 그건 체면을 중요시하는 어머니에게 치명적이다.

행복요양원은 도로에서 한참 들어간 곳에 있었다. 그 시설 때문에 길을 낸 듯 차 한 대가 겨우 지나갈 정도의 길이 시멘트로 포장돼 있었다. 길 옆 돌담 너머에서 뻗어 나온 무성한 나뭇가지들이 살랑거릴 뿐 주변은 고요했다. 너른 벌판에 집이라고는 행복요양원 뿐이었다. 심호흡을 하고 입구와 이어진 상담실 앞에서 서성거리고 있을 때, 어머니와 눈이 마주쳤다. 어머니는 복도 벽에 부착된 지지대를 잡고 입구 쪽을 향해 서 있었다. 상담실에서 분홍색 조끼를 입은 직원이 나왔다. 막상 직원을 보자 뭐라고 말을 꺼내야 될지 몰라서 쭈뼛거렸다. 나는 처음 보는 사람 앞에서는 말을 잘 못하는 편이었다. 긴장을 하게 되면 말을 더 듬기까지 했다. 직원이 어떻게 왔느냐고 물었다. 어머니 몸에서 냄새가 나니 신경 써 달라고 해야할지, 올 때 목욕을 못하고 왔으니 씻겨 달라고 해야할지, 그냥 어머니를 보러 왔다고 해야할지, 갈팡질팡 하고 있을 때, 구세주처럼 어머니가 다가왔다. 어머니는 얼굴이 환하게 밝아지면서 큰소리로 나를 불렀다.

"경미야!"

"어, 엄마……."

"이 멍충이 같은 것, 왜 이제사 왔어. 하는 짓이 그 모양이니까 만날 그 모양 그 꼴이지……."

어머니는 눈을 사납게 치뜨면서 화를 냈다. 그동안 나를 무척이나 기다렸나 보았다. 직원이 상냥하게 웃으면서 어머니 어깨를 두 손으로 잡고 다독거렸다.

"따님 되세요? 어르신이 많이 기다리셨나 봐요. 어르신, 따님이 참 조신하게 생겼네요."

어머니가 진정이 되자 직원은 내게 눈을 깜빡거렸다. 무슨 뜻인지 알 수는 없었지만 느낌이 싫지는 않았다. 어머니는 내게 손을 내밀었고, 나는 얼떨결에 어머니 손을 꼭 잡았다.

"어르신들이 처음에 오시면 다 힘들어 하세요. 아무래도 낯선 곳이다 보니. 같이 차도 마시고 뜰에서 산책도 하시면서 어머니 마음 편하게 해드리세요. 조금 있으면 점심 식사가 시작되니까 그 시간에 맞춰서 들어와 주시고요."

직원은 목례를 하고 다시 상담실로 들어갔다. 어머니를 보는 순간 내 계획 같은 건 뒤죽박죽이 돼버렸다. 하긴 처음부터 무슨 계획이 있어서 간 것도 아니었다. 어머니와 헤어질 때 인사도 제대로 못했고, 이것저것 머릿속이 복잡해서 달려갔던 것뿐이다. 어, 이게 아닌데, 하면서 나는 어머니와 정문을 빠져 나왔다. 아니다, 어머니가 나를 정문 쪽으로 끌었다는 게 맞을 것이다. 차를 탔고, 시계탑 앞에서 내렸고, 누가 볼세라 무작정 상가 건물로 뛰어 들어가면서도 잡은 손만은 서로 놓으려하지 않았다.

우리는 다시 걸었다. 아니, 어머니는 아무 생각도 없이 나를 따르고 있는 것이다. 내 발길은 동쪽도 서쪽도 아닌 북쪽을 향하고 있었다. 집으로 가는 방향도 아니고 요양원으로 가는 쪽도 아니었다. 요양원에서는 어머니가 사라졌다고 집으로 연락을 했을 것이고, 집에서는 지금 어머니와 나를 찾으려고 난리가 났을 것이다. 어머니와 나는 이렇게 막다른 골목에서 도움 안 되는 얼굴을 맞대고 있을 때가 많았다. 우리가 왜 막다른 골목으로 몰리게 됐는지도 알 수 없었고 알려고 하지도 않았다.

걱정하던 일이 터지고 말았다. 어머니의 걸음이 어기적거리며 느려졌다.

"엄마, 화장실 가고 싶어?"

"아니여."

어머니가 상을 찡그리며 고개를 저었다. 하지만 어머니 낯빛이 점점 창백해졌다. 주변에는 들어갈 만한 건물이 없었다. 고개를 들고 찾아보니 저만치에 시외버스 터미널 건물이 보였다. 나는 어머니 손을 잡고 터미널 쪽으로 갔다. 그러나 어머니는 몇 걸음 안 가서 제자리에 서 버렸다. 곤혹스러운 표정이었다. 나는 억지로 어머니 손을 끌었다. 다행히 터미널에는 사람들이 그리 많지 않았다. 밀고 당기며 겨우 화장실로 들어갔다. 바지를 내리자 냄새가 훅 끼쳤다. 팬티에 변이 묻어 있었다. 어머니를 변기에 앉혀놓고 팬티를 빨았다. 젖은 팬티로 엉덩이를 닦고 쓰레기통에 버렸다. 어머니는 엉덩이를 내게 맡기게 되자 의기소침해져서 아이처럼 고분고분했다. 일을 끝내자 나는 기운이 빠져서 대합실 의자에 누워버렸다. 어머니가 따라와서 내 발치에 앉았다. 살짝 잠들었다가 부스럭거리는 소리에 눈을 떠보니 어머니가 신문지로 나를 덮어주고 있었다.

"엄마는 나한테 병주고 약주고……이게 뭐야."

"……."

어머니 눈이 빨개지면서 눈물이 고였다.

"엄마 왜 울어? 옛날 생각나서?"

어머니는 고개를 끄덕거렸다. 나도 코가 시큰해졌다. 이럴 때 어머니의 피는 잔잔하게 흐르고 있을 것이다. 그러다 어머니는 생각난 듯이 말했다.

"야야, 날 저물기 전에 집에 가야지."

"엄마는 집이 뭐가 좋다고 자꾸 집에 가재? 난 가기 싫어!"

"집에 안 가면 어딜 가냐?"

"엄마, 요양원으로 이사가! 엄마 옛날부터 친구랑 오순도순 살아보는 게 소원이라고 했잖아. 거기 가면 친구도 사귈 수 있어. 아버지 얼굴 보면서 괴로워하지 않아도 되고, 가스레인지 만지다 불 날까봐 걱정 안 해도 되고. 오빠가 돈 대준다잖아."

"요양원이 뭐로?"

"어제 갔던 데 있잖아."

"어제? 아무데도 안 갔어."

"아버지랑 오빠랑 같이 차타고 갔었잖아."

"그게 무슨 말이냐, 나는 그런 델 가본 적이 없다."

"그럼 지금 갈 거야?"

"지금 어떻게 가냐? 이사 가려면 짐도 싸고 아버지한테 얘기도 하고, 정리할 게 얼마나 많은데. 아무리 좋다 해도 다 절차가 있는 거지. 그렇게 마음대로 하는 거 아니다."

"그래 알았어. 엄마, 우리 짐 싸러 가자."

나는 어머니 손을 잡고 집으로 가는 버스를 타기 위해 터미널 밖으로 나왔다.

조용한 아침이었다. 어머니는 붕어자물통을 빼고 궤를 열었다. 시집올 때 장롱대신 가져왔다는 소나무 궤였다. 궤는 내가 들어가 앉아도 될 만큼 컸다. 궤 속에는 어머니가 아끼는 옷과 물건들이 들어 있었다. 그런데 궤 문을 아래로 내리자마자 안에 쌓여있던 것들이 쏟아져 내렸다. 뒤적여보니 입다가 쑤셔 넣은 팬티와 양말, 내복, 수건, 빨지 않은 여름 옷 같은 것들이었다. 내 것도 있었고 아버지 것도 있었다. 어머니가 잘 갈무리 한답시고 수시로 집어넣었으리라. 뒤에서 지켜보던 아버지는 빨래감이 쏟아져내리자 혀를 차며 나가버렸다.

"쯧쯧쯧, 그것 봐라, 어디 하나 제대로 된 게 있나, 정리는 무신."

어제 나는 태어나서 처음으로 아버지에게 내 의견이랄 수 있는 말을 했다. 집으로 돌아왔을 때, 나는 아버지의 험악할 대로 험악해진 얼굴이 폭발하기 전에 소리쳤다.

"아, 아버지, 엄마 짐은 엄마 손으로 저, 정리해야죠. 그래야 엄마가 이사를 갈 수 있죠. 지, 짐을 다 두고 이사 가는 사람이 어디 있어요!"

그러자 기적처럼 아버지 입에서 피식, 하고 김빠지는 소리가 났다. 멍한 표정으로 변해가더니, 짐은 무신……하면서 슬그머니 돌아앉아버렸다. 오빠와 올케는 예정대로 상경하고 없었다.

어머니는 궤 속의 물건들을 소중한 듯 하나씩 꼼꼼하게 살펴보았고 나는 입을 만한 것들을 골라주었다. 맨 밑바닥에는 어머니가 시집올 때 해온 연분홍 한복이 고이 접힌 채로 들어 있었다. 유행이 지나도 한참 지난 그 한복을 어머니는 버리지 않고 간직하고 있었다. "엄마, 이제 이런 한복은 내다 버리세요. 입지도 않잖아." 오래전 옷 정리를 해주면서 나는 어머니에게 말했다. "그런 소리하지 마라,

이래봬도 이 한복은 고급진거고 네 외할머니가 가마 속에 넣어 준거다. 내가 젊었을 때 이걸 입고 나가면 곱다고 다들 쳐다봤다." 라고 하면서 어머니는 수줍은 듯 입가에 미소를 지었다. 내가 보기에는 모두 재활용 수거함에 갖다 넣어야할 옷들이 대부분이었다. 헌 양말 속에서 만 원짜리 지폐가 여러 장 접힌 채 나왔다. 어머니가 모아둔 돈이었다. 보자기 속에서도 천 원짜리 다발이 나왔다. 복주머니에는 동전들이 가득 들어 있었다.

"엄마, 이게 웬 횡재래? 이러니까 엄마가 짐을 정리해야 한다고 그랬구나?"

"그람. 이게 다 내가 몰래 모은 거여."

"어머니는 만 원짜리 지폐 두 장을 바지 주머니에 집어 넣더니 나머지를 모아 나에게 주었다.

"나는 이것만 있으면 된다. 나머지는 다 너 가져라."

"엄마, 고마워."

"그까짓 꺼 얼마 된다고. 더 많이 주지 못해서 미안허지."

어머니는 모처럼 뿌듯한 미소를 지었다. 치매 걸리기 전의 어머니 같았다. 번듯한 옷들을 골라 가방에 담았다. 그리고 더운 물로 목욕을 하고 외출복 중에서 가장 화사한 옷을 입혀드렸다. 어머니는 무늬가 요란하지 않으면서도 연한 분홍색을 좋아했다. 이제 차를 타고 가기만 하면 됐다.

마당에서 어머니는 자꾸만 두리번거렸다.

"저, 저기 그…… 뭐냐, 인사라도 하고 가야지. 이제 가면 또 언제 와질지 모르는데."

아버지를 찾고 있었다. 나는 아버지가 일부러 모습을 보이지 않으려 한다는 걸 알고 있었다. '낯선 침입자'를 보고 그저께처럼 어머니가 흥분하면 곤란했다. 그런데 오늘 어머니의 상태는 여느 때와 달랐다. 모든 걸 어머니의 말대로 따라야 할 것 같았다. 꼭 그래야만 될 것 같다는 생각이 강하게 들었다. 어머니는 어떻게 알았는지 이미 집 모퉁이를 돌아 뒤뜰로 가고 있었다. 아버지를 불렀다.

"보소."

그제서야 뒤뜰 한 켠에 쭈그리고 앉아 있던 아버지가 엉거주춤 일어나 나왔다.

"저어, 나 이제 갑니더."

아버지는 예상치 못했던 어머니 행동에 놀란 듯했다.

"어, 그래. 이제 갈라고?"

"그동안 이 못난 사람하고 살아줘서 참말로 고맙습니더.

다음에 언제 이쪽으로 다니러 올 수나 있을지 모르지만, 잘 있으소."

어머니는 다시는 오지 못할 먼 곳으로 떠나는 사람처럼 예를 갖춰 인사했다. 아버지와 어머니는 마주 섰지만 서로 시선을 맞추지 못했다. 어머니는 눈을 살짝 내리 깔았고, 아버지는 시선을 어디다 둬야 할지 몰라 안절부절 못했다.

"아, 아버지도 엄마한테 뭐라고 말 좀 하세요. 아니, 미, 미안하다고 하세요. 그냥 무조건 미안하다고. 엄마가 알아듣든 못 알아듣든 미안하다고 하세요!"

갑자기 어디서 그런 용기가 나왔는지 나는 아버지를 향해 말했다. 그제야 어색한 듯 아버지는 몇 걸음 더 앞으로 나가 어머니를 바라보았다.

"그, 그래 미안하오. 성질 고약한 나하고 사느라 고생 많았소. 어딜 가든지 그저 건강하고……."

어머니는 미소를 짓는 건지 울음을 참으려 하는 건지, 입 꼬리는 올라가 있었지만 경련이 이는 듯 파르르 떨렸다. 슬쩍 고개를 돌린 아버지의 눈가가 벌게졌다. 나는 가방을 들고 대문을 나섰다. 어머니가 내 뒤를 따랐고, 아버지가 손을 흔들어 어머니를 배웅했다. 과수원에는 하얀 배꽃이 떨어지고 있었다.

| 평설 | 구효서 소설가

간난과 자기 익명성의 발견

| 평설 | 구효서 소설가

간난과 자기 익명성의 발견

이다경의 소설은 기본적으로 가족소설의 형태를 띠고 있다. 이번 소설집에 실린 단편들도 예외는 아니다. 「그해 겨울」과 「숨어서 지는 꽃」이 각각 구제역과 위안부 문제를 다루고 있어 얼핏 가족소설의 범주에서 벗어나는 것 같지만, 구제역으로 소를 다 잃어 아무것도 남지 않은 절망의 결말부에 은서의 산통을 배치하거나(「그해 겨울」), 아들로 하여금 어머니 앞에서 중국에서의 행복했던 한 때를 떠올리게 하는 걸 보면(「숨어서 지는 꽃」) 딱히 가족소설의 형식에서 멀어진 작품이라고 할 수 없다.

이다경의 작품을 가족소설로 보고자 하는 데는 가족소설의 갈래가 다른 장르에 비해 특장이 있어서라거나 아니면 반대로 비판을 위한 분석이 수월한 형식이라서가 아니다. 장르란 장르 그 자체에 우열과 난이가 있을 수 없으며 창작 주체인 작가의 필요에 따라 선택될 항목일 뿐이다. 그러므로 남게 되는 문제는 작가가 하고자 하는 이야기와 해당 작품의 사회 대응력 등을 고려했을 때 과연 적합한 장르를 선택했느냐는 점이다. 그런 면에서 이다경의 장르 전략은 매우 성공적이라고 할 수 있을 것이다.

어째서 그러할까. 장르 전략이라고 했거니와, 그 전략은 또한 주제 전략과 효과적으로 상응하기 때문이다. 이다경의 주제 전략을 한마디로 정의하기는 어렵겠지만 논의를 위해 다소 두괄식으로 말해보자면 '간난(艱難)의 응시'라고 할 수 있다. 간난이란 어려울 '간'에다 어려울 '난'을 붙여놓은 말이니 당연히 어렵고 또 어렵다는 뜻이다. 설상가상이나 진퇴양난과도 크게 다르지 않은 말이다. 작가가 삶과 존재에 대한 관점을 이처럼 이중고로 겹쳐 놓은 이유는 여간해서는 그 난관에서 빠져나오기 힘들다는 점을 강조하기 위해서다. 이 말은 난관에서 헤어나는 방법을 우리에게 가르쳐 줄 수 없다는 뜻일 뿐만 아니라, 방법이 있다손 치더라도 알려주기 어려우며, 손쉬워 보이는 방도란 오히려 난관을 돌이킬 수 없을 만큼 키워버릴 수 있다는 뜻이기도 하다.

즉, 이다경이 마련한 간난은, 뚫고 나갈 수 없어서 어렵고 또 어려운 만큼, 그 관문 앞에 다다른 자에게는 안타깝고 또 안타까운 일이 아닐 수 없다. 이들의 안타까움을 가장 가까이에서 절절이 느끼는 연루적 존재가 다름 아닌 가족이다. 이 지점에서 이다경이 가족을 끌어들여 소설을 진행하려는 이유가 분명해진다. 간난에 대한 상호 감응력을 극대화하고자 함이 아니겠는가.

"아이가 두 번이나 유산 되었고, 세 번째 유산을 막기 위해 휴직원을 내는 바람에 과장진급에서 탈락되고 말았다."(053쪽)

81년생 이민영에게는 출산 이전부터 그런 고난이 계속된다(「81년생 이민영」). 유산과 휴직, 진급 누락, 출산 후에는 친정어머니에게 아이를 맡기는 바람에 시인이 되려는 어머니의 꿈마저 본의 아니게 빼앗게 된다. 이민영의 여성 동료 유 과장도 다르지 않은 고난을 겪는다.

"한 여성이 밖으로 나와 사회생활을 하기 위해서는, 또 다른 여성이 뒤에서 희생돼야 한다고. 그건 대부분 친정엄마라고."(055쪽)

그러다 유 과장의 친정어머니는 끝내 위암에 걸리게 되

고, 이민영은 중국 파견근무라는 압박마저 받는다. 공연히 엄마에게 화를 낸다.

"민영은 망연해하며 자신이 무엇 때문에 화가 났는지, 엄마한테 왜 그랬는지 알 수가 없다."(072쪽)

"계속 이렇게 살아야 할 것인지, 직장을 포기하고 아이를 키우면서 살아야 할지도 판단이 서질 않는다."(075쪽)

이민영은 '알 수 없'게 되고, '판단이 서질 않는다.' 이다경 소설에서 주어지는 간난이라는 것은 이처럼 판단 및 결정의 대상이 아니다. 간난은 판단과 결정의 범주 바깥으로부터 역습을 가해오거나 범람해 올 뿐이다. 더 보자.

"누구보다 자존심이 강하고 예의를 중요시했던 엄마가, 사람들 앞에 아랫도리를 내놓고 누워 있다니……."(115쪽)

요양병원의 어머니도 회복할 수 없는 참혹한 곤경에 빠져 있지만 그녀를 간호하는 큰딸인 '나'도 생계를 위해 가사도우미를 시작한 지 2년째다(「여름의 끝」). 정작 자신의 집은 청소를 못해 엉망이다.

"하루하루가 내 의지와는 상관없이 무엇엔가 끌려가듯이 이어지는 이런 생활."(131쪽)

간난은 이처럼 의지를 배반하기 일쑤며 알 수 없는 곳에

다 '나'를 함부로 부려놓는다. 더구나 이다경 소설에서 화자인 딸과 어머니는 세대를 달리해 동일한 여성적 간난을 교차 혹은 세습하여 공유하는 젠더 문제의식의 대상으로도 설정된다.

구제역 증상을 보이는 자신의 소를 발견하고도 *"만약에 신고를 한다면 자신이 기르는 젖소는 물론 이웃집 젖소들까지 모두 살처분"(234쪽)* 당할까봐 이러지도 저러지도 못하는 정일(「그해 겨울」), *"이웃들이 이 사실을 알게 될까봐 두렵다"(158쪽)*고 말하는 며느리와, 스스로 위안부의 처소인 만남의 집 행을 택할 수밖에 없는 어머니(「숨어서 지는 꽃」), 마흔 다섯 번째 생일을 앞둔 날 암으로 왼쪽 가슴을 도려내고 남편에 의해 시골 전원주택에 홀로 남겨진 '나'(「부서진 계절)」, 퇴직 후 일과 취미와 여행, 무엇보다 아내로부턴 철저히 소외돼버린 '그'(「낯선 여인」). 이들은 모두 두세 겹의 간난에 포위당해 출구가 보이지 않는 고립무원의 가시울타리에 갇히는 것이다.

그러면 어째서 이다경은 어렵고 어려워 통과할 수 없는 간난의 지경을 소설로 쌓아 가며 등장인물로서의 가족은 물론 글을 읽는 독자까지 아연 안타깝게 만드는가.

간난의 지경이란 여의한 생활과는 다른, 그러니까 여의한 생활에서는 만날 수 없는 처지나 형편을 뜻한다. 바꾸어 말하면 간난에 처해야만 만날 수 있는 '어떤 경계'가 있다는 것인데, 등장인물은 물론 글을 읽는 독자들이 그 지점과 만나도록 유도하기 위해 이다경은 소설을 간난의 구조로 직조한다.

만남이라는 말을 쓰고 있지만 실은 부딪힘이나 맞닥뜨림에 가깝다. 그것은 의도나 어떤 징후도 없이 눈앞에 닥친 것인 데다 어찌할 수도 없으므로, 그 '경계'라는 것은 매우 예외적이며 그래서 놀랍고 두렵고 싫다. 그렇다고 피할 수도 없다. 어쩌겠는가. 우두커니 지켜볼 뿐이다. 더 정확히 말하자면 꼼짝없이 지켜보기를 강제당한다. 피할 수도 어찌할 수도 없다는 말은 그런 뜻이다. 간난 속에서 그 경계가 스스로 제 정체를 드러낼 때까지 버티거나 기다리는 것. 그래서 간난의 와중에서는, 보는 '나'가 아닌, 나타날 '그것'이 주체다. 그것이 스스로 정체를 드러낼 때까지 나는 무력한 응시의 상태에 사로잡히고 마는 것이다.

정리하자면, 이다경은 소설을 통해 등장인물과 독자를 간난의 정황으로 유도하여 그곳에서 무엇인가를, 혹은 어떤 경계인가를 만나게(기다리게, 응시하게) 한다는 말이다.

'그것' '무엇' '어떤 경계'라는 등의 대명사로만 반복해 말하는 까닭은 그것을 지칭할 만한 적당한 이름이 없기 때문이다. 예외적인 것, 놀랍고 두렵고 싫은 것, 그러나 피할 수 없는 것…….

논의의 편의를 위해 한시적으로 이름을 짓는다면 그것은 아마도 '자기 익명성'일 것이다. 자기도 모를 것. 자기이면서 자기가 아닌 것. 자기가 아니면서 자기인 것. 그러나 어쨌든 분명한 것. 그것과 맞닥뜨리는 것이다.

예를 들면 이런 것이다.

"복어알 분말이 든 봉지를 꺼낸다. 손이 떨리고 호흡이 가빠온다."(137쪽)

병이 깊어 인간으로서의 존엄성이 심각하게 훼손되어 가는 요양원의 어머니를 복어 독으로 죽이려는 장면이다. 「여름의 끝」의 마지막 문장이어서 과연 딸이 어머니를 사망에 이르게 했는지는 알 수 없지만 복어알 성분인 테트로도톡신의 치명적인 효능에 집착하고, 인터넷을 통해 복어알 분말을 직접 구입하며, 그것을 가져다 어머니의 코에 연결된 양분주입 호스에 넣으려는 시도 자체가 이미 화자는 자기도 모를 사태, 자기도 모를 끔찍한 자기와 맞닥뜨렸음을 암시한다. 어느 형제보다도 어머니를 사랑하고 보살폈던 큰딸이 아니었던가.

"30년 전에, 아부지가 영양에다 땅을 사 놓은 게 있단다."(013쪽)

"세상에 그런 횡재는 없을 것"(019쪽)

그러나 그것이 결코 가족에게 횡재만은 아닐 거라는 게 「더없이 푸근한 토요일」의 요점이다. 횡재가 뜻밖의 재물을 얻는다는 뜻(橫財)이지만, 소설은 그 횡재가 점차 뜻밖의 재앙이 되어가는(橫災) 과정을 보여준다. 그 난처한 처지에서 가족구성원은 여지없이 낯선 자기 익명성과 맞닥뜨리게 되니까.

*"우리 남매가 워낙 우애가 좋으니까"(015쪽)*라고 믿던 형제들은 아버지가 남겼다는 재산의 분배 앞에서 여동생이 *"아버지 장례식을 치르고 남은 돈 천이백만 원을 오빠네가 몽땅 가져갔"(030쪽)*으므로 오빠 몫을 덜 것을 주장하자 형제들은 당황했고, 딱딱하고 어색한 침묵이 방안을 꽉 메워왔다. 이 사태를 어떻게 수습해야 하나 하고 있는데, 올케의 입에서 화살처럼 뾰족한 말이 튀어나왔다.

"그러면 그 돈 자네 줄 테니까, 자네가 제사 다 모셔가고 맏이 노릇 하게!"(030쪽)

자기도 모를 뜻밖의 자기, 즉 자기 익명성이 좌충우돌

출몰하는 곤혹의 현장을 짓궂을 만큼 생생하게 그려내는 작가의 의도는 점점 더 분명해지는 것 같다. 오빠와 동생, 동생과 올케만의 부딪침이 아니라 실은 동생 안의 뜻밖의 동생, 올케 안의 뜻밖의 올케와의 충돌을 가시화함으로써 당초 그들이 믿었던 "워낙 좋은 남매의 우애"가 어떤 이기적 기만과 착각에 기인하는가를 묻는다. 역시 횡재(橫財)의 동음이의어인 횡재(橫災)의 난국이 아니었다면 발견되지 않았을.

이와 같이 이다경은 간난의 소설 국면을 마련하여 자기 익명성을 은밀히 노정함으로써 이율배반의 서사를 완성한다. 그 서사 전략의 효용이란 무엇일까.

"내가 먼저 시어머니의 손을 잡았다."(195쪽)

「목욕 가던 날」의 한 문장이다. 실은 시어머니의 손을 잡고 싶은 맘이 2고 잡고 싶지 않은 맘이 8이다. 시어머니와 함께 목욕 가고 싶은 맘이 0이었던 것에 비하면 목욕 후의 변화가 눈에 띈다. 잡고 싶지 않은 맘이 8인데도 시어머니의 손을 잡았으니 의지 배반임에 틀림없다. 내가 모를 내가 나를 이긴 것이다. 그렇다면 어떤 것이 진짜 나일까.

어떤 것이 진짜 자기인지 이다경은 답을 내놓지 않고 끝까지 익명성을 지킨다. 답을 내놓기 위한 서사가 아니니 그럴 수밖에 없다. 굳이 진짜를 따지자면 둘 다 진짜 자기일 것이다. 그래야만 승패가 끝내 갈리지 않을 것이며 기명과 익명의 지속적인 충돌이야말로 아픈 자기 성찰과 발전적 변화로 이어져서 나와 나 아닌 것, 진짜와 가짜 따위 없는 '나'로 끝없는 합립(合立)과 확대를 거듭할 것이기 때문이다.

"아내는 원래 이런 사람이 아니었다."(083쪽)

「낯선 여인」의 한 문장이다. 정년퇴임한 남편은 아내가 몹시 낯설다. 오갈 데 없어진 그는 아내로부터도 외면당하자 이러지도 저러지도 못하는 곤경에 빠진다. 역시 간난이다. 그러면서 원래 아내는 그런 사람이 아니었다고 진술한다.

이웃의 누군가라면 당신의 아내는 원래 그런 사람이었다고 말해줄지도 모른다. 그러니까 어쩌면 남편은 자신의 아내에 대해 '원래 그런 사람이 아니었다'고 말할 자격조차 없을지도 모른다. 자신의 아내에 대해 기본적으로 오해를 하고 있다면 말이다. 말이 오해지 심각하게 보자면 그런 오해는 인식 폭력에 해당한다. 아내를 평생 자기가 보고 싶은 대로만 보아왔다는 뜻이니까. 이런 사람은 좀 더 가혹한 간난의 조건에 머물게 할 필요가 있지 않을까.

"회사를 떠날 무렵, 그는 그동안 아내와 함께 하지 못했던 것들을 하면서 노년을 보내야겠다고 마음먹었다. 아내와 함께 아침을 맞이하고, 아내와 함께 산책을 하고, 아내와 함께 차를 마시고, 밤이 되면 나란히 잠자리에 들 수 있겠다는 생각에, 그는 퇴직이 크게 두렵지만은 않았다."(087쪽)

아내가 동의하지 않았는데도 자기 혼자 퇴직 후의 삶을 멋대로 계획하지 않았던가. 그게 제 뜻대로 될 리 만무한데도 그는 뜻대로 되지 않는다며 외로움의 원인을 매정한 아내에게서 찾으려 하지 않던가. 아내를 이해하거나 알려 하지 않고 일방적으로 자기의 인식 안에 가둔 채 이제 와서 낯설다느니 원래 그런 사람이 아니었다느니 말한다는 게 가당키나 한 일인가.

"자정이 가까운 시간에 들어온 아내의 모습은 충격적이었다."(104쪽)

역시 작가는 고집스럽게도 아내를 끝내 낯선 모습으로 남편 앞에 세운다. 그리고 남편은 어찌할 바를 모른다. 자기 익명성과 맞닥뜨려 가열한 분열과 투쟁을 거치는 합립의 지점을 그 스스로 발견할 때까지 그의 곤경은 계속되어도 좋을 것이다.

이처럼 자기 익명성이란, 누군가에 의해 가려진 게 아니라 자기 스스로 제 눈을 가림으로써 바보가 되거나 폭력이 된 사태를 바로잡기 위해 출몰하는 곤경의 화신이다. 곤경의 화신이라고 했듯이 그것은 앞뒤로 곤란해진 간난의 경우에만 몸은 나투는 특징을 갖는다. 자기 익명성을 곤란 그 자체로 인식하여 피하기만 한다면 진실을 발견할 기회를 스스로 외면하는 것과 같다.

피해서도 안 되고 피할 수도 없다는 사실을 구체적이고 현실적인 가족서사를 통해 보여주려는 것이 이다경의 소설이다. 간난 사태에서의 자기 익명성의 발견. 아프고 불편하지만 그것은 곧 진실에 가까워지는 일이다. 우선 자기 진실에. 그리고 세계의 진실에.

더없이 푸근한 토요일

1쇄 발행일 | 2022년 01월 05일

지은이 | 이다경
펴낸이 | 윤영수
펴낸곳 | 문학나무
편집 기획 | 03085 서울 종로구 동숭4나길 28-1 예일하우스 301호
이메일 | mhnmoo@hanmail.net

출판등록 | 제312-2011-000064호 1991. 1. 5.
영업 마케팅부 | 전화 | 02-302-1250, 팩스 | 02-302-1251

값 14,000원

ISBN 979-11-5629-134-3 03810